樓蘭

西域輓歌

南子——著

目次

引子

一九二一年秋季的一天，奧爾德克和阿布都拉熱依木順著雅丹布拉克和庫姆河故道，去追獵幾峰野駱駝，一路上，沙山高長，植物稀少。到了後來，就什麼生物的痕跡也看不見了。連綿的土山擋住了他們的視線。風將地面上碎了的貝殼吹起，他們走在上面的時候沙沙作響，聲音就和秋天的乾葉一樣。

阿布都拉熱依木和奧爾德克走得很快，到了下午三點鐘的時候，他們突然停住了。斯文．赫定以為又看見野駱駝了。只見他們倆站在山坡上，說是前面有幾所木屋的痕跡。

走近一看，是三座木屋。

這些房子坐落在山坡上有八九尺高。經過一番倉促的考察，發現了幾枚中國銅錢，幾把鐵斧，幾塊木頭上有雕刻，畫的是一個人握著一根長矛，一個人拿著一個環，還有兩個人手裡拿著蓮花。奧爾德克很癡迷地在其間流連，而阿布都拉熱依木急著要去追獵那幾峰野駱駝。

幾個小時之後，他們走散了。

那個傍晚，黃昏從地上層層泛起，夕陽在地平線的那邊沉落下去，就像是被一陣風吹來似的，當他簡單地甩動雙腿，還有雙腳，攀上「雅爾當」那塊巨大的岩石，在山頂上尋找阿布都拉熱依木的身影，一切都靜悄悄的，他一件一件脫去被汗水濕透了的衣服，把它們攤開在岩石上曬著，然後，他赤裸裸地站著，在寂靜中，在夕陽中。他在每一道夕光中瑟瑟發抖。

遠遠望去，那些綿延的雅丹布拉克像是一支拖了很長一段距離的野駱駝隊，但是，一旦深入其中，就感覺「雅爾當」群猙獰萬狀，一股神祕的瘴氣彌漫其間，一團綴著一團。

奧爾德克下了山，沿著山體慢慢行走。

他不熟悉路。

夜晚降臨了。因為越來越濃的瘴氣，誇張地逼近他，使他無法睜開眼睛。但是，他好像被一種神祕的力量引導，然後，在一個很高的山坡上，他看到了一大片紛亂的線條，稍走近一看，是一片低矮的樹林，此起彼伏連成一片。這些樹都沒有葉子，光禿而孤獨，像一些被風乾多年的物質，怪異地立著，有一種觸目驚心的荒涼感。

而更為奇異的是，它們都長在一個個埋了骨殖的棺材旁。地上到處是雕花木板、古錢幣、骷髏、木乃伊。

「死亡宮殿」——這種發現令他悚然心驚。慌亂中，他被一塊木板拌住了腿，摔倒在厚毛織物的碎片上，他抓起一塊就披在了肩上繼續往前走。

在這些錯落的木樁林中，有百餘個影影綽綽的人影在浮動，有武士，有半裸的少女，穿著他從未見過的衣服，在忽明忽暗的霧氣中來回行走。

其中一個少女，她頭髮上的閃光像一種奇怪的羽毛飄在空中，她修長的四肢和粉紅色的臉像一種難以描述的奇異花朵，在幽暗的背景下，有如鬼魅一般飄浮，濺起的輕塵溶入月光之中。

瘴氣和月光混合的霧氣，濃密而均勻。這裡的時空如同它的光線，它們在一種特定的時光中存在，沒有一點點真實感。

這時，奧爾德克感到他的脊背有一陣均勻，微小的呼吸。好像有人在靠近他。是誰？

他的手心發涼，驚叫了一聲，聲音像鳥一樣消失在周圍奇怪的光線中。

奧爾德克慢慢轉過身來……

第一章

一群人趕著馬車在沙塵暴中緩緩往前走著，風刮得很大，沙子隨大風四處飛舞。在西域，人們把這種天氣稱作沙塵暴。誰也不知道沙塵暴刮了多少年，更不知道還將刮多少年。

馬車走得很慢，車身上的銅環和鐵環敲打出沉悶的聲音，使馬車像是在原地打轉。風很大，間或傳來短促的吆喝聲，或一句咒罵。他們嫌馬車走得太慢。

他們中有男人，女人和孩子，都光著腳踩在滾燙的細沙上。他們都非常瘦，但皮膚卻很白，金髮碧眼，點綴在羅布泊土黃的背景中，顯得很突兀。

他們迎著風沙，一步一步緩慢地往前走動。

風沙漸息，像是被他們一點一點踩下去的。

正走著，一個年輕女人站住了，她聞到了一股潮濕的水汽。水汽有點陌生，還有點鹹腥，遠遠地繞過一道又一道沙梁，飄到她滿是倦容的臉上。

不一會兒，人群中傳來這個女人驚喜的聲音：「前面有湖泊」。

這句話像一道閃電，刺進了每個人都布滿烏雲的心中。

有人疑惑著將臉轉向她，搖搖頭。她的鼻子翕動不已，再次大聲說：「前面有湖泊。」

有風吹過來，含著水汽的風越來越濃，濕潤而清爽，讓每個人都感覺頭髮舒展開了，甚至連臉頰和身體的皮膚也感覺到了一種輕柔的撫摸。很快，水汽圍繞著他們，觸碰著他們，並穿透他們的五臟，像是一種熟悉的語言，一個暗示。這種遭遇來得太突然，讓他們疑惑自己正在面對某種詢問——我們這是走到了哪裡。

久違了的氣味，像雲朵一樣托著那個女人向前走去。人們下意識地跟著這個女人也向前走去。

黃色的沙梁一點一點地低了下去。

陽光閃閃發亮，一種類似於海浪的濤聲蔓延了過來。人們翻過一個沙梁，便看見一個藍色湖泊。湖很大，無邊無際。湖邊有大片蘆葦沾滿濕漉漉的水汽，朝著水面低低地俯了下去。

湖面上，潮濕的水汽一層一層地飄動著，像輕盈而又沉重的白紗，陽光溶解在了這些疊加在一起的白紗中，它們同升同落，密不可分。有風吹來，這些疊加在一起的白紗便變得像一艘神奇的舟楫，就要將他們渡到一個堅實的彼岸。女人聞著這股熟悉的氣味，回頭看著身後黑壓壓、疲憊的遷徙者們，感到這氣味終將成為大家的歸宿。

她想：我們將永遠留在這裡。留在此岸。

就像一滴水將入大海。

「愛琴海」。有人驚叫了一聲。

這幾個字像石頭一樣把他們砸暈了。

「不是愛琴海。」又有人驚叫了一聲。湖邊的白色水鳥「呱——」的一聲，從水面傾斜著飛來，在他們的頭頂上盤旋。

驚嘆和懷疑像一股陡然而生的力量，深深刺激了他們，他們單薄的身體快步如飛，如同另外一股潮水湧了過去，要與它匯合。

很多年後，在湖泊的周圍出現了一座城郭。城外有樹，有田，還有那個被人們起名為「羅布泊」的湖泊，他們在湖中漁獵，在田野上農耕；城中有街道、房屋、宮殿，人們還在城中心修建了一座寺廟，寺廟的牆壁上畫有帶翼天使。

人們把這個在沙漠中建立起來的國家叫樓蘭。

§

今天，樓蘭王要主持一場刑罰。

兩個受罰者是樓蘭男人，前者將一棵樹連根砍斷，後者砍斷了一棵樹的樹枝。士兵們已關押他們兩天，樓蘭國有規定，受罰者被關押不能超過三天，否則就要無罪釋放。所以，樓蘭王決定在今天對他們實施懲罰。

樓蘭王對樹情有獨鍾。有好幾年時間，他老是在夜裡做同一個夢。他夢見自己在爬樹，身體很輕盈，只需雙手攀住樹幹，雙腳用力向上蹬，就可以爬上樹去。後來，他的夢變得更加奇異。他走到樹下，只需伸出雙手，就可以像鳥兒一樣飛上樹去。他在樹林上空飛翔，飛了很久，他的身子底下是連綿不絕的樹林，他的飛翔不停止，樹林便了無盡頭。

夢有時候是一種暗示。就在他不再做飛翔於樹林上空的夢之後，樓蘭國上上下下傳送著一個令人欣喜若狂的消息——人們栽下的樹活了。

第二年，那些樹就長出了枝葉。春天的風吹過來，枝條便左右搖晃，而嫩綠的葉片讓投射其上的陽光泛出燦爛的光芒。羅布泊濕潤的水汽飄到樓蘭城中，這些樹便像是用無形之手把水汽挽留下來了似的，讓城中的空氣清爽舒適，人們在說話或不說話的時候，總是喜歡把嘴張開，享受這美妙的空氣。

樓蘭王有些納悶，自從人們栽下的樹活了之後，自己為何再也夢不見樹了。之後他便明白了，夢像風一樣遠去了，而現實像石頭一樣沉重地堆在了自己面前。

他默默在心中想，看來，樓蘭是離不開樹的，以後要多栽樹才對。治國先治樹。他下了一個決心。

受罰儀式馬上就要開始了。

兩個即將受罰的人被士兵帶到了寺廟前的廣場上。牆壁上的帶翼天使的雙眸仍是那樣好奇，似乎等待著觀看這裡將發生什麼。氣氛已經變得很沉悶，人們早早地就到了這裡，等待著觀看樓蘭王將如何懲罰兩個破壞樹木的人。

樓蘭王從王宮裡出來了。遠遠地，人們看見他臉上布滿憤怒。據說在三天前當破壞樹木的消息報到他面前時，他氣得將一碗羊奶摔在了地上，傳令關押破壞樹木者。從那天起，人們便意識到他要懲罰破壞樹木的那兩個人了。

他走到那兩個破壞樹木的人跟前，看了看他們的眼睛，對士兵說：「鬆開他們的手。」

士兵疑惑不解，覺得如果鬆開了他們的手，他們逃跑怎麼辦。

樓蘭王的弟弟也有此慮，對哥哥說：「既然要懲罰他們，就不要讓他們自由。」

「鬆開。」樓蘭王的口氣變得嚴厲起來。「他們砍樹是因為心裡先有了想法，他們的心靈有罪。而他們的手是光榮的，因為他們用雙手在以前栽過樹，而且還用雙手養活過家人。」

他們的雙手被解開了。

樓蘭王在廣場正中的一把木凳上坐下，又看了看他們的眼睛，問：「你們為何破壞樹木？」

「我母親的腿被凍壞了，冬天挪不了一步，就連夏天也出了門。我想砍一些樹木，任她烤火……」一個受罰者說。

「你呢？」樓蘭王又問另一個受罰者。

「我的牛羊走過了二十道沙梁，五個山頭，都找不到草吃，所以我砍了一根樹枝，想讓它們吃上面的葉子。」

「罪有應得，該罰！」樓蘭王的嘴唇有些顫抖，沉沉地說出了這幾個字。

兩個破壞樹木者面無表情，他們感到大禍臨頭，活不到明天了。

人群中開始響起議論聲，破壞了兩棵樹木，是死罪還是要受到怎樣的懲罰，他們猜不透樓蘭王的心思。

樓蘭王的弟弟對樓蘭王說：「能不能寬恕他們兩人，罰輕一點，比如讓他們倆各栽一棵樹以抵罪行，妥否？」

樓蘭王不說話。

兩個破壞樹木者絕望了。

少頃，其中砍倒一棵樹想讓母親烤火的那個破壞者轉身朝那棵樹的方向跪下，滿懷悔意地說：「樹啊，對不起。下輩子我當樹，你當人，你來砍我。」

另一個破壞樹木者已說不出話，站在那裡渾身發抖，反倒像一棵被風吹打的樹。

樓蘭王揮揮手，示意士兵扶住他們。然後，他站起身，對著廣場上的人們說：「樓蘭國的人民，我們的生存離不開樹木，這一點大家都很清楚。現在，這兩個人破壞了樹木，我要懲罰他們。但大家說，對於破壞樹木者，該如何懲罰呢？」

人們都屏息不語。

兩個破壞樹木者的頭低垂了下去。

「能不能寬恕……」樓蘭王的弟弟的語氣有些急迫，但聲音卻很小，差一點被刮過來的一陣風淹沒。

「不能！」樓蘭王的聲音很大，並對弟弟刺過去了像刀子一樣的目光。

樓蘭王把目光轉向人群，凝視了片刻後說：「我決定，從今天起，樓蘭制定關於樹的法律：若連根砍斷者，無論是誰都罰馬一匹；若砍斷樹枝者，則罰母牛一頭。」

不要命，這樣的懲罰出乎人們的意料之外。人群一片騷動。

兩個破壞樹木者低垂的頭陡然抬了起來。

樓蘭王的弟弟忍不住歡呼起來。但樓蘭王又向他刺過去了像刀子一樣的目光，並重複了一句：「無論是誰，都一樣懲罰……」樓蘭王已經上了年紀，將來的樓蘭王必將是年輕的弟弟。所以，他要時時刻刻敲打他，讓他具備做大事的魄力。

樓蘭王的弟弟低下了頭。

當晚，樓蘭王把弟弟叫進了王宮。

弟弟看見哥哥的目光仍像刀子一樣，他不禁內心惶恐，渾身戰慄。

樓蘭王說：「我年齡大了，將來的樓蘭王必將是你。你做好準備了嗎？」

弟弟想說做好準備了，但一看到他的目光仍像刀子一樣，便又把話嚥了回去。他不知道哥哥心裡想的是什麼，所以還是什麼都別說為好。父母相繼去世後，他實際上還很小，是哥哥一手把他帶大的。小時候，他知道哥哥是這個王國的王，他很自豪，但當他漸漸長大，哥哥便經常用像刀子一樣的目光看他，讓他內心十分惶惑，他百思不得其解，哥哥為何這樣對待自己。尤其是今天上午處罰兩個破壞樹木者時，自己出於善意兩次求情，但都被他用刀子一樣的目光刺了回來。自己以為他會殺了那兩個破壞樹木者，誰知他卻宣布了那樣一條禁令。他真是摸不透這個當王的哥哥的心。

「做好準備了嗎？」哥哥又問了一遍。

「我想我應該還沒有做好準備……」弟弟想把心裡的話說出來，包括對他的不解，但他卻不知如何表達，所以便只說出了內心的一點點真實感受。

哥哥目光中的刀子閃爍了一下，散發出些許溫柔，但很快又迅速恢復了原來的模樣，接著問他：「那你打算怎麼辦？」

弟弟變得坦然多了，大聲說：「我應該出去在大風沙中走向遠方，好好歷練一下自己，我打算這樣……」

「好了。」哥哥打斷了他的話，仍用像刀子一樣的目光盯著他說：「把你的計畫裝在心裡，然後用實際行動去實踐。如果實現不了，就一個字也不要說出來。」

「好。」弟弟試著與他的目光對接，但哥哥卻轉過了臉去。

「去吧。」哥哥的聲音似乎有些疲憊，身影一下子變得暗淡了許多。

「是。」弟弟一邊應著，一邊退出了王宮。

§

提漠和妹妹在沙漠中行走了兩天後，碰到了一個樓蘭國的商人。

「救命。」

提漠的嘴唇已有多處乾裂，喉嚨裡似乎有灼燙的火焰在躥升。她本來想對樓蘭國的商人說些什麼，但一張嘴，卻只說出了這兩個字。

樓蘭商人仔細打量提漠，她的衣服很破，露出了些許白皙的肢體，尤其是小腹上方的肚臍眼，又圓又深，顯得頗為漂亮。她的嘴唇又厚又柔，眼睛是蔚藍色的，而且頭髮是棕色的。儘管她因為在沙漠中奔波數日顯得憔悴，而且因為缺水少食而神情恍惚，但她仍不失一個美女的風采。

而提漠的妹妹更漂亮，一雙大大的眼睛比姐姐的眼睛更藍，尤其是額頭，光潔而平滑，讓樓蘭國的商人覺得她儘管隨姐姐歷盡艱辛，但從她的額上卻看不出她內心有任何負重。她的內心有純淨的大海，足以把任何苦難當做細微的塵埃淹沒。

樓蘭商人讓她們吃乾糧，喝皮袋中的水。待她們倆吃畢，作為美女的光彩便淋漓盡致地顯露了出來。提漠的臉色變得紅潤起來，身上有了一種高貴而典雅的氣質，而妹妹則顯露出了頑皮的習性，小巧的嘴唇微微向上翹起，似乎掩藏不住內心的祕密——眼前的這個樓蘭商人並不怎麼英俊。

樓蘭商人沒有意識到提漠的妹妹對自己長相的不喜歡，他看她們吃飽喝足了，便問提漠：「妳們怎麼啦？」

提漠似乎在思考著什麼，聽他這麼一問，便回答：「我們沒事。」

樓蘭商人為她的這句話感到不知所措，但他卻覺得眼前的這位美女有心事，於是便又問：「那妳為何讓我救妳們的命？」

提漠聽他這麼一問，精力集中起來了，認真地說：「不是救我們的命，是救部落裡人的命。」

「哪個部落？」樓蘭商人出來好幾天了，沒有和一個人說過話，現在遇到了這兩個神祕的女人，他倒是很有興趣和她交談。

「我們不對外人說我們部落的名字。」提漠似乎很謹慎。

「外人從來都不知道妳們部落嗎？」樓蘭商人問。

「你肯定沒聽說過，因為我們從不和部落之外的人交往。我們不知道外面的人，外面的人也不知道我們。」提漠的妹妹終於插上了話，說出了讓提漠覺得不該說的話，提漠想阻止妹妹，但已經來不及了，她炮筒子似的把一切都倒了出來。

樓蘭商人並未覺察到提漠的細微變化，又饒有興趣地問：「那妳們住在什麼地方？」

「我們有時候叫無名部落。」提漠覺得妹妹已經把最要緊的東西說出來了，所以也就無所謂了，樓蘭國的商人問什麼，她便如實回答。她與樓蘭國商人的心情一樣，出來這幾天歷經艱辛，所以也想和人說說話，現在遇到了這個男人，她隱隱約約覺得他可以救部落裡人的命，所以她很有興趣和他交談。

隔閡拆除，彼此可以看清對方清晰的面孔。接下來的交談輕鬆多了，樓蘭商人問：「有無名部落這個地方嗎？我從來沒聽說過。」

提漠說：「有。」

樓蘭商人問：「妳們住的地方美嗎？」

提漠的妹妹搶著回答：「很美。」但她發現姐姐的臉色有些不悅，而且樓蘭國的商人似乎很在意和姐姐交談，便不再說話了。

樓蘭商人問：「具體在什麼地方？」

提漠說：「在一個大湖邊。」

「為什麼妳們從不和部落之外的人交往？妳們不知道外面的人，外面的人也不知道妳們。」

「因為有沙阱，裡面的人出不來，外面的人進不去。」

「什麼是沙阱？」

「沙地中從表面看平坦無比，但有很多軟軟的，很深的陷阱，上面只有一層沙子，人一踩上去就會陷進去，轉眼之間就被埋到地底下了。」

「那妳們倆怎麼出來了？」

「我們倆年年纏著父親，想出來玩。父親給我們製造了一種會移動的木頭船，因為木頭船比較長，掉不進沙阱去，所以我們就出來了。」

「回不去了，我們被一群人發現了。」

「是什麼人？」

「一群身體矮壯，穿動物皮做成的衣服，用一根繩子紮住褲腿，手裡拿著彎刀的人。他們本來是要抓我們倆的，但發現了我們的木頭船後，就不抓我們了，而是把我們的木頭船抬走了。他們回去弄明白木頭船的作用後，一定會攻打我們的部落。我們沒有木頭船，無法回去給父親報告消息。所以想請你救命。噢，不，是救部落裡的人的命。」

「他們是匈奴。」樓蘭商人的聲音裡有幾分恐懼。

「什麼是匈奴？」

「他們是狼……」

「不，我看得很清楚，他們是人。」提漠的妹妹認真了起來，忍不住又搶著回答。

樓蘭商人看著提漠妹妹美麗的眼睛，那裡面真藍啊，猶如從未落進一絲灰塵的湖面。但再藍的湖面也不會永遠不受傷害，她必須要知道自己保護自己。於是他對她說：「他們是人，但他們是人中間的狼。或者說，他們是人，但他們長著狼心。」

提漠聽懂了他的話，拉了一下妹妹的手，不讓她再說什麼。

樓蘭商人決定幫助提漠兩姐妹，儘快把匈奴已得到木頭船的消息傳到部落裡去，要知道，匈奴人得到了木頭船，實際上就知道了進攻部落的方法，他們必須儘快趕回去，讓部落裡的人有所防備。

他們用一天一夜的時間製作了一個木頭船，向部落划去。木頭船確實好，沙阱表面的沙子被撞破，旋轉著落進深深的沙阱裡，而木頭船卻因為船身長而無絲毫危險，順利向前滑去。沙阱因為只落進了沙子而發出沉悶的聲響，像是死神的雙手因抓不住一人而在絕望地拍打什麼。

順利滑過沙阱後，樓蘭商人心裡反而產生了一股恐懼，我們三人用一天一夜的時間就製作了一個木頭船，匈奴有那麼多人，如果集中打造，恐怕已經製造出了可供無數匈奴軍隊渡行的木頭船。

一股不祥的預感湧上心頭。

§

提漠兩姐妹居住的部落很美。

部落旁邊是一個大湖，人們也許是同樣出了謹慎，把它就叫做無名湖。在路上，也許是因為提漠出於對樓蘭商人的信任，告訴了他為何把這個地方叫無名湖的緣故。提漠的祖先是在愛琴海邊生活著的一個古老，高貴的歐洲種族。因為一場戰亂，不得不和一大群人從地中海北岸向東方遷徙而來。

他們從愛琴海出發，經歷過數年路途的顛簸，穿過一小半的歐洲，穿過小亞細亞，穿過黑海，裡海，鹹海地區，君士坦丁堡，繼而又穿過土庫曼大草原，過去的日子一一退到了身後。最後，他們在亞洲的中心，在塔克拉瑪干大沙漠以南的一個被稱為羅布泊的地方，停住了腳步，至此，才完成了一場曠日持久的跨洲大遷徙。

他們穿過的道路在後來被稱為「絲綢之路」。

走到這個湖邊時，他們無比驚訝地發現，這個湖和故鄉的愛琴海一模一樣。於是，他們決定留在這裡，不再往前走了。

提漠剛出生時，渾身散發出一種混雜有黑森林，海水的腥鹹，蕨類以及蘑菇的美妙香氣。人們聞著她身上的香氣說，這是最正宗的愛琴海的味道。若干年前，提漠雖然還是一個不諳世事的少女，但卻知道了自己身上的香氣，知道了自己是來自愛琴海的，而現在，自己仍生活在一個叫愛琴海的地方。

這是不是人類歷史上第一次大規模的舉國舉族的大遷徙？

順便說一句，在這龐大的遷徙者的隊伍中，有一部分士兵並沒有跟著他們在羅布泊邊停下來，而是縱馬向東西方向疾疾而行。他們在這長達數年的跨洲的大遷徙中，也學會了騎馬和冶煉鋼鐵，並把騎術和馬術一路傳播開了。

一路上，極度的勞頓使隊伍中的傷者不知多少次幾乎昏厥，從馬背上摔了下來。終於，他們在祁連山下停下了，建立起了一個新的游牧王國：大月氏。

樓蘭和大月氏各成為西域歷史上的三十六國之一。

現在，這一流亡的記憶被一種難以言說的光芒所照耀，穿過無數層層疊疊的歲月來到提漠的面前，使她在剎那間回憶起愛琴海的氣味和聲音，又在羅布泊駭人的浪濤聲中被一點一點地遺忘了。

無名湖的東岸是大片肥沃的農田，在陽光下發出金屬般的光芒，而無名湖就像是一塊無可比擬的藍寶石，水的氣息又寬又滿，在風中翻滾著它們墨綠的波浪。漁民們扛著魚簍，赤足走在濕漉漉，亮晶晶的沙灘上。

樓蘭商人想，怪不得人們走了那麼遠的路，最後願意為這個地方停留下來呢，原來它與真的愛琴海一樣美！

之後，他們從不和部落之外的人交往。他們不知道外面的人，外面的人也不知道他們。在這個地方，人們仍保持原有的生活習慣，他們在陸地上種植小麥，在海中漁獵，使用青銅器，性情溫和，平時總是耽於葡萄酒，迷藥，詩歌和對某個哲學命題的辯論中。

樓蘭商人和提漠兩姐妹帶回的消息，在愛琴海部落上層的人中間一時間炸了鍋，人們不知該如何是好。

「不要慌。」提漠的父親大聲制止了人們的慌亂。他和部落裡的幾位長者商議，現在暫時封鎖匈奴要來的消息，等天黑時再宣布，同時讓大家在今晚做準備，明天一早全愛琴海部落人遷徙到別處去，既然此處已被部落之外的人發現，就必須遷徙到一個新的地方去。

「那匈奴人今天晚上會不會殺過來？」有人不無擔心地問。

「不會，他們沒那麼快。」提漠的父親為了穩住人心，嘴上雖然這樣說，但心裡也沒底。

樓蘭商人和提漠兩姐妹心裡更沒底。

他們祈求上蒼，匈奴最好今天晚上不要來。

但是，一場慘烈的殺戮還是很快就降臨了。

下午，天空仍是晴天朗日，這樣的日子不容易讓人想到災難。災難來臨時總是會有些預兆的。可是，在這樣一個晴天朗日下，卻沒有一點要發生什麼的跡象，空氣潮濕而又寧靜，似乎是某種美好事物的開端。黃昏的安靜美好就像是複製的時光一樣停滯不動。

不知道匈奴從哪裡來，也許是從北方草原上，或是從遙遠處的未名山上，這一群被人長久詛咒的人，用木頭船很快就渡過了沙阱，沿著無名湖的海岸線，一隊一隊的人馬，像黑色的潮湧，一眨眼地像風一樣湧了過來。他們披著鐵的鎧甲，持著鐵的利劍，呼嘯聲從農田，城郭和愛琴海的海岸飛躍而過。

因為提漠的父親封鎖了匈奴要來的消息，所以部落裡的很多人不知道這一群人是誰？他們要來幹什麼？

最先看到他們的是在湖泊東岸田地裡勞作的一對父子。

父親遠遠地看見沿著海岸線卷來一陣黑色的塵土，騎在馬背上的武裝者，這些人都雙腿叉開，上半身全力伏在馬背上，手中都握著的大刀，在陽光下閃著銀亮的光澤，遠遠地看過去，就像是一個個長了六條腿的怪物，一種他從沒見過的怪物，他禁不住地笑出了聲，沒等收住笑，只聽見「唠嚓」一下，一顆帶血的頭顱就落了地。

這一切，被藏在麥田深處的這個少年看見，嚇得噤住了聲，連忙抄小道返回部落，一進部落大門，他就用變了聲的嗓音喊：「大家快跑啊，『人加馬』的怪物來了。」

「殺人了。」

部落裡的人們都聽到了這一聲驚恐變形的尖叫，整個城動了起來，他們出來看，究竟是怎樣的「人加馬」的怪物來了。特別是那些老人，算是見過世面的，可活到了八十歲也沒聽說這樣的怪物。他們互相攙扶著，往前走了一段，看不清楚，再往前走，只聽見馬蹄聲和人的叫喊聲在部落周邊響動，暫時還沒想到會有什麼危險。

直到部落古怪的吶喊聲越來越近，蓋過了無名湖的波濤聲。

一切都來不及了。

那野蠻的殺戮如天邊的烏雲滾滾而來，像一枚炸彈，說炸就炸了。接著，在漫天的塵土中，一片銀亮的刀光朝著他們劈頭蓋臉地俯衝了過來，烏暗的刀刃，發出激烈的撞擊聲，還有人的頭顱飛落在地的啪啪聲，血從刀尖向下流，發出混濁的鈍響。

匈奴從無名湖邊掠過，村莊和農田都陷入了血泊中。在這個部落中，人們沒有戰爭的意識，所以便不堪一擊，不是那些兇悍匈奴的對手。他們且戰且退，終於，漫天火光從塌陷的一排排房屋上升起，侵略者的狼頭旗在部落的中心廣場上高高飄起。

從遠方草原上撲殺過來的匈奴，就這樣頃刻間改變了無名部落的歸屬，已將它變成了野獸的領土。

而這領土，卻要靠著野獸的殺戮才得到的。

到處是血汙、眼淚、恐懼以及逃亡的人群。火光像洪水一樣，頃刻間連成一片駭人的光亮，火焰扭動著，在黑夜中像一張獰笑的人臉。空氣在燃燒。

這個部落在一簇火焰中坍塌。

黑夜來臨了。

一些倖存者們不覺中匯聚到了一起，暗夜中，誰也看不見彼此的眼睛，只看到彼此身上的灰塵和血跡，像哀傷的目光。遠處，那些屍體全身赤裸著，仰面朝天，被海浪捲著，像一截截折斷了的樹枝。

在這些大批逃亡者的混亂人群中，提漠也在其中，當時，她的父親已倒在了血泊中，她和妹妹赤著腳跑出了城郭，她們冰藍色眼睛裡滿是驚恐，長長的金色卷髮垂在腰際，白色的棉袍已經髒汙。

混亂中，有人大聲在尖叫，哭泣，妹妹抓著她的手，並用項鍊緊緊纏住自己和姐姐的手，以防走失。她不停地叫著「姐姐、姐姐……」隨姐姐一起穿過濃煙和火光，和大批人流往無名湖岸邊跑去。

突然，妹妹被匈奴的一枝利箭射中，她睜大眼睛鬆開了提漠的手，身體摔落在一塊石頭上。一會兒，一股黏稠的東西從她的頭部流出，她的身體開始變涼，變薄，隨時都有可能被風吹走。提漠伸手一摸，手指被染成了黑紅色。

樓蘭商人也在逃亡的人群中，看見提漠的妹妹被箭射中，趕過來想把她抱起，但已經太晚了，那支箭穿透了她的胸膛，血正在汩汩地往外湧著。她在彌留之際看見了樓蘭商人，斷斷續續地對樓蘭商人說：「帶姐姐跑，娶她，讓她活……」

「妹妹、妹妹……」提漠用力搖動她，但無論如何都把她搖不回來了。

項鍊的珠子從提漠手腕處滾落了下來。

最終，只有少部分的倖存者有幸逃了出來。現在，這些人群朝著一個戴頭冠的中年男人圍了上來，乞求，哭泣，或者低聲咒罵。

他是部落的首領，平日裡的他顯得很高大，而此時巨大的陰影卻壓低了他的身軀。

遠處，是匈奴一波一波的人喊馬嘶，以及各種交織在了一起的聲音，猶如一張遮天蔽日的大網，朝他罩了下來。

他疲憊地靠在無名湖邊的一塊岩石的陰影中，在又高又直的岩石的峭壁上，是一隻老鷹，鷹爪緊緊地抓住岩石的邊緣，在它展開的巨翅之間，是一絲如血的彎月。

在泥濘和血汙的灘岸上，鐘聲自遠處的城郭中傳來。之後，一顆孤星從暗沉沉的天際滑落下去，很快就消失了。這位部落的首領注視著這顆流星，抑制住自己，一種從未有過的巨大孤獨占據了靈魂，作為一個已失去家園的部落的首領，壓得他抬不起頭來的不僅是頭冠，還有痛苦和恐懼。他自問：「那是誰的命星？閃爍出的光芒是這樣地短暫。是的，每個人都有映照他的星辰，在命運為他描畫的道路上指引方向。我的那顆星在哪裡？我帶領大家踏上流亡的道路，會在哪裡終止？」

他環顧四周，那些黑暗中閃亮的目光告訴他，自己是可以被信賴的：「隨我來，一起儘量往前走吧。已經沒有什麼可失去的了。」

§

提漠沒辦法埋葬妹妹，只是把那串項鍊纏繞在她的手腕上，就又隨樓蘭商人向前逃去。部落裡的大部分人已經死了，剩下的這一小部分在恐慌逃命。家，一旦被別人占領，而且占領者是強大的敵人，那就得趕緊逃離。而要逃離向哪裡，誰也不知道；家在哪裡，更是沒有人知道。

提漠和樓蘭商人跟隨大家一起沿無名湖向西邊跑，所有的人都不敢出聲，只是屏住呼吸往前跑。他們知道，只要匈奴聽見了他們的聲息，就會馬上追上來。

但他們的運氣實在太差，一位自小練就了好眼力的匈奴在馬背上彎腰要去拿水袋時，看見一大團黑糊糊的影子在疾速向遠處移動過去，他斷定那是一群人在逃跑。他大叫一聲：「有人在逃跑。」

立刻，一片密集的馬蹄聲響起，匈奴的馬隊像旋風一樣向他們掠了過去。

悄悄逃亡的人又變得混亂起來。

提漠驚叫一聲，覺得腳一下子沉了很多。樓蘭商人下意識地抓緊了她的手，迎著匈奴，把自己的身子擋在了她面前。

匈奴又是一番砍殺，很快，不少人便倒地而亡。他們看見只剩下的十幾個人，便決定停止殺戮，把他們帶回去。

部落首領、提漠和樓蘭商人也在其中。

匈奴把剩下的十幾個人的手用繩子串起來，向他們的駐地行進。匈奴在馬背上唱歌，喝一口牛皮酒壺中的酒，然後丟給另一個人。他們說一些只有他們能聽懂的笑話，很為今天的事而高興。

無名部落中的一個人腰間藏了一把刀子，他趁匈奴不注意，用刀子割斷了繩子，一下子，被俘的人散開，向四周逃竄。

匈奴的歌聲戛然而止，喉嚨裡的酒也一下子咽了下去。

逃竄的人想擺脫他們。

但怎麼能擺脫呢，匈奴已經被激怒了，他們用粗壯的雙腳一夾馬腹，那些和他們一樣矮壯的馬便嘶鳴著衝向逃竄者。衝到他們跟前，匈奴突然一提韁繩，馬便騰空而起，將兩隻前蹄踩到了逃竄者的身上。

噗噗噗——

逃竄者發出一聲聲哀號，繼而一個個倒地而亡。

部落首領、樓蘭商人和提漠沒有跑，他們知道跑是沒有用的，所以只是手把手待在了原地。同族人的哀號讓他們憤怒，但眼睜睜地看著他們被匈奴用馬蹄踩死卻無可奈何。

匈奴憤怒了，要把部落首領殺死，他們認為是他在暗中操縱了剛才的一切。部落首領臨死不懼，族人已經幾乎全部都死了，他覺得自己活著也沒有什麼意思了。看見一個匈奴舉起了彎刀，他反而迎了上去。

彎刀在月光中泛出一股寒意，要砍向他的脖子。

「等等」樓蘭商人突然喊叫了一聲。

已經向下落著的彎刀歪斜著拐到了一邊，那股寒意被裹入了黑暗中。

「讓我換他死，行不行？」樓蘭商人問。

「你是誰？哈哈！」匈奴發出一片嘲笑。

樓蘭商人很平靜地說：「我是樓蘭王的弟弟，將來的樓蘭王。」

「噢，你是樓蘭王的弟弟，將來的樓蘭王？你想換他死，行。反正他也是一個沒有用的老頭，成交。」匈奴很得意。

提漠發出一聲驚叫，想用力抓住這個一直稱自己是樓蘭商人的手，但他的手太大，她無法抓住。到現在她才知道他是樓蘭王的弟弟，將來的樓蘭王。她有些欣喜，但她感覺經由他剛才說出的話，他已經變得有些模糊不清了，似乎風都可以把他吹走。

匈奴放開了部落首領。樓蘭王的弟弟救了他，他沒有生命危險了，可以離開了。他邁著趔趄的步子往一座沙丘後走去，巨大的黑暗一下子把他吞沒了。在這樣的黑夜之中，他輕微得如同一粒沙礫，足以頃刻間消失得無影無蹤。

匈奴把樓蘭王的弟弟和提漠縛起來，然後開始喝酒。不一會兒，他們便一一喝醉了，像一塊塊石頭一樣重重地倒在地上，發出粗重的呼嚕聲。

樓蘭王的弟弟和提漠靠在一起，彼此感覺到對方的體溫正在降下去，就像沙漠裂開了一個冰冷的口子，他們正在一點一點往裡滑進去。

夜慢慢深了。

後半夜，一個黑影悄悄接近了樓蘭王的弟弟和提漠。他的身子很敏捷，幾個閃展騰挪，就與樓蘭王的弟弟和提漠的身影貼在了一起。他用刀子割斷束縛樓蘭王的弟弟和提漠雙手的繩子，帶領他倆向一片樹林逃去。

躺在地上的匈奴有的吐著酒氣，有的在放屁，讓空氣中有一股難聞的氣味。他們喝多了，不知道有人已經把樓蘭王的弟弟和提漠救走了。如果他們一覺睡到明天天亮，樓蘭王的弟弟和提漠就已經逃出很遠了。

但那個自小練就了好眼力的匈奴睡覺時睜一隻眼，閉一隻眼，他肚子不舒服，就醒來了，於是便發現了他們。

他爬起來大叫：「噢哈，起來啊，人逃跑了。」

很快，又是一片密集的馬蹄追了過去。

來救樓蘭王的弟弟和提漠的人一推他倆，說：「進樹林，跑。」然後，他轉身迎向匈奴。他手裡的那把短刀在月光下泛出的寒光，像一根光柱似的，拉著他向匈奴撲去。

「首領。」提漠從他的聲音中聽出他是首領，他被樓蘭王的弟弟救下後，卻並沒有遠離，而是藏在附近等待機會要把樓蘭王的弟弟和提漠救走。

樓蘭王的弟弟聽提漠叫出了首領，頓時一驚，但眼下的局勢已無力挽回，他不得不拉著提漠的手跑進了樹林。黑夜中的樹林是一個巨大的屏障，把他們遮蔽了起來。

樹林外，部落首領已刺死了一個匈奴，奪到了他的長彎刀。他不想跑，更不想活了，索性舞著彎刀衝進了匈奴群中。

匈奴們下馬，把他圍得嚴嚴實實。

他飛快舞動著手裡的彎刀，泛出一條條寒光，似乎要把匈奴一一刺死。匈奴不再向他圍攏，高聲喊叫著，把彎刀一次又一次刺向夜空。他不在乎匈奴幹什麼，飛快刺出一刀，一個匈奴「嗚」地叫了一聲，倒在了地上。匈奴仍不向他圍攏，依然高聲喊叫著，把彎刀一次又一次刺向夜空。

空氣中有了一股不易察覺的寒意。

突然，匈奴停止了喊叫，一起向他圍攏，把一次又一次刺向夜空的彎刀對準了他。他的彎刀再次泛出寒意，但很快，就有一大片彎刀泛出的寒意像大山一樣壓了下來。他的身體發出中刀的「噗噗」聲，很快他便倒下了。

夜太黑，不知他中了多少刀，身上流出了多少血。

匈奴把他的頭皮割下一塊，綁在了馬脖子上。這是他們的習俗，在戰場上打仗，每殺死一個敵人，他們都會用彎刀割其頭皮一塊，好拿回去邀功受獎。如果被殺死的敵人身分特殊，他們還會割下其頭顱拿回去做成酒壺喝酒。今天，他們覺得這個部落首領的身分並不特殊，所以沒有割他的頭顱。

緊張的氣氛安靜下來了，匈奴這才反應過來，樓蘭王的弟弟和提漠跑了。他們不知道往哪個方向去追他們，所以便嘟囔著：「兩個像羊羔一樣的人，倒跑得挺快。」

「不追了嗎？」

「不知道他們往哪個方向跑了，怎麼追。」

「那個男人，可是樓蘭王的弟弟，將來的樓蘭王？」

「那又能怎樣，還不是一隻羊羔嘛，遲早要挨我們的彎刀。」

「那就不追了。」

他們又像一塊塊石頭一樣重重地倒在地上，很快發出粗重的呼嚕聲。

天亮後，匈奴們從地上爬起，一邊嚼著風乾羊肉，一邊喝著酒，上馬離去。行之不遠，他們聽見無名部落四周響起了一種可怕的聲音。他們勒馬停住，發現這可怕的聲音是從地底下傳出來的，似乎有無數怪獸正在地底下奔馳，要把大地掀翻。鳥兒已經受到了驚嚇，嘶鳴著向遠處飛去。

「怎麼啦？」

「崑崙神發怒了嗎？」

「這個部落受神靈保護嗎，我們是不是冒犯了神靈？」

匈奴亂成了一團，發出不同的怪叫聲。

可怕的聲音越來越大，地底下的怪獸似乎馬上就要探出頭了。匈奴們嚇壞了，馬上從馬背上跳下來，朝著發出聲音的地方跪下，雙手高舉，大聲呼喊著：「崑崙神、崑崙神……」他們信仰崑崙神，在這一刻，他們祈求崑崙神保佑自己。

然而，一聲巨響還是把他們祈求的聲音淹沒了。一股沙塵升起，無名部落在瞬間陷了下去，沙漠中出現了一個大洞，裡面響動著沉悶的聲音。不光如此，無名部落旁的無名湖也動了起來，水面像是豎立起來似的，向一邊倒了過來。匈奴們發出驚叫，覺得崑崙神真的生氣了，要用湖水來淹沒自己。但湖水並沒有淹到他們跟前，而是灌進了無名部落陷落的那個大洞中。不一會兒，一個湖不見了，那個大洞也合攏了。

沙漠復歸平靜。

匈奴們趕緊上馬，一邊跑一邊詛咒，發誓以後再也不來這個地方了。他們不知道，無名部落的下陷和無名湖的乾枯，實際上都是他們一手造成的。他們製造了太多的木頭船渡過了無名部落四周的沙阱，把沙阱之間的沙土擠壓得坍塌，讓沙阱之間貫通了，所以地底下全空了，讓無名部落和無名湖下陷了。

無名部落無影無蹤地消失了。

§

樓蘭王的弟弟和提漠順利逃回了樓蘭。

樓蘭王聽弟弟講完這次出去的經歷後，覺得他有可能引禍上門，氣得用手狠狠拍了一下桌子，仍用像刀子一樣的目光瞪著他。本來，他是想讓弟弟出去鍛煉一下，讓大漠裡的風把他吹一吹，讓黑夜中的寒冷把他凍一凍，讓飢餓和饑渴把他熬一熬，他只有經歷了這些，才會懂得眺望遠方，像樓蘭的那些成熟男人一樣，從此樹立起「眼睛能到達的地方，人和馬就一定能到達」的信念。但沒想到他居然跑去管別人的事，還把自己是「樓蘭王的弟弟，將來的樓蘭王」的祕密也洩露了出去，匈奴知道了這些，說不定很快就會發兵來攻打樓蘭。

弟弟說：「我不能見死不救。提漠他們部落裡的人差不多都死了，只剩下兩三個人了，我想讓他們留下存活者。」

樓蘭王目光裡的刀子漸漸隱沒不見了，他扭頭看了一眼提漠，雖然她衣衫不整，一臉疲憊，但仍然可以看出她很美。他想對她說些什麼，但覺得事已至此，不知道該說什麼好，便朝弟弟揮揮手，讓他們下去了。

晚上，樓蘭王做了一個夢。他夢見有一大群人騎著馬，手舉彎刀來攻打樓蘭，他帶領樓蘭士兵出擊，和他們在樓蘭城外打了一仗。

在戰鬥過程中，他發現自己的士兵太少，很快就被敵人包圍了。不光如此，還出現了一種奇怪的現象，他的長刀砍在敵人身上，居然砍不死敵人。他奮力砍呀砍呀，敵人不但不死，反而越來越多，他們狂笑著把自己圍住了。他舉刀向敵人的首領砍去，但他的刀卻被一陣風亂跑了。他想讓樓蘭人逃跑，但發現實際上只剩下自己一人了。他喊叫著大家的名字，喊著喊著，就醒了。

他坐到了天亮。

上午，他吩咐下去，讓人統計一下樓蘭國的人口和兵力。很快，一組準確的數字就報上來了：「戶千五百七十，口萬四千一百，勝兵兩千九百十二人。輔國侯，卻胡侯，鄯善都尉，擊車師都尉，左右且渠，擊車師君各一人，譯長一人。」

看完，他的心一下子就沉了。樓蘭這麼少的人口，尤其是兵力才兩千九百一十二人，如果有敵人來犯，如何招架。

一整天，夢中的情景在他腦中迴旋。他想，夢有時候是靈驗的，自己不能忽略這個夢，要儘快拿出一個好辦法防範敵人才對。

當晚，前一天晚上做過的夢又重複了一遍。樓蘭王醒來後大汗淋漓，內心的恐懼讓他覺得敵人已經離樓蘭不遠了。他坐在黑暗中苦苦地想，怎麼辦，樓蘭怎麼辦。

在西域這片地方，並非只有樓蘭這一個王國，既使最偏僻的地方也有人。且末、精絕、姑墨、且彌、捐毒，這些具有青銅質地的好名字，猶如一個個遠去的古代身影在眼前重疊著。透過霧一樣的沙帳，看見他們耕地、種田、狩獵、天圓地方、胡風野地，一曲曲寧靜家園的浩天長歌在天地間響起。

樓蘭人恬靜平和，他們在這裡生活了那麼長時間，並沒有養成大月氏人的那種剛強和堅韌，也沒有養成烏孫國人那種好戰的性格，更沒有養成龜茲國人的那種多才多藝，但是，這裡的樓蘭人和任何一個地方的樸素的人們一樣，友好、豁達，好客，他們隨時都願意和你分享哪怕僅僅是一個笑話。

有時，他們的平和有時讓人覺得費解……然而，如果你對他們的要求不過分的話，他們總是那麼親切、那麼善良……

但是現在，自己的弟弟讓樓蘭和匈奴發生了關係。他預感到寧靜的樓蘭將會很快變得不平靜起來，但自己作為樓蘭王，該如何挽救樓蘭呢？他的頭疼了起來，晚上的噩夢加上白天的焦慮，他的頭能不疼嗎？無奈之下，他決定走出王宮去透透氣。

多好的一個王國啊，人們的神情都坦然自若，舉手投足之間明顯的有一種自足感。對於樓蘭人來說，因為沒有經歷過戰爭，所以人們的內心是沒有戰爭概念的，樓蘭國的人從來不互相爭搶什麼，狩獵、打魚或對外貿易所得，就足以讓他們過上舒舒服服的好日子。

他走到一位賣魚的老太太跟前，把她筐中快要掉出來的一條魚往裡塞了進去。老太太認出了他，趕緊說：「這是我幹的活，您是樓蘭的國王，怎麼可以？」

聽她這麼一說，他的內心更沉重了，是啊，自己是樓蘭的國王，本來就應該幹好自己該幹的事情，可眼下自己卻猶豫徘徊，真是不應該啊！

往回走的路上，他突然理解了弟弟用自己的性命救無名部落首領的舉止，他覺得弟弟在那一刻表現出的精神是值得肯定的，以後他來當樓蘭王，看來是可以的。

在王宮的一間房子裡，提漠和樓蘭王的弟弟正在進行一場交談。提漠說：「樓蘭所處的這個位置不好。」

樓蘭王的弟弟問：「為什麼？」

「處在一個十字路口，不好。」

「為什麼不好呢，處在這樣一個位置去哪裡都方便呀。」

「去哪裡都方便是好，但不好的一點也就在這裡。」

「為什麼？」

「中原的人到西域要經過這裡，是不是？」

「是。」

「西域的人到中原去也要經過這裡，是不是？」

「是。」

「時間長了，樓蘭人能受得了嗎？」

「確實是這樣，中原的人到西域經過這裡時，樓蘭要出人給他們背水和乾糧；西域的一些王國的人到中原去經過這裡時，樓蘭要接待他們，供他們吃住。」

「如果西域的哪個王國想掐斷去中原的路，會不會占領樓蘭？」

「會。」

「反過來說，如果中原想掐斷通往西域的路，會不會占領樓蘭？」

「也會。」

「所以說，這個位置不好。」

「那怎麼辦？」

「建議你的哥哥把樓蘭國遷到別的地方去。」

「啊，那不行！樓蘭國人都知道，我們如果遷走，會惹惱河龍的。我們樓蘭多少年來一直受河龍的保護。」

「你這樣認為？」

「是啊！」

「……」

§

樓蘭王和提漠的擔憂都是準確的。

在離樓蘭很遠的地方，匈奴人正在商議一件大事，他們準備在秋高馬肥之際南下中原，劫掠漢人的城郭和村莊，而南下的必經之路就是樓蘭。一提到樓蘭，他們馬上想到了在無名部落先是騙了自己，後又逃跑了的樓蘭王的弟弟，將來的樓蘭王。他們決定，以樓蘭王的弟弟騙了自己為藉口，收拾一下樓蘭。當然，這樣做的真正目的是讓樓蘭臣服自己，在南下和返回時老實一點，把吃住方面的事情辦好。

商議完畢，他們發出了大笑。

匈奴人。

直到現在，許多人對匈奴人的印象都是模糊的。在許多文字作品和影視作品中，他們被描述成生性兇殘好鬥、長相醜陋，有一種天生獵取習性的人。

匈奴的首領叫單于，意思是「像天子一樣廣大的首領」。在使用匈奴之名前，他們也曾用過獫狁、葷粥等。像所有的游牧部落一樣，他們逐水草而居，沒有名字，沒有以農業為主的民族那樣有固定居住的城郭。因此，他們是一群未開化的、缺少文明的「蠻荒之人」，以獵取為主要的生活內容。如果你問他們來自何方，出生何地，他們不可能告訴你。

他們的身材矮而粗壯、頭大而圓、闊臉、顴骨高、鼻翼寬、上鬍鬚濃密，而頦下僅有一小撮硬鬍鬚，長長的耳垂上穿著孔，佩帶著一隻耳環，頭部除了頭頂上留有一束頭髮外，其餘部分都剃光。厚厚的眉毛，大大的杏眼，目光炯炯有神。他們身穿長及小腿的、兩邊開叉的寬鬆長袍，腰上繫有腰帶，腰帶兩端都垂在前面。

由於寒冷，袖子在手腕處收緊，一條短毛皮圍在肩上，頭戴皮帽。鞋是皮製的，寬大的褲子用一條皮帶在腳腕部紮緊。弓箭袋繫在腰帶上，垂在左腿的前面，箭筒也繫在腰帶上橫吊在腰背部，箭頭朝著右邊。

匈奴人的兇猛和野蠻也是難以想像的。他們劃破自己孩子的面頰，使他們日後長不出鬍子。他們的身體壯碩，手臂巨長，不合比例的大頭，形成了畸形的外表。

他們像野獸一樣生活，食生食，不調味、吃樹根和放在他們馬鞍上壓碎的嫩肉。不知道犁的使用，不知道固定住處，無論是房屋，還是棚子。

他們常年游牧，習慣了忍受寒冷、饑餓和乾渴。其牧群隨著他們遷徙，其中一些牲畜用來拉篷車，車內有妻室兒女。婦女在車上紡線做衣，生兒育女，直到他們被撫養成人。他們的服裝是縫在一起的麻織內衣和動物皮外套。內衣是深色，穿上後不再換下，直到在身上穿壞。頭盔和帽子朝後或戴在頭上，多毛的腿部用羊皮裹住，是他們十足的盛裝。他們的鞋子，無形狀和尺碼，使他們不宜行走，因此，他們作為步兵是相當不適合的。但騎在馬上，他們幾乎像嵌在他們醜陋的小馬上一樣，這些馬不知疲倦，並且奔馳時像閃電一樣迅速。

他們在馬背上度過一生，有時跨在馬背上，有時像婦女一樣側坐馬上。他們在馬背上開會，做買賣，吃喝——甚至躺在馬背上睡覺。

——這些，都是後來的史學家記錄下來的。

樓蘭迎來了一個節日，人們在羅布泊湖邊唱歌跳舞，一堆胡楊樹枝點起的大火騰起了烈焰，照亮了人們臉上的喜悅。

但是，一群黑壓壓的匈奴人出現在這蠻荒的大漠視野中。這群粗糙兇悍的匈奴人，要用疾馳而來的馬蹄聲，使樓蘭國歡樂的歌聲戛然而止，用刀劍，將這一池平靜的湖水挑起騰天大浪。

羅布泊荒原的風很硬，寒冷刺骨，羶味濃烈。已經是初秋了，極目樓蘭四周，有不少地方是一望無際的，在風中起伏的草葉。

匈奴單于，以及他身後數以千計的士兵，在這個時候停在了羅布泊湖邊上。單于細眯著眼，目光死死盯著這片藍綠色的湖泊——湖水又寬又滿，水的氣息飽含在街面的每一顆細沙裡。他隨身攜帶著彎刀，正不知不覺地在手中握緊，連空氣都充滿了與之相碰撞的嘎嘎聲。

他疑惑著駐馬下來，乾癟的嘴唇動了動，將唾沫狠狠地咽了下去，四周出奇的冷寂，所有的聲音都凝固了，似乎任何一種聲音一經發出，就會被這藍色的天地所震懾。

然後，匈奴單于登上湖邊一個高高的沙包，向不遠處的城郭張望，潮濕鹹腥的水汽漫了上來，嗆得他狠狠地打了幾個噴嚏。

這就是傳說中的羅布泊了。

海市蜃樓般的城郭在他的視野中飄蕩。他深深地吸了一口氣，感到了一種難以言喻的饑餓感，好像一團火忽然跑到肚子裡去了。一個念頭固執地占據了他的所有意識，像晶體一樣放出光芒，它不顧一切，強大無比。這個念頭就是……占有它。

匈奴單于這樣想著就安了心，唇邊露出一抹微笑。

突然，他從喉嚨裡迸出一聲「走——」，揮舞著馬鞭飛一樣地向前衝去。身後，馬蹄起落處，濺起滾滾的黃沙……

這個時候，樓蘭國王宮的侍女們在宮殿長廊的窗前一邊繡著狩獵圖，一邊與身後的騎士輕輕交談，間或還癡癡地笑著。

提漠站在裝飾華麗的樓蘭王宮內，透過雕花門框上輕紗似的帷幔，看著樓蘭國隱約的綠色，一片開始萌生的草葉瘋狂生長，茂密植物的潮氣，以及羅布泊長年堆積著的水的潮氣——這背景有可能是虛設，而春天的氣息確實已圍攏而來。

提漠自從到了樓蘭，每日早晨第一件事就是打開門扉，傾聽從深宮大牆外傳來隱約龐雜的市井聲。那混雜著凡俗人間的聲音在她聽來無異於琴瑟相合的音樂之聲，喧鬧、古老，節奏鮮明，把一個女人在一瞬間從嘴角上揚起的一抹微笑照亮。

沒有一點預兆，誰也沒有看到在這個時候，一群匈奴士兵像濃烈的黑水一樣朝他們湧來了。

樓蘭王沒有讓樓蘭國的士兵出擊，也沒有讓任何一個老百姓逃走，他只帶了少數幾名護衛，不佩刀不背弓箭，出城把匈奴擋在了城外。城門很快關上了，樓蘭國的老百姓都在城內。

單于讓部下擺上寬大的躺椅，鋪上獸皮，然後一邊喝奶酒，一邊居高臨下看著樓蘭王向自己走來。單于保持了匈奴多年的傳統，每次出來打仗都讓人帶著寬大的躺椅和獸皮，即使兩軍打得不可開交，他也照樣躺在上面一邊喝奶酒，一邊用那雙深陷的眼睛觀看形勢。很快，他就會把酒碗扔到一邊，向匈奴下令如何攻擊對手。今天，他不想打樓蘭，所以便讓士兵在樓蘭城外停住，但讓他不高興的是，樓蘭王居然像防賊一樣把城門關上了，他覺得樓蘭王應該熱情地迎自己進城，用好酒好肉招待自己才對。自找麻煩，他在心裡這樣想，但他壓制著內心的不悅，瞇著雙眼看著樓蘭王如何麻煩。

樓蘭王走到單于跟前，行了一禮，說：「歡迎您，大單于。」

「為什麼不讓我們進城？」單于扳著臉問。

「城太小，容不下您的大軍。」樓蘭王從容地回答。

單于冷笑一聲：「那你不知道下跪嗎？」

樓蘭王說：「我們樓蘭人除了父母外，從不對別人下跪。」

單于的眉頭皺了起來，說：「你難道不知道嗎，我是草原唯一的主人，所有的匈奴都把我當做父親。」

「那是你們匈奴的事情。」樓蘭王不亢不卑。

按說，要是在平時單于聽到這樣的話，見到這樣說話的人早就生氣了，弄不好腰裡的彎刀早已砍出去了，但今天他突然想玩弄一下樓蘭王，便說：「你的膝蓋是石頭長的嗎，硬得跪不下去？」

樓蘭王回答：「不是石頭長的，但除了父母外，從不對別人下跪。」

「那你就不為他們想想？」單于用手一指樓蘭城，他知道樓蘭人都躲在城裡。

「我願一個人承受一切。」樓蘭王仍然不亢不卑。

「你比風還輕，比石頭還小，你覺得你能承受什麼？」單于有了繼續玩下去的興趣。

「再輕的風也能把土刮起，再小的石頭也能堆成山。」樓蘭王接上了單于的話。

單于沒想到樓蘭王的口才很好，似乎不動聲色地和自己在較量，但他繼續玩下去的興趣更大了，於是說：「好！那你打算如何承擔受一切？」

「只要您不讓士兵進城，並且能夠撤走，我怎麼樣都行。」樓蘭王很誠懇地說。

單于一聽他這麼一說，馬上吩咐一名匈奴士兵：「拿一張羊羔的羊皮來，讓他披上在地上爬。」

羊羔皮拿來了，樓蘭王看了看羊皮，問單于：「您說話算數？如果我披了，您就得一定不讓士兵進城，並且能夠撤走。」

「算數。」單于只說了兩個字。

樓蘭王感覺有淚水要從眼眶裡湧出來了，但一想到自己這樣做可以挽救樓蘭國人民的性命，淚水立刻就又退了回去。他把身子趴在地上，讓匈奴士兵把羊羔皮披在自己身上，然後在地上爬了起來。

「羊羔、羊羔。」匈奴歡呼起來。

樓蘭王爬出一截後，起身把羊羔皮放在一邊，走到單于面前說：「您可以撤兵了吧？」

單于看見樓蘭王的眼睛裡有像刀子一樣的目光，不由得內心一驚，他覺得這個樓蘭王很像在打了敗仗後甘願認輸的匈奴人，能屈能伸實際上也是一種氣節，匈奴打了敗仗後甘願認輸，但卻不氣餒，總會尋找機會給對方更致命的打擊。他從寬大的躺椅上直起身子，覺得遊戲玩到現在有點意思了。樓蘭王見他半天不出聲，又重複問了一遍：「您可以撤兵了吧？」

「可以撤兵了。」單于懶懶地說。他覺得有些意猶未盡，尤其是看見樓蘭王眼睛裡有像刀子一樣的目光時，他的心裡多多少少有些不舒服，他覺得人披羊羔皮在匈奴看來是奇恥大辱，但在樓蘭王看來卻似乎並沒有什麼，他想和樓蘭王再玩玩。

「那請您撤兵。」樓蘭王用手向樓蘭東南方一指。但他萬萬沒有料到，他這一指又惹來了麻煩，而且還讓他搭上了性命。單于順他的手所指往樓蘭東南方一看，發現有一片樹林，立刻又有了玩下去的興趣，說：「那片樹林擋住了我隊伍前行的方向，我要把它砍了。」

樓蘭王大吃一驚。那片樹林多年來一直在為樓蘭擋風沙，是萬萬不能砍的，再說，他弟弟和提漠還藏在裡面呢。因為匈奴見過他弟弟和提漠，所以他沒有讓他們躲在城內，他怕萬一匈奴進了城，會認出他們。但萬萬沒想到兇殘的單于要砍樹，那樣的話，不但樓蘭以後無法防風沙，他弟弟和提漠不也就暴露了嗎？

樓蘭王剛剛輕鬆下來的內心又緊張了起來。

單于冷冷地問：「怎麼樣？」

「不能砍！」

「那你用什麼換？」

「你想要什麼？」

「我要……你的頭皮！」

「行。」

一個匈奴立刻從腰間抽出一把刀子，扔在了他的腳下。他毫不猶豫地拿起刀子把頭皮割了一塊，扔給了那個匈奴。

單于怪笑著問：「疼嗎？」

「不疼！」他回答得很乾脆，但血已經流到了臉上。

單于又眯起了那雙小眼睛，他覺得樓蘭王身上似乎有一股氣息向自己散發了過來，讓自己的眼睛睜不開，他用了用勁才把眼睛睜開了：「你做得不徹底。我們匈奴人但凡帶回去別人的頭皮，那一定是被殺死的敵人的，你知道嗎？」

「你、你要怎樣？」

「我還要帶你的頭顱回去做酒壺。」

樓蘭王體內的怒火一下子奔湧至四肢，他想衝過去一把扭斷單于的脖子，單于離自己這麼近，他很有勝算。但他又想，就算是把他弄死又能如何呢，這麼多的匈奴殺進城去，樓蘭人的性命就都不保了。

單于見他半天不說話，逼問了一句。「怎麼樣，你怕了嗎？」

「我死可以，但你要說話算數，把你的兵撤出樓蘭。」樓蘭王邊說邊撿起了地上的刀子。

「行。我說出的話，再大的風也刮不走，再大的石頭也砸不爛。」單于高興地笑著，把矮壯的身子又臥回了躺椅中。

樓蘭王的一位衛士被激怒了：「不能這樣，您死了，樓蘭以後靠誰？」他拔刀向單于撲過去。樓蘭王想攔住他，但已經晚了，一名匈奴從腰間拔出一把短刀，手一揚便投刺中了他的胸，他滿臉的憤怒立刻凝固了，歪斜著倒了下去。

樓蘭王痛苦地抹去眼角的血，仍用像刀子一樣的目光盯著單于。單于則用像狼一樣的目光盯著他。他不願再讓樓蘭人死了，於是便把刀子舉起，在自己脖子上抹了一下。一股鮮血迸濺而出，樓蘭王倒了下去。

單于用手示意了一下，一名匈奴用刀子割下了樓蘭王的頭，掛在了馬頭上。樓蘭王雖然死了，但仍用像刀子一樣的目光盯著單于，單于不由得一驚，心想，此人不是羊羔，是狼，是那種咬不死對方卻能把自己咬死的狼。

單于從躺椅上下來，向匈奴一揮手，低沉地說了一聲：「走。」

很快，匈奴的馬蹄在樓蘭城外踩出一片塵土，這片塵土像迅猛奔突的巨獸，向遠處移動過去。

樓蘭王的弟弟和提漠在樹林裡看到了這一切。哥哥割下頭皮的時候，弟弟想衝出去，被提漠緊緊拉住了。哥哥自殺時，他再次想衝出去，被提漠緊緊抱住了。憤怒讓他幾乎已失去了理智，但提漠的頭腦很清醒，她知道樓蘭王這樣做就是為了救他和城裡的樓蘭人，他衝出去只能多死一個人，對事態不能起到任何改變作用。看見哥哥倒地而亡，他把頭埋在提漠的懷裡嗚嗚嗚地哭。提漠緊緊地抱著他，一則是給予他安慰，二則是怕他的哭聲被匈奴聽見。

好在匈奴很快就跑遠了。

他拉著提漠的手從樹林裡走出來，把哥哥的屍體背回了樓蘭城裡。樓裡的人其實都已經知道發生了什麼事，所以列為兩排迎接樓蘭王的屍體。城中心的佛塔下，有人已吹起了號，似乎在超度樓蘭王的魂靈，又似乎不忍讓他離去。

當晚，手藝高超的匠人為樓蘭王打製了一尊金頭顱。第二天太陽剛升起時，這尊金頭顱嵌在了樓蘭王的脖子上，然後由十幾名士兵抬著出了城，向羅布泊湖走去。人們只是聽說過，在湖的另一邊有一個叫「千棺山」的地方，樓蘭王國的王公貴族死了之後都埋在那裡，但誰也沒有去過，所以沒有人知道「千棺山」到底是一個什麼樣的地方。

隨著樓蘭王的屍體被抬出城門，葬禮實際上就已經結束了。

弟弟抹去眼淚，宣布自己從即日起就是樓蘭王。

登上樓蘭王座的那一刻，他覺得哥哥正用一雙眼睛在看著自己，他不由得內心又一陣酸痛。

第二章

「樓蘭應該遷到別處去」。當時，說這句話的年輕女人是提漠，現在的她已是樓蘭王后。

在樓蘭的每一天，只要天晴，即便是浩瀚的湖風送來了清涼，抑或是炎熱的霧氣從河面上升騰而起，向著田野和城郭襲來，提漠總是要多走出數百米，一直走到樓蘭城外的河岸上，聽羅布泊的湖面上美妙的水鳥輕輕鳴叫。風在湖面上吹，拂動著波浪，把水鳥動人的聲音推到她的面前，使她有一種置身於故鄉的感覺。

她抬起頭，嘴唇又厚又柔，蔚藍色的眼睛充滿了憂鬱。那憂鬱像一棵隱蔽在黑夜中的樹，圓形的樹冠汲取著銀白的月光流瀉下來的涼氣，而且，因為沉重而渴望垂瀉下來，垂瀉在大地的陰影中，並埋下它們的臉。

而那張略顯瘦削的臉頰，則適合於沉思，像一頭幼獸在陽光下漫無邊際地沉思。而憂鬱，必將把這種沉思帶入往昔淒迷的記憶中。提漠對樓蘭王說起樓蘭應該遷到別處去，他就不說話了。但是，任何臆想都是一種美好的猜測。她有些無奈，她覺得樓蘭處在這樣一個十字路口，在以後真的會有麻煩。但樓蘭王聽不進去她的話，她只有低低祈禱樓蘭長久平安。她的祈禱聲在喉嚨深處像微風一樣盤旋，有一種奇怪而陌生的悲哀：「長治久安兮，國富民泰。沙礫成岩兮，遍生青苔。」

這首歌，如同被扼緊的喉嚨中不絕如縷的嗚咽。

樓蘭王宮大殿的走廊是用一塊塊雕花木板拼成的，每塊木板上都有花草的枝葉相連綴，若有陽光，悶黑的走廊才會有亮光透進來，在長廊裡明暗交替，映照出樓蘭王后提漠的身影。雖然她生下了兩個孩子，但仍氣色潤澤，明亮，迷人。

嘗歸是提漠成為樓蘭王后後所生的第一個孩子。然後是尉屠耆。

提漠很安靜地坐在帷幔後面的一張九色鹿的鹿皮上，她的呼吸安詳平穩。今天，她的第二個孩子尉屠耆剛滿兩歲，正無比安適地躺在她的懷裡，渾身散發出好聞的乳香，眼下，她像所有極其平凡的母親一樣，除了懷抱裡的這個嬰兒，陽光，偶爾的鳥鳴，其他的一切她都視而不見。

提漠慢慢知道，多年前，樓蘭人的祖先從歐洲的愛琴海出發，遠涉中亞的羅布泊，經過了一路上那麼長時間的顛簸和混亂的騷動，穿過了漫長的距離和時間後而終於抵達了這裡，並在這裡建立起了樓蘭王國。很多年過去，當雲朵摸到草尖，湖邊綠洲的麥子結穗了，麥浪也翻滾起來，一波拱著一波的。樓蘭城一個又一個嬰兒開始出生，像一滴滴水匯入了大海，彙集到了人類前進的大道上。

母親。提漠低頭念著這兩個字，內心感到無比慰悅。

現在，樓蘭王正在帷幔的另一邊等待著提漠。

自從哥哥死後，他就變成了一個沉默而不善表達感情的人。他似乎一直在忍受著什麼，過於隱忍和與世無爭的個性，使他的面部線條顯得生硬了一些。他聽見了提漠的腳步聲，不禁微微一笑。提漠穿著象牙色粗面生絲布的長袍，這稀絕的色彩與身體中散發出的香氣融合在一起，聚斂起香草的神祕魔幻——那些迷藥的氣味變得濃郁。

無疑，這天賦來源於提漠的幼年生活。她的父母曾開過一家藥材鋪，她就是在那裡嗅到了與肉體息息相關的神祕氣息。

數年前，在匈奴攻陷部落時，這位來自香料商人的女兒在慌亂的逃亡中，沒忘記將一小包香料籽，還有葡萄的種子塞進了胸衣裡。現在，都已在樓蘭國開花結果。

提漠是個喜歡配製各種迷藥的女人。她的屋子裡簡直成了一個魔液作坊，令人眼花繚亂的同時，一股奇異香氣在四處彌漫。這些安息香料，多用大宛國的玻璃盛放，但這麼濃釅的香料氣息也沒能壓得住她身上的麝香氣味。那混合了麝香與甘草的香味，使她的身體飽含汁液。在這樣一種奇妙的氣味中，她的身影輕盈地站立其中，在很多個月光彌漫的春夜，使樓蘭王夜不成寐。

她的身體是他的私人房間，他從來沒有厭倦過，從來沒有停止過。

她回想起自己的第一次——那天晚上，樓蘭國建國的第一個狂歡之夜剛剛結束，後宮裡沒有點燈，如水的月光流進房間，屋子裡的燥熱在發白的光線中升騰。樓蘭王的身影橫在前面，他身上有一股在黑暗中燃燒的火焰的味道。

隨著他的衣服一件件地脫下，那味道大了起來，熱了起來。

提漠看著他，一襲白袍也不由自主地從她的身體滑落了下來。這身體莊嚴華美，雖然還是無邪的年齡，但她胸前的雙乳外部渾圓，沉重，那外形真的是奇異極了，像是某類果實的表皮，使樓蘭王頓時渾身酥軟無力。

提漠全身的皮膚蒼白，隱約泛著一些血色。她的溫柔來自她身體中的水池——像有一種魚形的寂靜懸掛在他的身邊，有如芬芳清新的空氣，同那些廝殺聲，大漠夕陽、山岡、身披荊蒺的男人溶解在一起，可以使男人們變得溫和，帶給他們無法預見的驚喜。

樓蘭王知道，這是個敏感，脆弱的女人，現在，她引導著他在性的歡愉和生殖的幽暗之地跋涉。

相比較而言，自己的身體相形見絀，下體的形狀可憐，內向。他低下頭，開始用舌頭舔著她鎖骨形成的坑。

這時，一股幽香從她的耳後，肚臍，腋下，以及很多個隱匿處散發了出來。那氣味是看不見的，但越來越濃郁。他的頭面對這件珍品，抵在她體內那微張的器官上方，像是在尋找這氣味的來源。

這氣味越來越濃，後來，他乾脆沉溺於這種美妙的氣味當中，難以自持，身體上的草糾結在一起，一下子變得乾渴異常，他低吼了一聲，爆發出一股猛力，好像一個朝代的城池，一個又一個的士兵，抬著粗直的圓木，猛烈地撞向城門，誓要奪取江山美人。

那個夜晚，在一遍又一遍不可遏止的激情中，他把她的身體一次又一次地濡濕，如此瘋狂的性事，讓她的身體猶如飄浮在峽谷之中，上升或墜落，已分不清什麼是天堂，什麼是地獄。

那一晚，她哭了，哭她一生只有一次的東西被他拿走了。

很長的時間過後，窗外的風聲逐漸止息，黑暗中的窗櫺不再發出聲音，這個將被提漠編入私人紀事的處子之夜，邁入了凌晨的酣睡和迷夢中。

也就是在那一個夜晚，提漠的身體有了一陣痙攣的顫動，她沒有弄錯，她知道自己的身體裡發生了變化，就在那一晚，樓蘭王在自己的身體裡種下了第一顆種子——嘗歸。

她懷孕了。

由此，她相信樓蘭國的歷史是從性的迷幻，也是從性高潮中起頭並開始繁衍生息的。

所以，要重新體驗這個世界的原初狀態和重新感應世界成立的剎那感覺，則必須飲下用曼陀羅的雌蕊製成的迷藥。

她每天早中晚三次沐浴，一股味道奇異的薰香如同美妙的音樂包圍著她。她煉製出的香氣從紅色的膏體上散發出來，如果點火加熱，香氣就會變得驟然濃烈。遍布在空氣當中。無論誰從她的身邊走過，都會為她身上所散發出的幽香所吸引。

以至於那些侍女們將珍貴的一兩粒胡椒或肉桂偷偷藏在衣服的口袋或枕頭底下，以染上香料的氣味，讓自己也散發出迷人的氣息。

§

提漠生下了嘗歸後的第二年，她驚喜地發現自己又一次懷孕了。

世世代代，男人們不會感受到一個女人懷孕之後的那種恐懼和歡喜。那些日子裡，當提漠站在王宮外，聽到王宮裡那令她陌生而熟悉的家鄉話如水波一樣向她的身體漾開來時，時間也彷彿停頓了下來。她同時也感受到了她身體裡奇妙的變化。

那是一種類似於痙攣的震動。

她又驚又怕地將手覆蓋在腹部上——這是一個永不疲倦的時刻。腹中的孩子已經在用腳踢她的腹部，像有另外一個模糊的人正穿透黑夜尋她而來。她和他似乎前世就有約定，今生不論怎樣，都必須相見。

這個人是她的肉還是她的靈？

一個新的生命又一次降生了下來。

好像有那麼一次讓人走神的時候，樓蘭王透過半開的木窗，看見她掀起綢衣的一角，一隻渾圓的，沉甸甸的乳房露了出來，她將乳頭塞進了尉屠耆的嘴裡，同時把眼睛低垂下來，讓亞麻色濃密的長髮將它們遮掩。

尉屠耆一下子噤住了啼哭聲，安靜下來了。

而她這個時候卻猛然不動了，伸手將木桌邊的燈盞輕移到桌角，「呼呼」地朝半滅的燭火裡吹氣。

樓蘭王從未見過這樣的動作。她撮起的嘴唇和垂下的眼睫毛，使她的表情有一種母性溫厚的美，她每伏身一次，她的月白色的麻質薄袍在明暗的燭火裡就呈現一次光影，這光影在摹擬她肉體的形狀和動作。

一切都是不可言喻的。

他看得有些著迷，嘴角慚愧地笑笑。

這些年來，樓蘭王越來越顯得疲憊。他的頭髮稀疏，鬍鬚發白，體重開始減輕，有時，全身還會不由自主地一陣陣寒顫。

這一切都因為他老是重複做一個夢。在夢裡，大隊匈奴人馬殺了過來，樓蘭城頃刻間被他們占有。他面臨著一個和哥哥當年一樣的難題，如何對付匈奴，又如何保樓蘭平安無事。匈奴一會兒怪笑，一會兒怒罵，他無力應付他們。更讓他恐懼的是，他有時候會變成哥哥，用一把短刀自殺，但卻無論如何都殺不死自己，一著急，他便又變成了自己。不光如此，他還夢見匈奴一直在向樓蘭圍攏過來，但卻始終到不了跟前，他們的嚎叫讓他十分緊張……

每次夢醒後，他都一身大汗。

而這樣的夢幾年來一直在持續，讓他始終不能擺脫折磨。他知道自己之所以老做這樣的夢是因為太思念哥哥，同時也一直在為樓蘭擔憂，他總覺得匈奴有一天會打到樓蘭來，而一旦他們打過來，自己又如何招架。他曾經想讓樓蘭的軍隊發展壯大，但區區樓蘭國只有這麼一點人口，又如何發展軍隊呢？

擔憂，惆悵，痛苦，時間長了，他便老做噩夢。晚上睡不好覺，白天便沒精神，他的身體便越來越差，以至於他做每一件事情都很費力，思考每一個問題都很費神。在無數個難以入眠的黑夜，他都在苦苦地思考著如何讓樓蘭壯大起來，如何和匈奴有一搏的力量，但無論他怎樣想，都不能找出一個好辦法。原因只有一個，樓蘭太小，不足以抵擋得住強大的匈奴。

夜，靜得像一張無形的大網，把他拉入了絕望的深淵中。

樓蘭王身體的變化，提漠一一悉知。她決定幫助他走出噩夢的困境。

提漠端著小小的銅盆緩緩走向樓蘭王。盆裡是冒著熱氣的藥液，一會兒出現在光線裡，一會兒又隱沒在黑暗中，這讓她的身體在黑暗中也帶著神祕的微光。

她用雙手把這些香氣撲鼻的藥液，小心地塗抹在樓蘭王的身體上。這是她將曼德拉草用蜂蜜，糖，甘草與植物茴香的汁液和牛奶混和在一起的藥液。有時，她也會用菖蒲和肉桂做成洗劑擦洗他的身子。她相信，來自大自然的植物會賦予自身難以置信的神力，而這花蜜的混合物是維護樓蘭王生命活力的神藥。

「我們開始吧。」

她的聲音在他耳邊縈繞，被藥液越來越富有魔力的香氣所吸收，成為某種超現實的記憶，鮮明而恍惚，堅硬而虛空。

樓蘭王微閉著眼睛。漸漸地，他的毛孔張開，呼吸平穩。這是安全，閒適，可靠的一刻，他感覺自己像一個終於停下來的疲憊的跋涉者。少頃，樓蘭王感到有一雙手正在向上拉自己，他順應著那雙手掙扎向上，身體裡的疲憊慢慢像蟲子一樣爬走了。他睜開眼，看見提漠的雙手並沒有拉自己，他感覺到的那雙手只是她身上的氣息，但這股氣息太強烈了，真的像一雙手一樣在拉著他。

他突然有了睡意，想好好睡一覺。

他絲毫沒有想到，致命的危險再一次朝樓蘭襲來。

§

一股黑壓壓的人潮湧向了樓蘭城，發出海嘯般的吼聲，王宮被震得發出輕響，水盆裡開始形成細微的漣漪，一波一波地撞擊著，擴散開來。片刻工夫，伴隨著一聲尖叫，正在室外與侍女嬉戲的兩個樓蘭王子——三歲的嘗歸和兩歲的尉屠耆朝提漠撲了過來。

提漠在心裡驚嘆，是匈奴人殺過來了。

「硄當——」提漠手中的銅盆落了地。

匈奴人在樓蘭城毫無設防的情況下，頃刻間便像旋風一樣闖到了樓蘭城下。

樓蘭士兵趕緊把城門關上，匈奴人便用箭射城門，不過，樓蘭王國的城門還是很結實的，匈奴人的箭射進城門後只發出悶響，他們一時半會兒攻不進去。

匈奴人不得不停下，氣氛一下子變得沉悶起來。過了一會兒，他們每人手提一個沙袋，衝到城牆下將沙子倒下，然後轉身離開，後面的人又繼而跟上。他們要在城牆上堆一座沙山，然後攻進城去。他們提沙用的袋子是裝乾糧的，剛才他們見箭射不進城門裡，便想到了這個辦法。

很快，一座沙山便在樓蘭城牆下聳立起來。匈奴騎兵縱馬踏上沙山，再一躍便落在了樓蘭城牆上。他們手中的彎刀飛快地揮舞，守城牆的樓蘭士兵一個個倒地而亡。他們從城牆上衝到城門下，打開了城門。

匈奴人不費一兵一卒就輕易占領了樓蘭。

樓蘭王庭內，大臣們都靜立兩側，奇怪地看著把獸皮和羊皮縫在一起，用羊皮多毛的腿部裹了一半的匈奴人。他們覺得匈奴人粗鄙不堪，身上有一股來自蠻荒之地的臊腥氣味，隔很遠就令人窒息。

與匈奴人的服裝相比，樓蘭王庭貴族和大臣們的服飾要華貴得多，大都穿著錦緞和細羊毛長袍，繡著三指寬的金絲橫條邊飾。樓蘭士兵則身著精緻的鐵甲，裡面露出細鹿皮襯衣。

他們雖然對這一群生性兇殘好鬥，長相醜陋，而且未開化的，缺少文明的「蠻荒之人」早有耳聞，但見此裝扮，還是被嚇了一跳，寒戰之餘，不禁在一旁竊竊私語起來。

大廳門側，一位大臣因過高的嘲笑聲讓匈奴單于煩心，他「啪」地從腰間抽出了彎刀，

「喀嚓」——刀鋒起處，一顆帶血的頭顱滾在了樓蘭王的腳下。

一時間，王公貴族和大臣們被嚇得噤住了聲，齊刷刷地跪了下來。

匈奴單于叫冒頓（音墨毒 modu）他弒父做大單于的事情，在西域已廣為流傳。

冒頓在少年時命運多舛，被時任匈奴單于的父親頭曼送到月氏去做人質。頭曼如此而為，其實是一舉兩得。他非常喜歡的閼氏生了一個兒子，他想在日後立這個兒子為單于，但這樣做就得想辦法廢除天經地義要繼承單于的冒頓，明廢不行，所以他便想到了讓冒頓去月氏當人質。

冒頓作為一個人質，他是為某種條件在月氏活著的。就在他到月氏不久，頭曼便向月氏發起進攻。頭曼這樣做，對冒頓來說，簡直是要命的事情。想想看，他先計畫發兵月氏，這樣，月氏人就會把作為人質的冒頓殺掉，因為當初冒頓被送往月氏時，有言在先，如若匈奴來犯，他們就殺他，作為對失信於條約的匈奴的懲罰。但頭曼就是要這樣做，他既然要立幼子為單于，作為長子的冒頓日後必然與他相爭，所以，必須把冒頓除掉。如何除掉冒頓，早先已把伏筆設好了，那就是借月氏人的手殺冒頓。

此時的冒頓已經具備了反抗的能力，對父親的憤恨已無以復加，他下了決心，不除去父親頭曼誓不為人。

後來，冒頓偷得月氏人的一匹好馬逃出月氏，去見頭曼。頭曼忽然問冒頓「你在月氏學了哪些功夫？」

冒頓說：「我在外學得最好的是射術。」

頭曼命人拿來了一張弓。冒頓一拉，果然不費絲毫力氣就是個滿弓。頭曼起了殺心，對冒頓說：「你騎馬奔跑，我讓人射你，你能躲得過嗎？」

冒頓不知其中有詐，說：「能。」

於是頭曼讓冒頓騎馬急馳，讓人射他。但那些弓箭手卻害怕那匹駿馬和冒頓，沒有人敢向他開弓，頭曼大怒，將射手一一斬首。

冒頓忽然明白了父親的險惡用意。他在心裡想了想，就生出一個計謀。他對頭曼說：「父親，這雖然是匹好馬，但我可以在牠跑起來後，將牠上面的人射中。」

頭曼用手一指冒頓的愛妻，說：「那就讓她試試。」

冒頓一聽這話，頓時心如刀絞，但他還是咬了咬牙，把妻子扶上馬背。夫妻倆含情對視，不願分開。

這時，身後傳來了頭曼凶惡的聲音：「你要是射不中，我連你也斬！」

冒頓將馬狠抽一鞭，然後含著淚水一箭射出，妻子落馬。

後來，頭曼讓冒頓給他訓練射手。冒頓訓練射手時，做一些草人綁在那匹馬上，如果誰不能射中就將誰斬首。眾射手紛紛爭先恐後練習放箭，百發百中。

一天，頭曼出獵，冒頓勸他乘那匹駿馬。頭曼不知其中有詐，非常高興地騎了上去。冒頓暗暗調來那些射手，等頭曼下午返回時，大聲對他們說：「快射馬上的那個人，誰射不中斬誰。」眾射手聽命亂箭齊發瞄向頭曼。頭曼還沒有明白是怎麼回事，就倒在了地上。

冒頓按原來的設想，一步跳過去把頭曼的幼子抓住，用刀逼著他交出了單于印。這時，他帶來的那幫兄弟也殺了進來。冒頓提著單于印，聲稱自己就是匈奴單于。眾匈奴被冒頓嚇壞了，紛紛表示臣服。

冒頓所處的時代，匈奴對世界充滿了野心，他們先後統一了西域，讓龜茲、于闐、疏勒這些王國均臣服於他們。冒頓是當時匈奴中的一位顯赫人物。

樓蘭王臉色煞白，好像經歷了許多次兇險搏擊，最終因體力不支要敗下陣來。他能不能再次掌握樓蘭的命運？他的意志，是否真的能夠如同他頭頂上的王冠一樣重？

「尊貴的單于，西域草原的王中之王，歡迎您來到我的國家。我早期盼能有榮幸與您會晤。我真誠地祝願您永享福祉。」

匈奴單于看著樓蘭王沉重的軀體朝他跪下，一抹嘲諷的笑意從嘴角揚起，眼睛像是瞄準了靶子的箭：「不用我多說，相信你知道我為何而來？」

面對這樣一個強大的敵人，這樣一種天生的獵取習性的人，樓蘭王在一剎那間決定妥協。因為他知道，若是不妥協的話，對於樓蘭城又將是一個滅頂之災。現在，倒不如先忍著屈辱挨過一時，日後，蓄積了足夠的力量，再重重回擊。

做出了決定，他心裡變得輕鬆起來，良知的重壓一下子消失了。以後的結局是什麼，他暫時不想知道。

「尊敬的單于，在西域諸王國無數的較量中，您是當之無愧的勝利者，樓蘭城早就期盼著由您來保護，我們願意成為您的附屬國。」他小心翼翼地說，並略微停了停，以便讓對方有時間充分去咀嚼他的話。然後，他繼續說：「我向您保證，我與您一定會締結最真摯的同盟。」

匈奴單于一下子狂笑不已，他敢得罪天下所有人，擁有能夠喊出「有草的地方就有匈奴人」口號的氣概使他的氣質中多了一種邪惡。在任何時候，他就憑這種邪惡去掠奪和征服，他覺得自己不可一世，而其他人在他面前都應該是羊羔，老老實實俯臥在他身邊不出一聲。所以他聽樓蘭王這麼一說，便收起了殺心，把手一揮向後甩開，寧靜的燭火在一陣勁風中微微搖晃。

他明白了，自己面對的居然是一個不設防的王國。

他慢慢走向樓蘭王寶座後面懸掛著的一張描繪西域諸王國的羊皮地圖。在這張羊皮地圖上，龜茲、且末、精絕、姑墨、且彌、捐毒——這密密麻麻的西域小國天圓地方，就像一串成熟的葡萄掛在上面，而西域的重要王國，樓蘭——正在它們的中間。它的一點風吹草動，對其他王國來說都是生死攸關的。

他緊盯著羊皮地圖，看得很仔細，燭火的投影在他的臉上勾勒出豹紋一樣的紋路，如同他看見了一塊塊寶，那種瞬間扼住他喉嚨的醉心讓他沉迷。

「占有它。」他心裡的一個聲音說，它嗡嗡地響著，匯成了一團，巨大而清晰。

他記住了羊皮地圖上的這些王國的名字。他覺得這張地圖真是好看，像一棵樹，而分布在四面八方的王國就像這棵樹上結出的果實，每一個都充滿了誘惑力。他心裡的那個聲音又開始說了：占有它、占有它。

他轉過身，看著跪伏在地的樓蘭王和其他王公貴族及大臣們，對樓蘭王聳起半邊臉，揚起一條蝙蝠翅膀似的眉毛，冷冷地說：「好，我答應和你們樓蘭成為我們大匈奴的附屬國。我的條件是，以後每年給我們進貢三百頭羊，一百匹馬，五十頭牛，二十名女人；羊要有肉的，馬要跑得快的，牛要高大的，女人要漂亮而且能生孩子的。你能做到嗎？」

樓蘭王趕緊回答：「能。」

單于臉上有了一絲笑容：「好，請不要忘記你我之間的盟約。」

樓蘭王再一次將他的頭低垂了下來：「是的，我以生命起誓，尊敬的大單于。」

單于的目的達到了，他決定在樓蘭王宮中轉一會兒。他不理樓蘭王，而是像風一樣穿過宮殿的長廊，行之不遠，便與迎面走過來的樓蘭王后相遇。提漠稍抬高了一點下頦，使她的臉被完全帶到這有限的光線下，匈奴單于這才看清了她的整個臉蛋。

她略顯幽深的藍眼睛，高鼻梁以及暗金色的卷髮，都被單于看成是一種情調，還有她身上散發出的曖昧難懂的氣息，甚至是她身上的每一個缺陷，在這個粗魯的獵奇者眼裡都是一種特色。

難道她就是豔名四方的樓蘭王后？

單于的臉僵了，被自己突然而至的運氣唬住。

這時，兩個小動物一樣的男童從提漠的袍子底下探出了頭，仰頭看著這個似人非人，似獸非獸的大傢伙，他們一下子露出尚未褪去頑童的本性，朝他齜出一排細密的小白牙。

「這兩位一定是樓蘭王子了？」

單于摸著他倆的頭，嘴裡露出一抹頗有意味的淺笑。

提漠看著單于，不懂他為什麼要問這個，但是，她好像感覺到了，某股看不見的危險氣息正朝向她的孩子們前進。

風把霧吹化了，太陽明亮起來，匈奴人走在樓蘭人流最稠密的街市上，看到滿街的繁華氣息都浮在了大街的表層，顯出一種不可名狀的舒適感。街上有米店、麵店、客棧、雜貨店、手工陶器、毛毯、製弓的作坊、香料鋪、布店和牲畜市場等等。一支從粟特趕來的龐大駝隊剛剛進入此地，駱駝蹄上沾滿了兩寸厚的沙土，彎曲的脖頸觸到地面上，噴出一連串的響鼻。

接下來，來自西域各國的商人們一一卸下貨物，有葡萄、香料、沙金、鹽、象牙、鐵、銅器、動物的皮毛、藥材和植物的種子等。這些商人沒看見這一群打扮古怪的匈奴人從他們的身邊走過，並用貪婪的目光一一掃過這些貨物。這些來自文明國度的，糾纏不清的物質之光又一次刺痛了匈奴人的眼睛，使他們的欲望又高漲一層。

來自闐國的一家布店開張了，橫放在門楣的門匾格外引人注目。

街上的人們都圍過來看。一匹布料迎著陽光，在人群的頭頂上抖落了下來，那光滑如水，像蛛絲一樣纖細的布料近乎透明。

人們悄悄議論，這輕軟莫名的玩意兒，一定就是傳說中的絲綢了。

聽說這是樹上長出的絨毛織的；聽說它是由八隻足的蟲子吐出的絲結網而成的。

看著人們如同迎接老祖宗一樣迎接它們，在一旁走過的匈奴人心中悄悄起了變化，最初在內心崛起的敵對意識，在此時已渺小得近乎消失。

這種情緒使每一個匈奴人的面孔變得一模一樣。

他們漸漸陶醉在要全部占有的壯觀情緒中。

§

從那天起，得到樓蘭城的匈奴單于，趁勢攻擊別的西域王國，以期早日收服西域諸王國。

作為同宗兄弟的大月氏人得知樓蘭國不戰而降，他們被激怒了，調來各路兵馬，越過玉門關，夾裹著一股令匈奴人迷惑的灼燙漠風，兇猛筆直地向匈奴人衝撞過來了。

他們的速度很快，幾乎有一種視死如歸的悲壯。他們為這次大戰做好了準備，儘管他們知道前面隱隱地埋藏著匈奴人的絆馬索、交飛著銀色的鐵箭頭……

但是，大月氏王視死如歸，他的目光始終如炬，指揮著月氏人前進。

月氏人打過來的消息報到匈奴單于面前時，他的唇角溢出了一絲不可一世的笑意。

匈奴士兵高舉彎刀，大聲呼喊：羊羔、羊羔，殺、殺……

月氏人。單于低低地念著這三個字。在他的記憶中，有一些關於月氏人的資料。像所有游牧民族一樣，馬也是月氏人須臾不離的夥伴，在居住地或者牧場上，人和馬總是像彼此的影子一樣緊緊相隨。

月氏人懂得如何讓馬在自己的生活中派上用場。出遠門的時候，他們經常在馬脖子上掛兩個酒罐，一邊縱馬奔馳，一邊狂飲。狂奔的馬蹄聲和人高亢的歌聲，在戈壁上久久迴蕩，直到人和馬在遠處的煙塵中化做小黑點，才慢慢消失。馬如果是在戰場上或遷徙過程中死的，月氏人會選一個太陽一出來就能照到的地方，將牠們的屍體隆重埋葬；如果牠們是病死或者在行走中不慎摔傷，他們會認為牠們是弱者，會毫不遲疑地將牠們丟棄。

對於月氏人來說，打仗和圍獵是一樣的，因為二者均需同樣的武器。他們最喜歡的武器是弓箭，其銳利、快捷的功能，被他們在捕獵和打仗中大派用場。平時，他們從狼群圍殲動物的場景中觀察瞭解動物習性，以便下次捕殺牠們時把握住出手的好時機。後來與敵人打仗，這些經驗也被他們用在了戰術中。敵人因為摸不清他們的戰術套路，往往被糊裡糊塗地殺死。

早先，月氏、塞人、烏孫三者均居住在祁連山下的河西走廊，後來，三者都慢慢發展壯大起來，各自形成了部群。原來是在草原上吃草的羊，現在變成了高大的駱駝。天穹仍是原來的天穹，但高大的駱駝卻要走出新的景致。三個部落的發展壯大，讓河西走廊有了一次新的陣痛。正如前面所說，人，是唯一能夠為一個地方留下歷史的創造者，所以，這三個發展起來的部落將給這塊土地帶來新的風景。

但在後來，這三個在同一母親懷抱中長大的兒子卻慢慢地有了差距。這並不奇怪，在同一個草場上，吃同一種草，喝同一條河裡的水的駱駝，總會長得不一樣高，走路也會快慢不一，如果牠們各自分開，倒也顯示不出什麼，而一旦放在一起，就會將各自的特點顯示得淋漓盡致，高的會顯得更高，胖的會顯得更胖。這麼一比會不會比出問題呢？比如高大的會因為自己高大而驕傲，在弱小的面前蠻橫，不講理；弱小的會因為受到了委屈，由此而憎恨高大的。如此這般，天長日久，雙方的關係便會變得緊張起來。

群駝之中總有一匹會變得不安分。很快，月氏的勢力強盛起來，有了想將塞人和烏孫趕走，獨占河西走廊的想法。月氏人大概暗暗準備了好多年，各方面條件都非常成熟了，才向塞人和烏孫發起了進攻。任何人都不可能打贏毫無防備下的突襲。塞人和烏孫在猝不及防的情況下，被月氏人打得七零八落，頓時成了戈壁灘上的散羊。烏孫人也同樣遭受到了月氏人沉重的打擊，像塞人一樣被摧毀了部落。

沒有了家園，塞人和烏孫只好遷徙離開了河西走廊。

河西走廊成了月氏人的天下。

但令單于不解的是，月氏人何以有攻打匈奴人的勇氣。或者換句話說，他們有能力打仗嗎？要知道，我匈奴大軍有近十萬，而月氏人能打仗的士兵也就兩萬多人，所有月氏人加起來也不到十萬人。

單于冷笑，羊羔還想吃了駱駝。

在西域，匈奴的地位已如日中天。他們的生存形式是一個謎，他們不論走到哪裡，都帶著人們從未見過的頑韌好鬥的習性。一切是非標準在他們那裡成為了一個困惑。他們在西域這片一望無際的土地上形成了一個不可滲透的區域，那裡產生和消化一切罪孽。在暴力，驅趕和殺戮等不可理喻的循環模式中，匈奴人的人數在膨脹，壯大。

單于早就說過，每一個氏族要活下去，總是要有殘殺，犧牲和祭奠。而戰爭對於這些天生好鬥的匈奴男人們來說是令人興奮的詞。戰爭使他們的聲音變得低沉而暗啞，有些人則永遠都發不出聲音。在最後的狂風暴雨中，他們只隱約看見狂奔的馬匹和人影，然後便倒了下去。但更多的人仍然舉著彎刀，低沉而暗啞地喊叫著往上衝。

單于心裡有數，決定和月氏人打一仗，讓月氏人嘗嘗失敗的滋味。

河西走廊。一場大雨落了下來了。但奇怪的是，這場大雨只持續了一會兒就停了。雨一停，匈奴人和月氏人便對立了起來。

匈奴大叫：羊羔、羊羔，殺、殺……單于瞇著那雙細長的眼睛，他的這種神情是擁抱戰爭的姿態，也是肢解戰爭的姿態，更是一種接近死亡的姿態。

殺。單于揮了一下手，只見彎刀反射出的一片片白光在陽光和黃色的沙海中翻飛，匈奴發出嘶啞的吶喊，刀光劍影起起落落，熱血如浴。匈奴的彎刀也許適於砍人的手臂和腿，不一會兒，月氏人被砍下的手腳便散布一地。但月氏人仍在往上衝，沙場上的雄性之死無不在炫耀一種抽象的古典精神：死，也是可以非常壯麗的。

月氏人幾經衝擊，匈奴有些招架不住，開始向後退了。

「站住。不要當四條腿到處亂爬的羊，站成兩條腿的人，在原地不要動。」單于怒喝了一聲。他仍瞇著那雙細長的眼睛，目光中漸漸又有了擁抱戰爭和肢解戰爭的姿態。很快，他便有了主意，左臂彎曲，右臂伸直向前一揮。

匈奴軍隊馬上分成了長兵和短兵。

長兵即射手。他們裝出一副受到阻擋要逃跑的樣子，一一分散，向四周亂跑。他們在慌亂中甚至砸碎了奶碗，推翻了沿途所掠到的一切食糧。月氏人看匈奴如此不堪一擊，便更勇猛地攻了上來。但月氏人卻上當了，匈奴會像誘導獵物一樣使他們進入圈套，然後以大雨一樣密集的鳴鏑射向他們。匈奴的射箭技術是無與倫比的，他們從驚人的距離外射出利箭，其箭頭上裝有像鐵一樣硬得可以殺死人的骨頭，月氏人紛紛倒地。

這時候，匈奴的短兵出動了。他們手執彎刀，騎著飛快的馬兇猛地向前衝鋒。他們作戰的方法很靈活，遇到少數月氏人則進，遇到多數月氏人則退，讓長兵用箭去射殺他們。他們撲向月氏人時，發出可怕的吶喊聲。他們手中的彎刀無疑是一種威力強大的武器，刀光起起落落，讓月氏人著到了他們被光芒照亮了的欲望。

雙方開始肉搏。這群長相醜陋、怪異，穿著獸皮衣裝，並具有狼性的人，突然像一股黑水從地底下湧出來，著實讓月氏人嚇了一大跳，他們的眼睛裡充滿了對外面世界的占有欲和瘋狂的想像，注視著月氏人的一舉一動。他們喜歡殺人，嗷嗷叫著，把月氏人的陣腳打亂了。

最後，月氏的主力軍全部滅亡。

剩下的月氏人則被迫西遷至伊黎河流域，後來又遷至阿姆河一帶，先後占據了古大夏人的居地。匈奴原屬於月氏部的甘肅河西地區，古代的西域地區為他們所統轄。匈奴人定期到樓蘭等國去徵收賦稅，早已把自己看成是這片土地的主宰。

§

一想到匈奴人，恐懼和憎恨便朝著樓蘭國襲來。

匈奴單于打敗月氏人之後，他就在馬頭上掛了月氏王的頭顱做成的酒壺，又一路高歌，殺回了樓蘭城，到樓蘭的王宮裡舉行盛大的慶功宴。

匈奴人還沒殺到樓蘭城，一個傳言就在樓蘭王宮裡散開了，說是樓蘭國將成為匈奴人的附屬國——這個傳言是真的，只不過樓蘭王答應冒頓單于後，並沒有向樓蘭國發布這個消息，所以樓蘭百姓並不知道事情的真相。一時間，樓蘭百姓議論紛紛，在這個真假難辨的傳言中，充滿了恐懼，絕望和對自身境況的無能為力。

在這裡，「匈奴人」就像是一隻陰險的貓，蹲在暗處瞪大了窺視的眼睛，你一不留神，它就會跳到你的面前。

當匈奴人再度殺到樓蘭國的時候，樓蘭國所有的王室成員，以及西域各國的為王者，全都悉數到場。

席間的菜餚按照匈奴人的要求，只有一樣：剛宰殺的牛羊肉。

宴會開始了。除了匈奴人之外，大家都為同一個問題疑惑：怎麼會有這樣的氣味，你聞到沒有？

氈子上放著大塊的生羊肉、生牛肉，軟塌塌地成堆放著，像是一座座肉山。侍從們正在一塊塊地分割羊肉，在瞬間，活生生的山羊變成匈奴人的腹中之物，這本是人類生存所瓜分和掠奪的跡象之一。

濃腥的血水從匈奴人的牙齒間和指縫間淌了下來。燭光被這一座座肉山阻擋，變得黯淡，以至於在他們的身上投下一道道鮮明的界線。他們的頭顱被籠罩在昏暗的光線當中，胸部以下卻白亮刺眼，從稍遠處看，一個個身首分離，令人感到怪誕和不安。

而側坐在廳堂一旁的那些衣飾華麗的樓蘭大臣們，卻怎麼也嗅不到從這些動物屍體中彌漫出來的，被匈奴人的牙齒咀嚼的肉香味。

樓蘭王后提漠坐在廳堂正中，臉上掛著禮貌的微笑，本能地推開了眼前盤中的生肉，強烈的光線從她的頭頂上直瀉而下，像一個魔圈一樣把她圈住了。她微微彎下身，像是被這股肥膩腥臭的氣味折磨壞了，那肉腥氣開始變得尖銳，熏得眼睛睜不開，鼻子也像是被蒙住了，胃液在身體裡翻江倒海，嘔吐的聲音一時間滾動如雷。她悄悄轉過臉去，用一塊絲巾蒙住嘴，嘔出了胃液。

聽見身邊有人小聲感嘆說：這長著獸鬃的匈奴人竟敢生吃這樣的糟粕。

但是她知道，這個人實際上感嘆的是：能吃這樣糟粕的人就能吃掉一切，並賴以萬物去繁衍壯大。

牲畜的濃腥在空氣中數天不肯離去。

席間，用月氏王的人頭做成的酒壺，早已盛滿了烈酒，西域各國的為王者壓制著恐懼，爭先恐後傳遞著這個似乎盛滿祕密之液的酒壺，他們的頭腦開始變得灼熱和混亂，彷彿中了邪。

酒杯傳遞到了樓蘭王的手中，樓蘭王遲遲不喝。

單于看著樓蘭王，嘴角露出一抹笑意：「樓蘭王，去請兩位小公子來。」

伴隨著孩子的尖叫聲，樓蘭王后提漠領著嘗歸和尉屠耆來到了單于的面前。她靜靜地站在那裡看著單于，她身上的香氣上濃烈地彌漫開來。

單于是一個粗人，一個在艱難生存鬥爭中磨煉得心硬似鐵的男人。他的目光從提漠的身體上移開，走下席間，一邊腋下夾著一個孩兒，把他倆放在杯盤狼藉的木桌上。他的臉離他倆很近，帶來一種冷颼颼的感覺。兩個孩子哭了起來。

「不許哭。」單于狠狠地拍了一下桌子。

孩子們像是受到了驚嚇，倒是真的不哭了，好奇地看著肉山在眼前緩慢流淌著的紅色血水。

「吃。」單于吐字清晰地說，並用手指了一下眼前的生肉塊，他把它當作是這兩個孩子人生中的第一個誘餌。嘗歸咧嘴笑了笑，伸出小手將肉山上的一塊生肉撕扯下來，塞進嘴大口嚼了起來。

提漠一臉驚恐地看著他——嘗歸，在這一刻變成了一個不可思議的小怪物。

「好樣的。」單于真心讚歎。

「吃。」他又是一聲低吼，並用刀尖挑出一塊肉，伸到另一個孩子——尉屠耆的面前。尉屠耆滿眼是淚，來不及細看，頭一下子就暈了。少頃，他背過身，忍不住噁心乾嘔了起來。

單于厭惡地把手臂一揮，就像掃樹葉一樣把他的小身子掃到了桌子的一邊。尉屠耆目光定定地看著他，似乎連哭都不會了。

「這孩子叫什麼？」單于用手指戳了一下木桌上嘗歸滑溜溜的背。

「他叫嘗歸。」一位樓蘭大臣說。

單于的臉在火光中一閃一閃，有了興奮的神色。他下了席，銅色的額頭靠近提漠，提漠下巴讓一下，讓開那股悶熱的燥腥氣。她看不出他想幹什麼，沒人能看出他的眉毛一邊低一邊高的時候想幹什麼。

「我喜歡這孩子，我把他拿去了。我要收他為我的質子*，把他培養成像我一樣的勇士，到那時，樓蘭就完完全全都是匈奴人的了。」單于說。

* 質子，即政治人質。在中國春秋戰國時代，諸侯國之間為了互相取信，會互相交換人質，稱為質子。

「現在還不是，待漢朝的鐵騎兵臨城下，你又會迎合他們，這樓蘭就是他們的了。所以，我要用這個孩子來牽制你們。」

「樓蘭不敢。」樓蘭王朝他跪了下來。

提漠也「撲通」一聲跪了下來，滿眼是淚：「他還小，還是一個孩子——」

一聲冷笑在空曠的樓蘭王宮內炸起。

在被打翻的燭燈燃起的火光中，那麼多穿著古怪皮毛衣服的匈奴人在王宮裡大聲說著話，像混合著的雪，掉下細碎的冰渣。嘗歸同樣也看不清。

嘗歸躲到樓蘭王宮的大帳後面，露出驚恐的眼睛。垂直落地的大帳像一個老人的年齡一樣有著隱祕、寬廣而晦暗的皺摺，剛好適合把他三歲的年齡和恐懼藏在裡面。

他只是一個孩子。

樓蘭王宮的外邊是匈奴人橫飛的馬蹄，叫喊的聲音。冒險、貪婪、殺戮、占有……這次由匈奴人帶來的混亂是不可終止的，它構成了整個事件無以復還的背景和線索。

很快，匈奴們發現單于要拿走的那個孩子不見了，於是，他們叫罵著開始搜查。過了一會兒，王宮中傳出了一個小孩子驚天動地的啼哭聲。

待單于要他的馬馱走向嘗歸時，嘗歸睜大了眼睛，撲上前去抱住了提漠，天真地嘰嘰喳喳，問她：「他們要帶我去哪裡，要去多久，什麼時候回來，妳為什麼不和我一起去，我捨不得妳——」

提漠的心要碎了，無言地轉過臉去。

他聽出了母親身體裡的哀嚎聲。幾個早已等得不耐煩的匈奴人閃電般地衝過來，在她的身邊彎下腰，把孩子從她的身邊拉走。嘗歸的身體搖晃了一下，重力前傾，依靠著重力與他們相持。

也是的，他這麼小，才三歲，在這個人世上剛睜來眼睛，這個世界就與他結下了仇。他沒弄清人們之間這原始的仇恨與殺戮從哪裡來，不知是誰先惹了誰，但它已在暗中根連根，沒完沒了，往來復去，時刻製造著殺戮和掠奪。

提漠流落西域多年了，這張帶有疲憊，但仍不失美麗的臉，隱現出漠風吹亂後的痕跡，讓人不由地想伸手摸一摸。那一定是粗糙的。當她看到這個年幼的孩子撲過來時的天真模樣，她臉上布滿了無力的溫柔。但眼下的一切都變得像西域的漠風一樣粗礪，為了樓蘭永久的安寧，提漠不得已做出了棄子的決定。

要上路了。嘗歸和尉屠耆兩個幼子相互扯著衣襟，在哀哀地哭嚎。提漠晃動著嘗歸的身體，親吻他，用手一遍一遍地拂過他的臉，她的心裡像是有一匹脫韁的野馬在奔跑，馬蹄的每一次落下都似乎將她的心沉沉踐踏。

匈奴人把嘗歸帶走了，而她站在那裡，像山一樣地凝固，但低垂的頭和眼，卻是把人世間母子生離死別的悲慟如鐵一般地藏起。

嘗歸的離去，使提漠感到了自己的身體正急速枯萎中。她再也無法抱著那個笨拙、熱呼呼的小身體，總像小動物似的貼著自己。以前，嘗歸跑過來時，她能感覺到不知從哪兒吹來了一股風，她驚異於這個孩子身體中居然有那麼強烈的力量。但他畢竟是一個孩子，所以他的身體帶來的風和別處的風明顯不同，是軟的，輕的。

嘗歸被匈奴人帶走了，他的聲音再也聽不見了。

儘管樓蘭城內外有好多的小孩子在喧嘩，無數聲音彙集在一起，嬌憨而歡樂，但是提漠始終無法從中找到嘗歸的聲音。

提漠聽到嘗歸耍賴皮的聲音，已經是很久以前的事了。他的哭聲使提漠的心裡亮起了一串微閃的，滴著水珠的光環。她很痛心，因為她親眼目睹了這光環的出現和消失，而這一切都發生在瞬間。

這中間似乎有著漫長的時間。

晚上，下雨了，提漠半夜裡醒來，望著雕著枝葉花蔓的門窗上呈爆炸狀流動的水珠，而水珠的形狀令她感到這門窗正四分五裂。這不祥的景致似乎暗示了嘗歸未來的命運結局。她為這些不好的感覺痛苦，便打算接著睡覺，但一轉眼，她看見在身邊熟睡的樓蘭王，恍若一片烏雲，正在隱隱飄動。兩行淚水不由得從她眼眶中湧了出來。

有時，提漠會看到樓蘭王因為失眠而從床上起身，成為房間裡眾多陰影中的一個。她記得樓蘭王對自己說過，「相比自己長久的生命，戰爭便如同一滴雨水從天上掉到地上那麼短暫。如果自己足夠小心，那麼，為了樓蘭的生存，他寧願選擇妥協。永遠妥協。」

提漠一臉驚恐地看著他，聽他對自己做出了他無法實現的承諾：「戰爭不可避免，一定會過去，匈奴人也會離開的，而我們記憶中的美好生活將會回來。」

提漠默認了樓蘭王的妥協，使年幼的嘗歸成了匈奴質子。她什麼也沒說，但從此生活就變得沉默而黯淡了。她的心事就像冬天樓蘭城外的羅布泊，死寂，寒冷，封凍，每天都把自身的潮汐隱藏了起來。

他們倆各自活在自己那麼一丁點兒可憐的內心裡，從不交流，后的暗自哭泣引起了王的誤解和猜忌，日積月累，兩個人在內心的壁壘裡積下了隔閡。

兩個人都覺得很疲憊。

§

嘗歸被匈奴人擄走當了質子之後，慢慢長大的尉屠耆也似乎不親近父母其中一人。他遠遠地打量著老樓蘭王和母親提漠的關係，也打量著樓蘭國與匈奴人之間的關係，似乎要弄明白母親沉默的情感所在；也似乎想從母親的情感中看清對另一個親人的情感所在。

打從嘗歸離去後，尉屠耆經常看見母親茫然地佇立在樓蘭城內的佛塔上面，望著遠處的羅布荒原。誰也不知道她在想些什麼。

終於有一天，宮裡的一位內侍官對她小心翼翼地說：「既然如此的痛苦，為什麼不離去呢？其實，這亂糟糟的，虛與委蛇的樓蘭城，著實讓人生厭。」

提漠看著他，嘴角流露出一抹淡淡的微笑：「你或許不明白，在這個世界上，哪裡都是一樣的。若是心懷樓蘭，則無處不是樓蘭。」

尉屠耆聽到了她的話，在那一刻驀然心驚，耳朵嗡嗡作響。最終，他想要說什麼，卻被母親身上散發出的濃郁的藥草氣息覆蓋住了。他順著她目光的方向，朝黃沙彌漫的羅布荒原看去。天地蒼茫，雲朵逶迤，但是，這荒原的盡頭，又被層層的沙石所阻，誰也無法看透這世間迷障，無法知道什麼是對的，又什麼是錯的。

他太小了，他與被稱為哥哥的嘗歸所建立起來的兄弟情意，是微不足道的，它無法與他自身的那個愛相比，更無法與他後來的恨相衡。

尉屠耆清楚地記得一個夢。若干年前的一個冬天，第一場大雪久久未落，整個樓蘭陷入了焦急的等待中。

就在這樣的一個夜裡，尉屠耆堅信自己見過哥哥嘗歸。那個時候，他還不曾出生，隔著母親暖而厚實的肚皮，和從未謀面的嘗歸彼此間好奇地相互打量。

他問嘗歸：「你從哪裡來？」嘗歸一臉懵懂地搖了搖頭，說是不知。尉屠耆還想問他什麼，可是睡意潮水般地湧來，等他在清晨一陣響亮的鐘聲中醒來，發現自己正躺在一個美豔而憂鬱的婦人懷裡，她帶著巨大的驚喜看著剛降臨的自己，好像總也看不夠。

這個時候，一隻胖胖的小手隔著母親的裙擺朝他探了過來，然後是嘗歸的小臉。他笑著用力拍了拍尉屠耆的額頭：「你從哪兒來？」尉屠耆被最初的一種痛感驚覺，咧開嘴大哭起來，哭聲驚動了整個樓蘭。

不知不覺，尉屠耆從樓蘭王和母親的世界中退了出來，回到了自己那個不易察覺的祕密小世界。那個世界就是樓蘭城外的藍色湖泊。

湖泊的聲音，四季的色彩，以及鹹澀的滋味，伴隨著每一個被風掀起的浪尖，侵入到他的體內。讓他恍然覺得，這就是他的整個世界。直到他有一天在湖邊看到了樓蘭少女馬羌。她的眼睛深藍，頭髮是金色的。他看見她的時候，覺得她好看極了。

他覺得自己的世界一下子大了很大。

早晨，剛下過雨，街道在初晴的陽光裡一地泥濘，集市上行走著繁多而雜亂的人，兩旁的屋簷伸過來，幾乎連接到了一起。幾隻鳥落在上邊，翅膀輕微地上下擺動。

街市上人很多，白花花的光線在地面上漂浮。一個面色蒼白，神情懨懨的少年從集市的一頭走過來了。他看見了一個奇怪的女人。她的全身都塗滿了黃色，那刺目的顏色令人聯想到泥塔上的金色魅影，就像一個人盯住一個地方太久了，眼睛就會出現幻影。

當時她坐在集市的另一頭，似乎離這熱鬧的人群很遠，但是少年看見她正朝著自己拼命地眨著眼睛。她的腳下坐著一個小孩子，衣服破破爛爛，身體瘦得皮包骨頭，但孩子不在乎，他正滿不在乎地抓地上的泥土玩，地上的塵土潮濕冰涼。

少年走近她，看到她的衣服也同樣是破爛的。這時他看到，她身上的黃色不是畫上去的，而是塗了一層黃色的香料粉末。

後來他才知道，當地的女人塗上這樣的顏色上街，表明她是一個剛剛失去丈夫的寡婦。

怪不得沒人與她搭話。

她看見少年朝自己走近，眼裡流露出乞求的神情，伸出手按了按孩子的頭，幾隻蒼蠅「嗡」地一下飛走了。

少年側身一看，孩子的頭頂上有一個傷口，裡面還流著膿血。少年有些驚恐地後退了幾步，這個女人眼裡一下子湧出了眼淚，再次朝他伸出枯瘦的手臂。他的心狂跳不止，從口袋裡掏出了好些銅銖，數也不數就塞在了她的手心裡。他匆忙離去，沒看見這個女人拖著孩子，一下子從地上跳了起來，咧開嘴哇哇驚叫著撲進旁邊一個小巷道，很快就不見了。

前邊是魚市。

他在眾多大人的腿還有駱駝的腿，踏踐起的塵土間無精打采地走著，東張西望，像是在看著什麼，但又像是什麼也沒看。少年百無聊賴地走著，抬起兩條胳膊揉了揉眼睛，仰起臉打了個哈欠。

無意間，腰上拴著的一枚玉佩滑在了地上。

街市上一個賣魚的少女在看他。她的眼睛深藍，頭髮是金色的。在她的四周，各種人的表情瞬息萬變，但是，匯聚起來的聲音讓他覺得這聲音都不能淹沒少女身上散發出來的光芒。

賣魚少女微微抿嘴一笑，伸出手揀起玉佩，待少年發覺，少女早已赤著腳跑遠了。他沒看清她的臉，只看見她散開的一頭金絲細髮在這白光中漂浮，一隻草編的魚簍在她的背上拍打著。

熱鬧的集市上，少女邊跑邊停；她停下，他也停下，兩個人就這樣不遠不近地相隔著，風一來，她金色的頭髮隨之起伏。少年看著她，伸出一個濕潤的舌尖，舔了舔嘴唇：「一個多麼奇怪的人，她是誰？」

少年一想到這裡，眼睛一下子瞪大了，濃密的睫毛使他的目光有種柔和的神情，一抹不易覺察的微笑使得他的上唇微微翹起，露出了一片細密的白牙，而那兩道毛茸茸的黑眉時而皺起時而分開，內心產生了一些具體的想法。

金髮少女一路小跑著，一眨眼從魚市上拐過了彎，跑過了弓箭店、米店、布店、香料店，最後到了一條僻靜的街道，沒有什麼人在走動，一陣冷風吹過，好像正在洞穿她的身體。

這時，她聽到身後有輕微的腳步聲，那聲音像是一顆顆小石子兒節奏分明地落到了湖水裡，顯得清脆而空洞，同時，中間還夾雜著「嘶——」的聲響。她知道，那少年從後面追來了。

少女又往前跑，一頭金色的髮絲在身後飄著，像拖著一縷陽光，身後的腳步聲立刻消失了，她猶豫著停了下來，靠在泥牆上稍微站了一會兒，被陽光曬透的泥牆很溫暖，不一會兒，那腳步聲又在身後出現了。於是，她又快速跑到另一個街口，她在跑動的時候，感到身後追來的腳步聲也加快了。

回頭一看，那少年已走到街角轉彎的那個地方不見了，之前說了句什麼也忘記了，而她答了句什麼話，也沒聽清。

他的聲音在她的周圍飄蕩，很久都沒消散。

這裡，又剩下了她一個人。

就這樣，他們倆跑跑停停，之間始終保持著一段距離，不遠也不近。

少年一直看著這個奇怪的女孩，也許是因為日光過於強烈的緣故，他發現偶爾靠在青灰色泥牆上的她，一半很鮮豔，一半卻很晦暗。他因為一直在注視著她，毫無察覺四周正在發生著什麼。四周的聲響只是讓他偶爾感到自己正置身於樓蘭國擁擠的街道上，獨自一人，誰也不曾相識。

最後，少女停了下來，終於轉過臉看他了，她用好奇而挑釁的眼神看著少年，笑嘻嘻地向他打招呼：「噯──」

少年也笑嘻嘻地答道：「噯──」

互相看了一陣後，兩人笑了，都顯得興致勃勃。少年問：「妳叫什麼名字？」他用疑問的語氣說話，不僅是這個問題本身，也因為不能肯定她是否會回答。

「馬羌。你呢？」她的聲音輕而脆，像風拂過敞口的玻璃瓶。馬羌這兩個字的音節連在一起，就好像是一個音節一樣。

少年沒回答：「那妳幾歲了？」

馬羌又笑嘻嘻地回答：「我十二歲了。」

「我也十二歲。」少年看著她說：「我還以為比妳大呢。」

馬羌朝他伸出了手掌：「這個，給你。」

她的手掌上，正是他掉落下來的那枚玉佩。

少年搖搖頭：「妳拿去——」

馬羌抖抖身子，將玉佩放進嘴裡咬了咬，搖搖頭又點點頭，笑了。少年看見她眼睛裡的藍像湖水一樣瀰漫開來，但很快又因為看了一眼玉佩而突然不見了。他覺得她的歡愉和悲戚在她的小臉上通過一雙眼睛發生著深刻的矛盾。

真是個美麗的小怪物。

少年張開嘴，想說什麼，但又沒說，只是看著她。

街道向前延伸，突然，在拐角處人群聚成了一團，叫叫嚷嚷，喧嘩聲越來越大，幾個士兵手持著銅刀，從他倆的眼前狂奔過去。馬羌嚇得將身子緊緊貼在泥牆上，問道：「出了什麼事？」

少年說：「我去看看。」

馬羌看著他往人群中跑去，那群叫嚷的人拐上了另一條街，馬羌看不到他們了，只看見好些人在跑來跑去的，不一會兒，少年也跑到了他們跟前，一拐彎就不見了。馬羌匆忙跟了去。

圍觀者中，馬羌墊起了腳尖，朝人群裡瞥了一眼，不知為何，她的手心就出了一層細密的汗，顯得虛弱極了。好像有人往她的手心裡放了一個特別燙的東西，讓她捧不住，握不緊，隨時都會掉落在地上摔個粉碎。

馬羌掙扎著，從人群裡擠了出來。

原來，是一位不願意給大漢國使團做導路人的樓蘭男子逃回了樓蘭，又一路被漢使的吏卒追趕到了這裡，他們很殘忍地一刀砍斷了這個可憐男子的一條腿——那男子哀哀地叫著，血流了一地。

馬羌大概知道一些，從中原到樓蘭國的道路上，要經過上千里之地，最荒涼的荒漠，所以，樓蘭國的很多成年男子常常要為迎送中原的使團做導路人，並要為他們負水擔糧，十分辛苦不說，還要被吏卒們傷害虐待。想當然他們途中逃回樓蘭城的事也是經常會發生的。

空氣就這樣緊張了起來，兩個人不再說話，他們都對這場突然到來的暴力和血腥籠罩著。

「我的父親有時也會被抓去為他們服勞役。」馬羌輕輕地對他說，輕輕嘆了一口氣。少年第一次看著這樣一個心思單純的女孩兒嘆起氣來，可真有些驚心動魄了。好像是一股微風從羅布泊最遙遠的一角刮過來，濕滑而沉重，恨不能讓人伸出手接住。

人群慢慢散去，他倆站在街道的路口，誰也不說話，看著一群群鳥雀在高低不同的屋頂上盤旋。樓蘭的房子其實挺好看的，密密匝匝的泥色牆壁雖然遭受了無數場風沙，但一直完好無損，木窗框的雕花版上，那些連綴的花葉在烈日下閃閃發亮。

「我想回家了，你呢？」少女問少年。

「那我也回家。」少年有些不知所措地說。

初秋的黃昏，風一點也不硬，就像這個城一樣舊，黑灰的鳥兒在乾癟的樹梢上不停地起落，集市上沒什麼人，幾個乞丐蜷縮在城牆角，正大聲地談笑著。

這位少年其實就是樓蘭國的小王子尉屠耆。他與馬羌一路上穿過集市，又沿著運河走過了好長一段路。樓蘭城就像是一個畫錯的地圖，他和她，就像走在被自己設置的迷魂陣裡。

「我的家就在前面——」少女說。

兩人停下，馬羌站在他面前，很笨拙地拉了一下他的手，就像是不經意間從他的皮膚上滑過去一樣。

他笑笑，像個楞小子那樣微扛著肩，一直看著她的身影在街角一點一點地變小。

馬羌。他心裡喚道。

整整一夜，他在溫習她的手留給他的感覺。他從未觸碰過這樣小巧纖細的手。那手背，那手掌，那滑動的手指給了他美妙的感覺。

他的喉嚨一下子燒得厲害，像是被嗆住了，微微咳嗽起來。

又是新的一天。

早晨的風很硬，為了防止頭髮被風吹亂，馬羌出門前戴上了一頂淺色尖頂氈帽，她的頭髮長而鬆軟，一直垂到她的腰上。

尉屠耆遠遠地看著馬羌朝他走近，她身後的一隻草編魚簍在背上拍打著，風把她濃密的髮梢吹起，然後，又整個撲到她的臉上——這樣的形象早在他看見之前就已形成。馬羌一瞧見他，就咯咯地笑了起來。

聽著她的笑聲，尉屠耆突然感到一種倦怠無力的感覺。他知道，自己似乎很久以來都沒聽見這樣開心的笑聲了。

湖面上的光色暗了下來。遠處，一片霧氣彌漫開來。

「你在這裡等著我。」馬羌脫去鞋，用光腳接觸水面，連衣服也沒脫，就滑進水裡。開始是她身體入水的聲音然後是一片沉寂。

在水中，馬羌在水草間遊蕩，正在搜尋哪裡有大量魚群的聲音。她知道，在這片湖水裡，每種魚群都有自己獨特的聲音，如果耐心等待和聆聽，就一定能辨認出它們，並且跟隨著那聲音找到它們的棲身之地。

馬羌的母親死於難產。這是她父親在她開始懂事時告訴她的。每次看到愁眉苦臉的父親，馬羌的表情就很懵懂。那時她還小，她一出生就沒看見過母親，她只看見父親一臉的悲戚——這個可憐的人，他在床帷間目睹妻子巨大而破碎的肚子，奄奄一息地躺在血水中，忍不住轉身大聲哭泣。

馬羌的母親人稱馬氏。她的難產是緣於自己在臨盆前看到過一次嬰兒的降生。

那是一個冬天，冷空氣帶來了樓蘭國入冬後的第一場雪。棉被已太單薄，凍得人無法入睡。羅布泊湖水結了冰，想解渴只能敲成小塊嚼著吃。大雪的第三天，又下起了雨，茅屋漏了頂，雨水和雪水順著茅草往下淌，結成了一條一條的冰磧。

馬氏的丈夫擔心他在這樣的天氣打不了魚，整天念叨，看到馬氏就問：「妳說，這鬼天氣什麼時候會變好？還能打魚不？」

馬氏始終對他笑笑：「春天很快就到了，天氣一暖和，就可以打魚了。」她挺著球狀的肚皮，棉衣已盛不下大肚子，幾天前，她又將棉被裁出一條，裹在自己的腰腹上。她對自己的丈夫伸出了手：「快看，我的手快爛完了。」老實的打魚人探頭一看，她的手腫成兩個肉團，凍瘡爛處淌著沾血的膿水。

「你說，咱隔壁家的發婆先生產，還是我先生產？」馬氏問道。

「妳先，還是妳先。」丈夫一臉討好之意。

「你待在家裡，我看看她去。」話剛說完，馬氏便一腳踏出了家門。

還沒走到隔壁家的發婆家，馬氏便看見她家的門口直挺挺地站著個人，叉開赤裸的雙腿，圓滾滾的腹部馬上要爆炸了一樣。

待馬氏走近一看，是隔壁家的發婆。發婆看見她，五官擠作了一團，整個人突然往後直直仰倒。

「怎麼回事？」馬氏上前拉她，一拉，她便慘叫，兩腿間開始淌水。

「妳要生了呀，怕是羊水破了。」馬氏掰開她的身子，一時間嚇得渾身發抖。發婆聽到這句話後，哭聲煞時淒慘。

雪在這個時候停了，天色陰沉，風反而刮得兇猛。發婆在這個時候把身子慢慢轉過去，半跪半蹲了下來。雙手撐著地，像是與一股無形的力量較勁，樣子可憐又可怖。

「啊——」

一聲淒厲的哭喊聲蓋住了所有的風聲。馬氏感到在那一刻天就要塌了。當眾人紛紛圍過來，看見發婆像死了一樣躺在冰冷的雪地上，馬氏的手裡托著個血肉模糊的小東西，又黏又涼。馬氏的手撫在她的身上，感到她蛻皮抽髓般地痛苦。

這是個男嬰，瘦得像一枚乾枯的樹葉，鼻息微弱得像沒有了呼吸。而他的眼睛卻奇大，兇狠地盯著馬氏的臉。令人恐懼的是，他渾身發藍，頭皮卻是透明的，可以看到白色的腦漿在裡面流動。

「這是個怪物——要遭天譴了。」她的眼睛裡充滿了奇異的顏色，手一鬆，小嬰兒一下子摔落在地，連接母體的臍帶一下子斷裂了，一股濃血噴了她一臉。

「怪物！這是一個怪物。」馬氏一屁股坐在了地上。待人們把幾近昏厥的發婆抬走好長時間後，馬氏好半天也沒回過神來。

兩天後的晚上，馬氏生產。那天沒有下雪，風同樣刮得狠，路上的人都被刮得順風斜著身子。馬氏的眼睛直直地盯著茅草屋頂。那沒蓋的屋頂就像是發婆那個嬰兒的眼睛，惡狠狠地，帶著怨毒的眼神看著她，看著這個世界。屋頂上的茅草片又被吹跑了，她的丈夫在風裡縮手縮腳地跑，去追那塊薄得遮擋不住任何東西的茅草片，沒聽見降生下來的嬰兒的啼哭聲。那哭聲愈來愈近，似乎嬰兒邊哭邊往這兒走，去找他。他的目光和神志一下子就被這銳器般的哭聲攪散了。待他跌跌撞撞地回到屋子裡，看見妻子赤裸著創傷的下身，身上的血已流盡，腹部涼颼颼的，她的頭歪向一旁，眼睫毛被月光拖出兩排密而寬的影子。這是她死前僅有的美麗。

而她腳下的嬰兒，比自己想像的要大得多，完整的多。是個女嬰。她有淡金色的頭髮，還有眉毛，也是毛茸茸的，身上黏了血，這是來自母體的血，似乎替她紋了身。她的頭扭來扭去，像是在找母親熟了一秋的乳房。那對乳房，它們似非肉體的，猶如銅鑄。

摸著妻子漸涼的身體，這個老實人一下子哭得令自己快要喘不上氣。最後，他把妻子埋了。在她的墳頭插上了好幾根木柱子，頭是圓的，狀似男根，若仔細看，上面有塗了血的符號。他步履蹣跚地走回家，茅草屋裡，馬羌稚嫩的哭聲驚動了宿鳥，宿鳥的叫聲神祕莫測。

最後，是鄰居的一個老太太抱起了馬羌，用袖子抹了一把眼淚說：「可憐的孩子，剛出生就死了娘。」

若干年後的馬羌，有的時候會想起自己從未見過母親的臉，就心懷戚然——像在樓蘭塵土飛揚的街市上，一枚蒼白的太陽懸而未落。樓蘭國的城牆外，藍色湖泊如一枚巨大的眼淚，她一言不發地面向湖泊，手腳冰涼，然後，用手捂住了眼睛，像是在用自己的方式悼念母親的死亡。

沒人看到，這樣的舉動對她來說或許是一個標誌。

從她七歲開始起，她的父親——那個愛嘮叨的漁人就把自己所知的全部捕魚技巧教給了她。他告訴她如何傾聽魚群的聲音，它們一起到來時，會發出風一樣的聲音，魚群的聲音在水裡如此明亮，在心裡會喚起一種緩慢的戰慄。

儘管在樓蘭城，少有女孩出去和男人一同捕魚，但是這個善良的漁人還是在自家的船上給她留了一個位置。他知道她在這方面有天賦，並且熱愛水上的生活。

到了捕魚的季節，湖裡再次塞滿了卡盆船。根據季節，他們每過兩三天便一同下湖，遇到有風的晚上，這些船身相互撞擊，發出巨大的木鐘般的聲音。

早些年，馬羌還不能將魚的聲音從湖水波浪的聲音中區別開來，很多年過去，她也自然學會了這門技術。

一直到夜晚的湖泊把麥田裡的氣息吹送過來，馥郁而惺忪，好像大地剛翻了個身，淡淡的霧氣從湖邊漫過來，把蘆葦叢中野鴨子的叫聲也漫過來。

靠近湖邊的地上鋪著一層厚厚的樹葉，尉屠耆總覺得黑暗中有東西在眼前移動，仔細一看，發現那不過是高大的葦葉的陰影。草叢裡昆蟲的鳴叫聲讓人覺得，這些蘆葦的每一根枝條，都被河水泡過。

岸邊的一個空地上有數間木屋，木屋都用葦草圍起，門框用粗的木柱撐著。

「別怕。」馬羌說道：「這些都是漁民的屋子，裡面沒有人。」

尉屠耆跟著馬羌來到她家的船上。馬羌的父親正在岸邊布網。這個有著扁塌鼻子，說話時把酒氣哈在別人臉上的捕魚人，額頭上有著樹皮一樣的皺紋。他用寬厚的手掌摸了摸尉屠耆的臉。尉屠耆接受了他散發出魚腥味手掌的撫摸，然後便看到船上有網具和木桶，還有幾隻草編魚簍。他們的家，就是這些了。

馬羌告訴他說：「每到夏季，湖裡的魚多得烏黑一片。」說完，她撲通一聲跳進了湖中。湖面上的漣漪一圈圈擴散開，又聚攏來，馬羌已不見了影子。

尉屠耆坐在船沿上，他不知道她在水中如何捕魚。

過了很久，還不見馬羌的腦袋冒出水面。尉屠耆的手緊緊抓著船，著急地低頭看著水下。

又過了很長時間，他聽到船下面有水花的聲音，不一會兒，見馬羌冒出了頭來，濕漉漉的金髮披覆在眼睛上，像一條魚。

馬羌的父親在河床凹陷的地方，用葦桿編成了長方形的篩子，然後，再架一個漏子，馬羌捕上的魚嘩嘩地落在漏子上。

此後的秋季、冬季和春季，一個叫尉屠耆的少年和一個叫馬羌的女孩，共同坐在羅布泊的湖岸上，他們的眼前是一望無際的藍色湖泊，馬羌已經知道尉屠耆是樓蘭國的小王子，只是他們仍是兩小無猜的年紀，很難意識到彼此之間在以後會產生什麼情誼。

他倆時常就這樣坐在一起，看天邊飄浮的雲彩，陽光在湖泊的最上方一片燦爛。他們有一句沒一句地說話，尉屠耆有時會看著她的小臉上那雙深藍的眼睛，他發現隨著光線的強弱，遊浮其間的金色斑點時隱時現，但她的瞳孔始終烏黑，彷彿漆黑的岩洞一般。

這雙眼睛讓他看到了一切。

是的，那些日子有溫暖的陽光，濕潤的沙灘上，白色的泡沫泛著魚腥味。

第三章

樓蘭國的發現很快地傳進了中原，這與一名叫張騫的人大有關係。可以這樣說，張騫在中原打算去西域時，樓蘭就已經因為這個人而發生了命運變化，只不過沒有一個人曉得這樣的變化正暗地發生著。

漢景帝劉啟死後的第二年春天，皇太子劉徹當了皇帝，即日後的漢武帝。這時的西漢王朝，經過四十年的「文景之治」，國民富庶，軍事能力開始加強，漢武帝開始有時間和精力來考慮幾十年來漢朝屢遭匈奴欺凌和侵擾的問題。

但大漢王朝掌握關於西域的消息也僅僅只有一條，就是在河西走廊——敦煌一帶，住著一個民風淳樸的游牧部落，叫做月氏，人民生活安定。後來被強悍的匈奴人用武力征服並殘害了月氏國王，並將他的頭顱做成了酒杯，月氏人懷著家破人亡的仇恨舉國大規模西遷。

漢武帝就在這個時候下了一道招賢榜，誠募天下有識之士出使西域，聯合月氏人共同抗擊匈奴。但漢庭麾下的武士謀臣，卻對西域一無所知，因為漢代以前，西域之地在所有中原人的眼裡還是一塊神祕的蠻荒之地，到了西漢初年，人們對它的瞭解仍僅限於行商過客片言隻語的描述。多年過去，無一人敢冒死前行。

正是這時，有一個人出現了。起初他就是名皇宮門衛，後成為了漢武帝劉徹的伴讀郎——張騫。張騫說，他願意前往西域。

張騫自幼喜歡收集羽毛。

那些被很多人丟棄的鳥羽都被他收藏了。在做夢的時候，羽毛會在他面前飛。

除了愛收集羽毛，張騫還喜歡往天上看。看著這隻鳥兒從這片屋頂飛到那片屋頂；從那一小片藍天飛到另一片藍天，這段距離像是一個謎。

一個人有了這樣一個奇怪的嗜好，自然會把自己和其他人區別開來，人們都覺得他是把憂鬱寫在臉上的人，這種憂鬱，男人看不懂，而女人看了會心疼。但是，他們憑著一點共同的靈性認為，張騫是一個與他們不一樣的人。但這又有什麼關係呢？

不過，這個看似有些不一樣的人多少有著他們的影子，就像是在現實生活中無法盛開的花。

這是早春的一個清晨。像許多時候一樣，張騫站在打開的窗前，他的身影有些單薄，陰冷的潮味還沒有完全為春天溫暖乾燥的氣息所消融。

過了今日，他就要西行了。身後一陣熟悉的腳步，在向他走近。

是好友甘父。

「你一定要走嗎？請你再想一想。此行從長安出發，抵達月氏，就必須要穿過匈奴人所控制的地區。無論是那裡的氣候，還是匈奴人的性格，都不利於中原人親自去考察。此行一定凶多吉少。」

甘父用懇求的目光望著張騫。

張騫目光明亮，咬著下唇點了點頭說：「我已決定了。不管怎樣，現在漢朝正渴望打擊匈奴人，我一定要穿越大漠沙海的羌胡之地，到盡可能建功立業的遠方去。」

蒙塵後又變得清澈的雨水，或是被雪水清洗過的心，有時會使人看到另一個自己。張騫以前說過的話在心裡翻騰，好像無法靜止，同樣，他知道自己也一直接近另一個世界。

甘父沉默片刻，對他說：「我願意追隨你。」

路在正中，疾疾向前。張騫攜百餘壯士出使西域，開始踏上漫漫征程。一路上，張騫無比鄭重地將一條犛牛尾保存不離身，以防丟損，這即是他使節身分的明證。

他沒有想到，這一去，就是十三年。

張騫一行離開長安向西域晝夜不息地行進，到了後來人困馬乏，攜帶的飲用水已經全部喝完。在乾渴難耐的情況下，他們忍痛殺了幾匹馬，以馬血解渴，但也只是杯水車薪，饑渴造成的疲憊和停滯幾乎使他們陷入絕境。一路上，饑渴和勞頓使張騫不知歷經多少回昏厥，從馬背上摔落下來。

正當他們趕到一眼清泉旁痛快淋漓地暢飲時，卻被一隊匈奴騎兵團團圍住。一切都像灰色天空上深青色的凍雲般詭譎莫測。

恰如甘父臨行前的擔憂，張騫一行不幸成了匈奴人的階下囚。

此時的匈奴單于是軍臣，當他得知漢朝使者是為了聯繫大月氏人時，真是又驚又怕。在連續多日的不斷提審、盤問皆未果後，匈奴人無奈之下，將張騫和副使甘父押送到一個環境更為惡劣的游牧地區，交給了一個部落首領軟禁了起來，作為俘虜嚴加看管，其餘隨行者則發配到各個部落當奴隸。

現在，張騫的命運將由別人來決定了。

一天，軍臣單于命人將張騫押解到他的跟前，他面帶微笑，那雙細長的雙眼在燭光中閃著狼一樣藍瑩瑩的光：「可敬的漢國使者，怎麼稱呼您呢？多麼榮幸啊，您竟然來到了我的土地。這裡未免簡陋了些，喝杯酒吧，這裡冷得厲害。」

張騫淡淡一笑：「大單于，我知道我打擾了您，明天，我就離開這裡，能得到您的庇護和接待，我無限感激。」

他的話還沒說完，大單于就被激怒了，一拳狠狠地砸在了木桌上，陶罐被震落了下來，摔得粉碎。「別開玩笑了。你以為到了這裡，就能夠輕易地離開嗎？你計畫從我這裡取道大月氏，來共同抗擊我們——」大單于冷冷地說完，然後靠近了他的耳邊說道：「我一向對客人挑剔，但很是喜歡像你這樣稀有的客人呢，平常一旦遇見總會想方設法把他們留下來。不過——你可不是什麼客人，你是所有匈奴人的死敵，從今日起，你就是囚犯。」

張騫緊閉著嘴唇，在這種險惡的處境下，他的確沒什麼辦法可以逃脫了。他看著這些半人半獸的傢伙，無力地垂下了頭。

一陣風吹過，大帳內的燭火搖晃了幾下，就熄滅了，一股濕冷的氣息撫過皮膚。大帳的夜晚，再次被層層灰霧所籠罩。

不久，一個豐滿豔麗的匈奴女子來到了張騫身邊，她被匈奴單于指派給張騫當妻子。但那個女人哪是什麼妻子，而是籌碼。

該叫她什麼好呢？在史書上，她甚至沒有留下名字。

一開始，她和張騫的婚配，並非出於自願，而是強制的、被迫的，帶著濃厚的政治色彩。她是匈奴單于對張騫施用的美人計，也是他慷慨大方賜給張騫的一份禮物。這樣一個不諳世事，姿色可人的匈奴女子，卻仍然沒有逃脫作為禮物的命運。

匈奴單于是一個粗人。一個在艱難生存鬥爭中磨煉得心硬似鐵的男人。當這個匈奴美人被作為禮物贈予張騫的過程中，一點也看不出脈脈的「人情」，只能看到殘酷的「反人情」，為了實現匈奴人的帝國之夢，他要她毫不猶豫地監視張騫的一舉一動，用甜蜜愛情的繩索捆綁他的心，軟化他的意志。

其實，這個被匈奴單于當作行走炸彈的美女武器，雖楚楚動人，但終究是一個普通的、不諳世事的匈奴女子。

其間，她如何縫補自己的雙重身分？理智與情感是否會發生衝突？

這些，都一言難盡。

她沒有名字，面容模糊。全身塗抹著橄欖色的汁液，豔麗而幽香，像水一樣滴落在史籍的深淵，脫離了我們的視線。在她消失的時候，她的氣息留在我們的中間，像冰涼的雨絲懸掛在身上，讓人隱隱生痛。

一開始，她性感的面孔是危險的，她的眼睛裡藏著祕密，像一種有毒的汁液，稀薄而尖利，目光如同刀刃。她對匈奴單于的意旨言聽計從，這使她在與張騫的共同生活中充滿了敵視、戒備、懷疑和監視。

她的美麗是誘惑、妖媚是陷阱，聲音是欺騙，言語是詭計。

她開始在對他的甜言蜜語中編織出美妙動聽的謊言，將謊言的枝葉纏繞在張騫身上，也纏繞在自己身上。當她寸步不離地監視著張騫，在慌亂中她的目光在閃爍、游疑著，讓她露出了端倪。當她看到張騫疑惑不解的目光時，她卻在謊言中像一隻靈巧的兔子一樣逃開了。

謊言，此時像一頂冰涼的帽子，戴在了她的頭上，也戴在了張騫的頭上。

慢慢地，她的心在撒了謊之後變得空虛起來。

她的那些謊言在張騫的身後緊貼著，像一道疤痕，那是一雙永不眨眼的眼睛，時時刻刻地睜大監視著。

其實張騫早已洞悉了這一切。他沉默，每日讀書、打獵。一個沒有語言的男人，沒有廢話。他從不去向她追究謊言深處那些可怕的事情，因為也沒多少力量了，也沒有必要。

從一開始，到最後，他像鐵一樣沉默。

這種沉默的力量令他光芒四射。

慢慢地，她的心變得空曠起來。她撒了謊後的身影變得稀薄。她一邊咀嚼這片空曠，一邊將烤得香噴噴的羊肉與土豆盛進盤內，端到他的面前——

這是深秋的一個夜晚，細雨和微雪相互交錯，在匈奴人的大帳外綿綿密密地下著，整整一天一夜，不曾停息。屋子裡生著爐火，四周都靜悄悄的。

在明滅不定的火光下，張騫看著她，自己因為發燒，身體有些困倦不堪，他幾乎睜不開眼睛，想立刻倒在地氈上睡下——匈奴女人微微一笑，慢慢地褪去了衣衫，把自己無限美妙的胴體呈現在這個沉默得令她無所適從的男人面前。

現在，她身體之上的重量在增加，這就像是給張騫打造了一座誘惑之城。

這是誘惑之中的誘惑，沒有男人能抵制住。

然後幸福降臨了。幸福是在謊言之後降臨的。

§

在西域的匈奴之地，在遙遠的古代，男人們生下來就馳騁在漫漫黃沙、荒原和古老的時間中，廝殺追逐著各式各樣的「獵物」。但女人就不行，女人無論走多遠還是小心翼翼地回到了屬於自己的帳房中。她們沒有什麼獵物可追。

所以，男人們羈絆著女人，把她們羈絆在大花園般的帳房中，讓她們服從專屬於男人的魔法，語言的魔法、身體的魔法、甚至皮鞭的魔法。

這是她們的命運。

現在，這個美麗的匈奴女人在帳房外的月色下徘徊。她的雙腳早已無數次被草叢中的夜露打濕了。那些草尖上的露水，泥濘之中的露水，將她淹沒在悲哀的中心——一邊是與張騫耳鬢廝磨的溫暖情懷，另一邊是單于的冰冷指令。

不難想像，她的恐懼和自責超過了肉身的欲望。她的內心生活被省略，失去了自我言說的能力。

其實，在生性殘暴的匈奴單于眼裡，美麗的匈奴女人和張騫是一樣的。

他倆其實都是囚徒。

相處久了，慢慢地，她對張騫的感情發生了變化。特別是她覺得張騫並不像匈奴男人那樣對女人粗暴，把女人當玩物，他對她的態度總是那樣溫和，連目光都是，像盛滿溫水的水池，暖暖的。特別是當他和甘父打獵回來，很快活地告訴她途中的趣聞時，她感到這個面部粗糙的男人的神情像一個孩子。

每天晚上，這個男人闔上書頁，給她講中原的各種事情，還教她學習漢語。在昏暗的油燈下，他的臂彎讓她枕著。在夏天，他的手臂和她的脖子相連接的地方罩著熱氣，一種男人和女人的氣息相混合的熱氣。她眼中曾有的戒備，懷疑和敵視之坑正被溫柔之水所填滿。

夜深了。

他入睡的鼾聲讓匈奴女人的眼簾潮濕。她感到幸福，幸福正像一副爪子那樣抓住了她的心。

她確信他是她的男人。

不知不覺，他們有了一個孩子。家庭中充滿了歡樂。張騫每天除了讀書、陪伴妻兒，就是四處打獵。當然每次外出，都有十幾名匈奴隨從跟從，名義上是陪他，但實際上是監視。

後來，當匈奴部落首領看到張騫只不過是一個「戀妻愛子」的傢伙時，以為他早已被酒色迷惑，便放鬆了對張騫的監視和看管。

其實，張騫雖然陷在溫柔鄉裡，但卻絲毫沒有忘記漢武帝託付給他的神聖使命，張騫也就借此機會使每天游獵的範圍越來越大，他還讓自己的副使甘父把每次游獵所到之處的山勢水姿，地形實物，方位道路等等一一記下，隨時準備逃走。

在羌胡之地的颯颯漠風中，他向著遠方眺望。在眺望中，他內心的意志慢慢地變得像岩石一樣堅硬。

現在，他是她的世界。但是她是他唯一重要的世界嗎？

幾年過去了，她已經沉溺於他的氣息之中。她以為自己早已將他束縛在帳房之中。帳房裡是凡俗的家庭生活，是小兒繞膝時的啼哭和笑聲，是煮飯時炊煙升騰起後一股霧白色的氣流——像一根溫柔的繩索。

哦，繩索。她總是想到這個詞，這個無限循環之物，在她的睡夢中反覆出現，她渴望用這根虛無的繩索，製造出她命運中的神話。她要讓自己的溫柔和愛化作一股繩索，捆綁住張騫那顆自由無羈的心，讓他停留下來，永駐胡地。

但她發現，她做不到。

現在，張騫每天回家的時間越來越晚，身上散發出各種讓人迷惑的氣味，這氣味既是發自他的內心，又是發自他的外部世界，有些氣味是木質的，似乎是從一座森林中帶來的；有時他的身上濡濕了，散發著一股潮濕的氣味，她知道他一定又涉過了一條河流。

另外還有別的一些味道：泥土的味道，漠風的味道，火焰的味道，荒野的味道，甚至還有一種鳥糞的味道——這麼多的氣味從這個男人身上散發出來，讓她陌生和迷惑，更讓她恐懼。

他去了哪裡？她似乎已經有些圈不住他了，感覺到了那根捆在丈夫身上的繩索即將綳裂時的劈啪聲。

有時，他和她在一起總是頻繁地走出帳外，眺望著遠方，目光熱烈而深邃，然後他看著她，欲言又止。有時他將纏繞在膝的小兒擁在懷裡，默然流淚。

終於，他對她一個字一個字地說：「如果，如果有一天我要走了，妳會放我走嗎？」

她明白了。這個與她相處了九年的男人最終是要走的。她從和他開始認識的那一天起，就等待著失去他。她知道，這一天遲早會到來。就像死亡。

她開始和他一起等待這一天的到來。等待著他的離去。

終於，這一天來了。

這是一個經過周密計畫的逃跑。這也是他與匈奴女人的懸崖之約。

那一天，張騫和甘父，相約外出打獵，他們走了很遠很遠的路，匈奴部落的那一片帳房被一條河流擋在了視線之外。

天色已晚，他們裝作迷失了方向，騎馬拐到一條曲折幽深的峽谷裡，夜色開始降臨。荒原的風一陣陣地吹向他們，整整一天的顛簸勞累，讓監視他們的匈奴騎兵們饑寒交迫。

在乾硬的漠風中，張騫從馬背上取下匈奴女人早已準備好的烈酒，皮質的酒袋閃著亮光，匈奴騎兵們抵制著寒冷和困乏，爭先恐後傳遞著這盛滿祕密之液的酒袋。他們的頭腦開始變得灼熱和混亂，混亂祛除了他們的戒備和理智，彷彿一個個都中了邪。

終於，這些匈奴騎兵一個個開始沉沉睡去，此起彼伏的鼾聲幾乎淹沒了風聲。

張騫和甘父立刻騎馬飛奔。山巒、河流、森林以及無邊黑夜中的曠野，在飛奔的馬蹄聲中一一退卻。

但他的背後始終有一道哀哀的目光——匈奴女人那雙像母鹿一樣的眼睛，越過了重重山巒緊貼著他。

他們自由了。

張騫的成功出逃，使被匈奴單于當做政治利器的美人計宣告破滅。匈奴單于惱羞成怒，遷怒於匈奴女人，對她實施了鞭刑、斷臂等酷刑。

為了逃避匈奴人的追捕，張騫和甘父晝伏夜行，歷經艱難，經過數日的奔波，經大宛國、康居國，找到了舉國西遷已久的大月氏國。（今烏茲別克斯坦費爾干納），並以漢朝使節的身分說明來意以及漢王朝期待共同抗敵的希望，但被大月氏王婉言拒絕。

原來，自大月氏國被匈奴攻破，被迫舉國西遷後，他們找到了一塊土地肥沃、水草豐美之地重建了家園。他們以游牧為主，畜群興旺，人民安居樂業。由於和漢朝相距遙遠，又加上富足的生活使他們報仇復國的心理淡漠起來。

張騫與甘父失望而歸。

在返回漢朝的路上，張騫一行選擇了南面的道路，他們翻越蔥嶺，過莎車，對沿途所經的西域各國風物形勝進行了悉心瞭解。終於漢武帝元朔三年（西元前一二六年），張騫與甘父經樓蘭國回到了中原長安。

他們此次出使西域，往返十三年。走的時候手持旌節，率領了百餘壯士，向西域這塊未知之地進發，回來時卻只剩下他和甘父兩人。

§

且末、捐毒、高昌、尼雅、龜茲，最後是樓蘭——這些西域三十六國中的每一個王國，都從它面對的荒漠獲得屬於自己的獨特形狀。

而旅途中的異鄉人，行走在荒無人煙的大漠中，不知前面等待自己的是一個什麼樣的陌生之地。於是想像它的王宮、兵站、街道、集市，還有居民的裝束以及建築的樣貌。

這肯定是一個未用言語充填過的空間，一個由種種差異構成的空間。

張騫出使西域的路線，是從長安城出發，穿過河西走廊，過張掖、玉門關、敦煌以後，他走的是後來被稱為絲綢之路中路的路線，即從敦煌取道阿爾金山山口，他的足跡還繼續向西延伸。

在令人眼花繚亂、疑信參半的西域傳說中，張騫和他的副使甘父為中原漢室引進了大宛人珍貴的汗血寶馬、苜蓿、葡萄和玉石，一路上經歷了許多奇異之事。

他最後到達的是羅布淖爾的樓蘭國。

在一片嘈雜，灰塵和所有人的疲憊中，張騫在樓蘭國的城門口下了馬。

他走進樓蘭這座陌生的城市，目光停留在城中心最高的泥佛塔，穿城而過的河渠，熱鬧街道上的乾草棚上。

樓蘭國陽光充沛，狹窄的街市裡到處都是不同國家的人流，不僅有深目藍眼的樓蘭人，還能看到龜茲、烏孫國、高昌、尼雅等西域各國的商人。還有來自印度、帕米爾和波斯的商人，以及模樣嚴肅的僧侶。

這些商人們，歷經千辛萬苦抵達了樓蘭國這樣一個大城市後，找到了好的旅店，給牲畜找到好的飼料後，才稍稍鬆了一口氣。

街市上，有錢人騎著氣度不凡的馬，馬鞍子上蒙著精美圖案的毯子，在熙熙攘攘的人群中穿梭而過。由馬匹和駱駝組成的駝隊，馱著捆著硬硬實實的大包貨物在人群中緩緩走著。

駝鈴清脆悅耳。

要知道，每年的夏秋時分，這些來自各國的商人們順著河流或穿越荒原匯聚於此，把樓蘭國當作是一個商品中轉站，再從這裡把貨物運到自己的國家去。他們的臉被熾熱的陽光曬得緋紅，空氣中有茴香、肉桂，葡萄乾，還有植物染料、灰塵、汗液，以及白天烈日留下的灼熱氣息……

在熱鬧的集市上，鋪在腳下陳列商品的都是同樣顏色的花氈，頭上撐著的都是同樣的葦草棚，而招來買家的都是同樣一種聲音——這些商品年年在西域往返的路途中穿梭不已，從一些人的手裡到另一些人的手裡，或者到土裡，或者到火裡，或者在人的身體裡消失。每個商人不是在吆喝，就是在喊叫，喧鬧中不時地傳來一陣陣長長的奇特聲調。

入夜後，這些來自不同國家的商人們圍在集市四周點起的篝火堆，或坐或躺在布袋或疊起的毛氈上，聽旁人講述沿途所見；天亮時，在厚厚的城牆環繞的樓蘭城裡，偶爾會響起準備起程趕路的大型商隊嘈雜的聲音，駱駝脖子上的鈴聲在提醒行人讓路，因為狹窄的街道幾乎無法容納滿載貨物的駱駝通過。

隔了很久之後，每個人又像水滴一樣，融入到歸程的漫漫旅途中，直到駝隊的影子再也看不見。

因為獨特的地理位置，無疑，樓蘭國是一個強盛，活躍，和有著自我風格的國家。

張騫回到中原，向漢武帝描述他在西域途中看到的風俗，植被和城市建築，還有各種西域珍奇。

一開始，漢武帝完全不懂他在說什麼，張騫只能從行囊中掏出一件件東西：駝鳥的羽毛、羊脂玉石、苜蓿和葡萄的種子、石榴、安息香料、駱駝掌和象牙穿成的飾品等——再加以各種誇張的手勢，驚恐的叫聲，來表示這些珍奇東西是自己旅途所獲，而這些物品，實在是取之不易，或者是多不勝數。

面對這些西域珍奇，不管他講述得晦澀還是清晰，但每一種物品都有一種象徵的力量，看過一眼就不會忘記，也不會混淆。

比如一種看似很普通的乾葉片，像樹葉的形狀，是張騫在西域的交易中，與當地的游牧民族換的藥草。這種叫顛茄的植物，說是很神奇，喝它沖泡的茶能引起人對未來的憧憬，而它的漿果會令女人們的眼睛又大又黑。

張騫說，樓蘭國還有一種令人驚奇的東西，就是人們釀製的葡萄酒。為了釀製更好的酒，他們還有專門的葡萄園。

張騫：「樓蘭人都是深目藍眼，樣子奇特，頭髮金黃，跟中原人不一樣。他們住在一個藍色的大湖邊，他們有自己的語言，服飾，還有文字。還有，他們信奉佛教，幾乎每戶人家都供奉著威嚴的佛教眾神之像。」

見漢武帝半信半疑，張騫向漢武帝展示了印滿古怪文字的木簡。這塊木簡在幾千年後被人證實，這是為樓蘭人所用的佉盧文。

「西域之行的一路上，你可曾看到過與樓蘭相似的國家？」漢武帝忍住好奇心，問道。

「沒有。樓蘭國處於西域地理上的要塞，它足夠特別。」張騫低下了頭，好像剎那間陷入了回憶：「我沒想到會有這樣的城市。我第一次來到這個國家時，很驚訝這樣一個處在荒漠之地的綠洲，竟然會有成片的小麥。因為湖泊使得氣候濕潤，適合小麥的生長。」

在張騫繼續的講述中，漢武帝得知西域地面上的樓蘭國是一個規則的四方型城郭。東面城牆長三百三十三點五米，南面城牆長三百二十九米，西面和北面長約三百二十七米。城裡有官署，有寺院，有居民區，有集市，商鋪還有客棧。

在樓蘭國的城中央，矗立著樓蘭國標誌性的建築：一座傲慢的泥佛塔。

當時，洶湧的塔里木河成了一個新月形，從蔥嶺繞過塔里木盆地，注入了羅布泊。在注入羅布泊之前，它叫庫姆河；在進入羅布荒原之前，它叫孔雀河。

「而現在，還要談一談這個驛道。」張騫繼續說：「樓蘭古城作為這個驛路的要塞，拋開沿河上溯的小道不計，通向高昌之路的通向米蘭與羅布泊南部的卡爾克里克（今若羌）之路，就與古老而巨大的『世界通道』在這裡相交。」張騫看到漢武帝一臉的困惑，笑笑，繼續說到：「這條通道，穿過塔里木盆地朝西就能前往帕米爾山口，從那兒就能到達中亞的西部，直到地中海。從樓蘭向東，越過敦煌和酒泉（肅州）便直接進入了中原。」

「那就是說——樓蘭是一個舉足輕重的驛道了？我的意思是，它是我們這一地區真正意義上的生命血管？」漢武帝的眼睛閃閃發亮。

張騫重重地點了點頭。

漢武帝一直仔細聆聽他的講述，他的眼前浮現出樓蘭街市上的繁榮混亂，還有死魚的腥味兒，以及駝蹄濺起的塵土味兒，居民區的窗密密麻麻，一到夜晚，裡面燭火稀疏，照亮房屋門楣和視窗上破損的雕花紋樣。有些雕花紋樣中，居然在枝和蔓的中間還雕刻著魚和荷花。

想到這兒，漢武帝的心中竟然湧出了一種難以言說的情緒，有一點可以肯定，在這位漢帝的生活中，一直為自己征服了疆土的廣闊而感到自豪，但是在這一時刻，他為自己竟然忽略了這廣大而神奇的西域之地而深深自責。

他猛然意識到，張騫所講述的，是一個全新的世界，正是以前中國關於西方——西域的知識，因為在張騫之前，還不曾有人到過比塔里木更遠的地方。

但是，他仍不能完全肯定「樓蘭國」在張騫的回憶中是否真的存在，是否真有像他說的那樣大的疆域和豐富的寶藏，這些物產令他羨慕。

漢武帝說：「樓蘭國作為這條絲路上的樞紐，它的重要性對漢王室而言是不言而喻的，有樓蘭則西域通，失樓蘭則西域堵。而西域之路這條商道，將會為漢朝帶來巨大的財富。」

他渴望和這裡發生直接的通商關係。

他問：「你說的這座奇異之城，到底是在什麼地方？」

張騫說：「樓蘭國在千里之外的羅布荒原。它的周圍有著漫漫藍色水沼。」

在張騫隨後的講述中，漢武帝得知樓蘭國已臣服匈奴人，為使樓蘭國成為他們的附屬國，匈奴單于將樓蘭王的兒子當成質子時，當即做了一個決定：速派一個兵力強盛的漢軍去西域，將樓蘭王的另一個王子請進漢宮，典作人質。

這個任務落在了從驃侯大將軍趙破奴身上。

§

這幾年，漢朝的從驃侯大將軍趙破奴始終被一件事折磨著，他的義子沙才死在了樓蘭。一開始，他並不相信，但時間長了，再也看不到沙才的事實讓他明白，可愛的義子確實不在了。

沙才是跟著一個絲綢商隊去樓蘭的。這是他第一次跟著敦煌來的商隊去西域經商，這個商隊那一趟帶去了上千卷生絲和錦緞。算一算，他離開長安有半年了。

雲中誰寄錦書來？真的來了，卻是一個令人悲傷的消息——沙才不幸命喪樓蘭。

他的母親在此打擊下得了奢哭症。一連好些天，她聯想到兒子從出生到十六歲的每一個細節，無論見到誰，她的第一句話總是：「沙才啊——」眼淚就掉下來了。

消息傳回來的那個下午，趙破奴的手長久地撫摸著一枚破損的玉牌，這枚圓形玉牌是駝夫從沙才身上摘下的，這塊玉牌無疑給自己帶來了某種不祥和死亡的氣息。他看著它，眼睛裡絲毫不掩飾自己的悲傷情緒，還有一種鑽心的疼：「沙才——那麼一個性情開朗的孩子。這麼多年來，只有他跟自己最親。可是，只去了一趟樓蘭，人卻沒了。怎麼會呢？」

趙破奴讓那些有幸逃回來的駝夫們，一遍遍地述說此行的經歷。那些細節每一次都有所不同。比如：「一個黑夜，當我們這個商隊翻過了一座高山，終於踏在西域的領土上，準備在山後面歇息時，我們的身旁傳來一聲巨響，以為是駱駝身上的貨物掉落了下來。轉過身來，看見沙才像拋物線似的從駝背往下墜落。剛要叫喊，卻發現自己猝不及防地一頭撞在了一個士兵的刀托上，後來就什麼也不知道了。」

比如，另一個駝夫說：「這些士兵不是一個，而是一群、一大群。他們像是早就算好了我們會經過那裡似的，一見我們在山坳裡停下，便緊握著短刀，從四處圍了過來，搶劫了我們全部的貨物，還給駱駝的腿放了血，簡直比匪盜還匪盜，比畜生還畜生。」

趙破奴問：「那些可惡的強盜來自哪裡？」

「稟報大將軍，他們來自樓蘭國。這樣肆無忌憚地屠殺漢地商人的事情，在樓蘭國已發生好幾起了。」

在這些倖存者們一遍一遍的講述中，趙破奴拼接起了幾近完整的情節。

是這樣的：當這支絲綢商人們的駝隊翻越了一道奇石異峰的山巒，快要抵達樓蘭國附近的白龍灘時，已是深夜。人乏馬困，他們決定在這裡歇息。走在駝隊最後的一個駝夫是沙才，他總覺得黑暗中有幾條活物在移動，定睛一看，那不過是行進時山巒掠過的陰影。

沒過多久，沙才驚訝地看見，行走在他前面的商人們一個個地從駱駝上翻了下來。多名士兵手裡握著彎刀，高舉過頭頂。天很黑，隨著這些人下蹲和跳躍的動作，武器的光芒一閃而過。也許是動作過於激烈，他們立在那裡，身體猛烈地擺動著。沙才還沒回過神來，寒光一閃，一把短刀朝他飛了過來。他在躲閃中失去重心，從駝背上墜下，一顆山石啪地打在了臉上，他口中頓時湧出一股猩紅的血。

他整個人彎在那裡，身子一點一點地往地上滑。看見這些士兵們刀起刀落，寒光一次次地劃過黑暗，聽見刀刃從駱駝身上落了下來。慘白的月光下，黑紅的血順著他的手臂淌了下來，他想掙扎著從地上重新站起。這時，他發現自己的面前已站著兩個士兵，握著已出鞘的彎刀，接著，刀光在他的面前一閃而過——沙才倒在了地上。

等駝夫早晨醒來的時候，周圍躺著的不再是熟悉的人，而是遍地屍體。

趙破奴咬緊了牙，沉默了很長一段時間，他在想像一把鋒利的彎刀，當執刀者用力掀起刀把，鏽住的刀柄咯咯作響，刀刃陰冷灼亮的光如同一道陰險的眼神。這種想像讓他微閉上了雙眼，好像不願再經歷一次如噩夢般的跌落。

「樓蘭王，你真的是帶給了我們很大的麻煩。你到底想要幹什麼？你侮辱了整個大漢王朝。」他忍無可忍地咒罵著，條件反射似的握緊了手中的劍柄。

「大將軍，下一步您打算怎麼辦？」一位內侍小心翼翼地問他。

趙破奴面無表情地站在窗前。想起幾年前，當中原的第一批商隊到西域的時候，樓蘭王就利用匈奴人對他的有利局勢，在大道上血洗了這些使團商隊，大批貨物被掠奪乾淨。而其中損失最大的要算是浩侯王恢的使節商隊了。

現在，當趙破奴終於再次開口時，聲音像堅硬的浮冰在互相衝撞：「這一切，樓蘭王會全部償還的。他一定得償還。」

入冬，漢武帝派從驃侯大將軍趙破奴率兵數萬前去攻打樓蘭和臨國姑師。而屢次為樓蘭所苦的浩候王恢被任命從旁輔助。

他們採用了騎兵長途奔襲的突擊戰，一群黑水般湧動的漢國騎兵匆匆出現這片荒漠之地。冷風颯颯，為首的中年人將銀亮的盔甲向前拉了拉，灰黑色的眼睛直盯著前方。遠遠地，出現了一個城堡，冷峭的寒風中，它的形狀格外清晰。青灰色的城牆遍布漠風留下的痕跡。

「大將軍，樓蘭國快到了。」身旁的王恢對他說。

趙破奴點了點頭。

誰也不會想到千里之外，那些閃著凶光的兵器與樓蘭國再有什麼關聯。

大兵壓境的那天，夜色褪去，另一個白晝翻卷而來，光禿禿的荒原下起了大雪，人們後來說那年的雪下得晚，不過是場好雪，好威猛，數萬匹馬狂奔而來，雪給馬踏翻，如新犁的田野。烏鴉嘎嘎地橫衝直撞，被這群奔馳的軍隊一下子冒出來驚得失聲嘶叫。

接下來的一切令人目瞪口呆。

那些沖天的火光，一下子漫開來，不是一處，而是很多處，像是一瞬間拓展了開來。火光給入冬的樓蘭城帶來一股濃烈的辛辣。

而那些馬蹄聲和吼聲，還有兵器的相撞聲，在樓蘭城外由遠而近，如同天邊滾動的悶雷。幾隻黑色的烏鴉，悄然從枯乾的灌木叢中飛起，在陰沉沉的天空中劃過一條黑色的弧線。

那些在風中舞動的旗子，在冷雪中閃著光，隔著老遠就聽見沉悶的嘩嘩聲。漢軍們的腰上個個掛著戰刀，他們鐵青著臉，像是被仇恨武裝起來了。仇恨使他們的面孔變得一模一樣，沒人知道這仇恨從何而來。但是，一定要相信，仇恨也會自己生長。

看著肥厚雪白的雪地上出現了黑壓壓的軍隊，樓蘭人又一次感到了恐懼，連年幼的孩子也在睡夢中嗅出了命運的存心不良。

當時，樓蘭王正躲在王宮裡，馬蹄聲越來越近，越來越響，連同漫天的灰塵一起湧進了屋子，木几上的陶瓶和銅鏡咯咯作響，像幽靈聳動雙肩抖落重負一樣，如山一樣的濃煙翻騰著，發出的一條光之鏈照亮了整個樓蘭城，縮短了的黑色人影走來走去，一會兒消失在濃煙中，一會兒又出現在雕花木窗反射出來的傾斜光帶中。

一切都像天空上的凍雲一樣變幻莫測。樓蘭國在深淵般的濃煙之間顫抖。

是怎樣的恨導致了這樣的兇殘？在這場騎兵突擊戰中，血肉橫飛的場面可以想像得到，那淌血的殘缺肢體，在羅布泊滾滾水流的沖刷下，血漬漸漸散去變得潔白，最後，隨波而下……

那些日子，樓蘭國的土地滲進了血，變成了黑色，戰場上大量的鮮血飛濺，以至於潑灑在了樹幹和樹葉上。

他們生擒了已經年邁的樓蘭王，並迫使他派遣自己的兒子來中原為質子。還在長城的關口增設了一列守望亭舍和要塞，一直延伸到樓蘭。這樣一來，西域的其他國家不敢再反抗了。

這次戰爭，從驃侯大將軍趙破奴和他的將士們一共抓獲了近二百名俘虜。當這些男人們排成隊，一個個垂頭喪氣地站在他的面前時，趙破奴發現，這些人都像是約好了似的，全都脫去了身上的各色錦袍，皮胸甲和皮帽，只穿著短棉衣，分不清楚他們中誰是貴族，誰是貧民。要知道，這些捕獲的俘虜當中，他只殺貴族，而不殺貧民。不行，得給他們一點顏色看看。

「大家站近一些，再近些。」

人群中有秩序地動了動，很快成了一個方陣。

「是貴族的出列。」趙破奴走到這些俘虜面前，大喝著，用彎刀的木柄推撞著他們：「貴族們，招認吧。」俘虜們一個個身子緊挨著，紛紛低下了頭。

這個時候，從俘虜的佇列裡走出來一個面容枯瘦的老人，他搖晃著，吸了吸鼻子。這些天來，戰爭帶來的血腥味，一直膨脹在他的鼻腔和喉嚨裡，他感到自己快要悶死了。

「結束戰爭吧。」他半閉的眼睛一下子睜得好大，對趙破奴說：「貴族們都逃跑了。我們都是貧民。」

「貧民？」趙破奴聽到他說完這句話後，冷笑了一聲。

這個老人說完，把一隻枯瘦焦黑的手臂朝他伸去：「放了我吧，我只是個打漁的，是一個連名字都沒有的賤民。我還要靠這雙手養活一家子人吶。」老頭的脖子一扭，眼睛裡的淚像線一樣流了出來。趙破奴不說一句話。他「撲通」一聲跪在了趙破奴的面前，但卻被趙破奴的劍鞘掃到一邊去了。

「是貴族的站出來。你們這些膽小鬼，懦夫，別厚顏無恥地躲在人群後面。」

騷動的人群更加混亂，受驚的人紛紛向後縮回身子，在乞求，哭泣，或低聲咒罵，各種聲音交織在一起，像是一張大網，朝著趙破奴罩了下來。趙破奴的臉瞬間扭歪了，鄙夷地一把扯過這個乾癟的老人：「你——不過是一個沒有名字的賤民。」

隨即舉起劍捅進了他的喉嚨，老人兩腿亂蹬，身子像躲一場急雨似的朝一邊偏過去，血冒著紅泡泡順著刀口淌了下來。

太陽的光線在刀刃上慢慢熄去。

「他是貴族。是他——」這個時候，人群中炸起了一個變了音的喊聲。

一個中年男子被人從人群中推了出來。

這個男人回頭一看，臉都扭曲了起來，朝著供出自己的人厲聲喝道，「你瘋了——為什麼要自相殘殺？」然後走近他：「我認得你。」

「沒辦法，我得活著，我有失去雙腿的老母親，還有三個孩子。」供出貴族的人身子猛一哆嗦，壓低了自己羞愧的聲音。

「活著。城堡的外邊是戰場，我們樓蘭國的士兵在戰鬥，我們缺少精良武器，勢單力薄，趕不走他們，現在，不知我們有多少個士兵死在了他們的刀下。可是，我沒看見有一個人膽怯逃跑的，沒有一個人去向他們求饒的——這些外來者在我們的國土上殺戮，而你這個卑鄙的小人，卻要來幫他們殘害自己的人。你就不覺得羞愧嗎？」

他的雙眼掃視著他，還有這些軟弱的俘虜，每一個接觸到他目光的人，心裡都似乎挨了重重一擊。

「說得好。」話音未落，人群中響起一片贊同的聲音：「這樣幹，和惡狼沒有什麼區別。」

「沒辦法，我得活著——」供出貴族的人嘴裡有氣無力地嘟噥著，聲音又一次地低了下來。突然，他的身子直接撞向城牆跟前一塊尖翹的石頭上，瞬間血流如注。

雪片稠密起來，一片片也有了分量。而在趙破奴心中鬱積許久的仇恨，被冷風夾著，再次迎面朝他們猛襲過來。那個貴族突然向趙破奴撲來，他命令一個士兵出擊，士兵的劍一揮，那個貴族倒在了地上。

樓蘭王被趙破奴軟禁在王宮裡。外面的風越來越大，從城堡的外面傳來了令人心神不寧的喊叫聲。許久，這些吶喊聲漸漸稀疏起來，冷風的呼嘯聲在整個樓蘭城的上空盤旋，讓他的心戰慄起來。

一切似乎都在慢慢下沉，正在被黑暗淹沒。

樓蘭王站在厚厚的帷帳後面，在這樣一個危機重重的夜，偶爾，傳來尉屠耆壓抑的低泣聲，他彷彿失眠一般，頭腦一片空白。

「樓蘭王，你知不知罪？」樓蘭的王庭內，驀地響起趙破奴傲慢的聲音。如一場大風，寧靜的燭火在這一刻猛烈地搖晃著。

樓蘭王嘆了口氣，慢慢轉過身面對著趙破奴。他已經老了，一股無力感就像潮水一般地漫上了胸口。彷彿早已知罪似的，沉默了片刻後，樓蘭王表示認罪。

趙破奴宣武漢帝的旨意。樓蘭王表示臣服，答應將他的另一個兒子尉屠耆送到漢朝當人質。

樓蘭王不得不這樣做。

除了匈奴人之外，這裡的樓蘭人從未面臨如此沉重，也對生命形式起了惑。因為他們發現，漢朝居然是那麼強大，而且一夜之間如同天降般殺來了好幾萬的軍隊。

他們未曾想像過會有這樣的國家，更是無法承受突然降臨在他們面前的可怕事實。樓蘭王國悠閒安寧的日子再次被打破了，樓蘭人也從這裡開始知道了外面有著怎樣的世界。

§

漢朝軍隊將樓蘭小王子尉屠耆當作人質的事件，在樓蘭王宮內又一次引發了動盪。樓蘭王后提漢被樓蘭王的再次妥協所擊垮。她知道，自己又要失去孩子了。對她來講，這又是一次不幸。

而這一切，都在樓蘭王做出選擇的時候就已命中註定了。

當時，聚集在王宮裡的漢朝使者在得到老樓蘭王準確的消息後，一陣風似的離開了。老樓蘭王重新審視著自己，從自身的妥協中得到些安慰。

但是，這種安慰卻讓他感到了微微的羞恥。整整一天，他的整個身心都灌注在了這種不可逆，確定不移的羞恥感當中。他感到的這種羞恥，與他過去一生中所具有的信心無分軒輊。

提漢的身體在這個陰沉的黃昏下，蒼白得像是病了一場。

一陣風吹過，好像要吹皺她的皮膚。「長治久安兮，國富民泰。沙礫成岩兮，遍生青苔。」她一直輕哼著那支曲子，聲音很小，小得就彷彿她瘦弱的身體。她走到了老樓蘭王的身邊，站了一會兒，微微一笑就走開了。

樓蘭王在提漠來臨之前就已聽到她的歌聲了。這曲他聽過無數遍，但是現在，他聽到提漠的聲音時，還是不敢確定這虛幻的聲音就是提漠的。它像是一股水流般淌來了，這水流到他身邊之後沒有很快離去，而是在他的身邊繞了一會兒，才慢慢遠去。這歌聲召喚著他跟在提漠的身後，來到了藍色的羅布泊旁邊，他已很久沒來到過這裡，他再次感覺到了水波的躍動，那似乎也是提漠從心裡發出的聲音。

他們在湖邊站了一會兒，誰也沒有說一句話，在天色暗了下來後，他們返回了王宮。「送尉屠耆走吧。」提漠聽樓蘭王說完他的決定後，沒再開口說話，老樓蘭王輕輕栓上門走了。

她聽到他漸行漸遠的腳步聲，知道他走遠了，走向了他經過內心掙扎後產生的最後一絲。樓蘭王宮裡的嘈雜聲一點一點地變弱，她下意識地摸了一下手指，手指上凸起一個圓的繭子。她突然明白，這是由於自己對某些東西抓得太緊留下的。

提漠的嘴角露出一抹自嘲的微笑。

樓蘭王出了門後，他的身體晃晃悠悠的，像一片敗葉。緊追過來的提漠，她僵硬的走姿無疑也是一根枯枝的形象。

樓蘭王沒有回頭去看，他似乎忘掉了她的存在，只恍然感到自己的身後緊貼著一塊黑影。

這個軟弱的男人。居然——又要將自己的兒子給那些漢人當質子。兒啊，一想到這個尚未成熟、男孩氣的身軀，提漠就忍不住落淚了。她哭得渾身無力又抽緊，樓蘭王在她面前走來走去，兩隻焦慮顫動的腳，在她淚水淹沒的視野裡變成了一對不認識的異物。可是，提漠的哭泣在樓蘭王的沉默面前，是那樣的微不足道。他的沉默是一種十分堅硬的沉默，質地有如岩石，讓提漠感到十分絕望，她無措地反覆說：「他是我的孩子，也是你的孩子！我們怎能再次失去孩子呢？」

她的聲音像細小的水流，對岩石起不了任何作用。

樓蘭王的腳步聲漸漸遠去，不一會兒，帷帳的後面響起他的鼾聲。這聲音讓她感到陌生，好像這聲音是命運對她設置的一個障礙。

提漠小心地繞過擋在她面前的那些擺設，站在樓蘭王的床前，看到王側身躺著的樣子。她微微靠近他，好像自己是平生第一次看見他的睡態。在他仰起的臉上，提漠看到了一種睡夢般的顏色。當她重新在他的身邊坐下時，提漠彷彿嗅到了樓蘭王身上散發出的一種腐爛味，從這個時候起，她預感到了他的死亡。

提漠起身離開樓蘭王，點燃了一小束熏乾的香草葉，一小朵火苗從草尖上浮起來，過了一會兒，她對著草葉尖吹了口氣，把它吹滅了。然後，她舉著這束拖著一小縷白色香煙的熏草，在床前床後的各個角落輕輕搖動，很快，飽滿的香氣在屋子裡四散，她微閉上眼睛，似乎疲憊的身心得到了一種安慰。

讓他多活些天吧。她在內心祈禱。

數日後，尉屠耆要走了。他在王宮的走廊上發出壓抑的哭泣聲，他的母親——樓蘭王后始終沒有離開她的房間，甚至也沒離開過她的躺椅。

那一天，她獨自在屋內，手裡攤開一面小圓銅鏡，鏡面上露出她一雙幽深的眼睛，燈燭忽閃，她像一個鬼魅端坐在房間裡，而尉屠耆低低的抽泣聲，從關閉的雕花門窗縫隙曲折地傳了進來，竄入耳裡，在她的耳窩消遁，卻又快速在體內奔走，企圖從狹窄的喉嚨裡衝出。提漠抬手把自己微張的嘴緊緊地堵住，不讓自己發出一點聲音。

沒過多久，一個漢朝的使團攜帶著中原的名貴絲綢、瓷器、茶葉等貴重物品，沿張騫鑿開的路線，又一次來到了樓蘭，並在西域地區設置了都護府。待回中原的時候，除了漢家馬車裡一臉稚氣的樓蘭王子尉屠耆，他們還帶回了西域各國豐富的物產。

§

尉屠耆離開樓蘭之前的很長時間裡，一直和馬羌在一起。

七月是一年中的惡暑，每一天似乎都很長。剛落山的太陽在胡楊的樹梢上留著殘紅。在帶著夕陽色彩的暖色黑暗中，尉屠耆和馬羌不聲不響地往前走，不說話的時候，他們把彼此都看得很清楚，黑髮中露出的眉眼，鼻尖，嘴唇——剛才一路走來的每一個細節，每一個動作都成了他們倆的祕密。

尉屠耆側過臉，看她的眼神很貪，他每看她一眼，都看出她眼睛的一種特色，這麼藍的眼睛，幾乎讓他挪不開視線，每看一下都被誘惑著沉進去。這雙眼睛絕對說得上與眾不同。再細看，她的眼睫毛多密呀，他又被她的眼睫毛迷住。

酷熱的一天已進入到了黃昏。

在這樣的陰沉光線中，人的意志也變得脆弱，這種狀態很像人剛醒睜不開眼。現在，這種滲入到室內的暮色正在穿透他的身體，把他的血液變成了霧氣。

馬羌知道，尉屠耆就要到千里之外的中原去了。想到他在這麼多的時日中留下的笑聲和回憶，想到他這一去可能不再回來，她的眼睛一整天都是濕潤的。

除了尉屠耆，她的眼淚從沒為誰流過。

在樓蘭這樣的地方，怎樣的哭喊都很尋常。

看著馬羌，尉屠耆覺得自己非常難過。知道自己要走的消息後，她好像也變了，她的外貌上有著某種膽怯，似乎也比以前笑得少了。她跟他說話時，不斷地把頭扭過一側，脖子上有一道烏青的痕跡，像一條模樣古怪，不十分清晰的項鍊，不過倒還適合她。

羅布泊湖邊，幾條捕魚船行駛在落日黃褐色的光流和燃燒的蘆葦叢之間，灰白色的煙塵在水面上飄動，形成兩道霧的波浪，木船就在其間劈浪穿行。

現在，夕陽把蘆葦叢的枝桿染成一道道血紅，葦叢中傳來了木船的撞擊聲，蠓蟲不斷地飛進人的嘴巴和眼睛裡。而漂在水裡的葦桿碎片，與遠處的這些雜亂的倒影，全都匯成了一片柔和的藍色，一幅密不通風的圖畫。

尉屠耆不敢想下一次見到她是什麼時候，究竟是第二天還是好多天以後，是日暮之前還是清晨時分？

總之，當他想起她的名字，努力說起這兩個字時，它的音節裡一定包含著很動聽的聲音。

夜幕籠罩下的樓蘭城霧氣彌漫，遠處的羅布泊面有如黑色的海洋般寬闊，而那尊佛塔，在夜幕下就像是一顆小小的，閃閃發光的珠寶，閃耀著細碎的光澤。

尉屠耆從一堆黑壓壓、吵鬧的商人和駱駝中擠了出來，沿著集市另一側的小街走去。昏暗的泥質排屋靜悄悄地躲在一邊，路上少有行人，幾個乞丐衣衫單薄地圍著一個小火堆，他走過他們身邊的時候，其中有一個人一直盯著他看，尉屠耆有些尷尬地朝著他點了點頭。這個人咧著髒汙的嘴朝他笑，露出一口殘缺的牙齒。

其他的人則靠得更緊，把身體轉向火堆。

他繼續往前走，起伏不平的路面上，一個個淺水坑閃著忽暗不明的光，蜘蛛在泥屋的下面暗暗結網，扭曲著放大的暗影。這一切都從他的身邊一閃而過。

最後，他出現在距湖泊不遠的一片低矮的房屋邊。他停了下來，總覺得自己好像在哪兒夢見過這裡，夢見過這樣一些房子。雖然，這間泥皮草棚屋與別處的屋子沒什麼不同，同樣坐落在集市盡頭處的空曠田野裡，周圍不見一草一木，或一陣輕風，或一陣鳥鳴，這是樓蘭城的貧民區，周圍只有些沙丘起伏。

遠處，羅布泊的藍色湖岸被太陽照得透亮，而熱氣正凝固在這高矮不平的房屋之間。

他在其中的一間泥屋前停住了。

是的，整個夢境又回到了他的記憶裡，他發覺自己真的夢到過這一切。

馬羌不在，他的父親獨自一人在喝酒，見到這個面容蒼白的少年，眉毛奇怪地揚了一下，朝他擠了擠眉，說她去湖邊下網去了，馬上就回來。尉屠耆蒼白文弱的臉讓人感到氣質不凡，那雙有些女性化的眼睛裡，有種不合時宜，不合年齡的憂鬱。

尉屠耆在這個打瞌睡的醉鬼旁邊坐了下來，等馬羌回來。尉屠耆看著他皺起淡淡的細眉，捏起拳頭努力頂起太陽穴，這使得他臉上的皮膚皺了起來，把那原本就不大的眼睛也拉斜了。

「你說——她在漆黑的湖邊獨行？」尉屠耆很驚奇地問。

「這有什麼呀——我的孩子，從小就這樣。」她的父親滿不在乎地說道。

在這一段等待的空白時間裡，尉屠耆被一種連自己也說不清楚的欲念所淹沒。在她沒回來之前，他的感情只能順應這種欲念，此外，他無能為力。

就在那一天，不，就在那一刻起，一想到她在這黑夜裡以某種自在粗獷的力量獨自在湖邊行走，他感到那強烈的欲念就在自己的心裡滋長，是第一次，也是最後一次。

一想到這裡，一種沉重感徐徐潛入他的身體，這種重量感流布在他的四肢。他的頭也在恍惚間變得渺茫。

時間過去了很久，桌子上的燭光也黯淡了下來。尉屠耆遲疑著站起身想走。

馬羌的父親好像感覺到了些什麼，一下子就醒了過來，抬起頭來看著他：「你要走了嗎？」

「不。」尉屠耆有些為難地搖了搖頭，重複地說道：「不。」

尉屠耆把快要熄滅的燭火重新點著，由於夜晚的涼意，馬羌的父親好像頭腦清醒了一點。他使勁地揉了揉眼睛，四下看了一眼，伸手到木桌上去拿裝酒的陶罐。但摸到罐子時卻停了下來，他像是下了好大的一個決心似的，搖了搖頭，有氣無力地對尉屠耆說：「不喝了，我的女兒要回來了。」

尉屠耆就著微弱的燭光，看到他臉上濕漉漉的半張著的嘴，還有不斷眨巴著的眼睛：「孩子，你聽著，前一天我幹了一件大事情。」他的身體一晃，抓住了尉屠耆的手：「現在我爛醉如泥，我憋得慌，我要給你說，我發現了一個埋死人的好地方，叫『千棺山』。那裡的寶貝遍地都是，看——」

他的手往胸口一伸，變戲法似的從破棉袍子裡掏出了一個木雕的彩繪面具。

「你看，我是不是要發大財了。」

尉屠耆一下子傻了似的呆在一邊。看著他把杯子裡的酒倒入嘴裡，一飲而盡。這個窮苦的人看著尉屠耆，邀他與自己同飲，他大笑著說：「來，喝酒。」

尉屠耆突然感到一種恐懼，「千棺山」——這是樓蘭國王室世代隱藏的祕密。他的父親樓蘭王在他很小的時候就告訴自己，凡是知道了真相的人，最終都不得好死。「馬皮裹屍」的酷刑他難道沒有聽說過嗎？這只彩繪面具是一個破綻，會讓人順著這破綻摸索下去，然後毀了自己，也毀了馬羌。

一想到這兒，他那雙想抽空躥出去的腳也像是癱了，兩手鬆軟地擱在自己的兩條大腿上，然後，又被手心裡的汗漫漫浸濕了。

「硄當」一陣風把半開的窗框刮得咯咯響。門開了，馬羌手中的魚簍掉在了地上。

這一天清晨，尉屠耆就要走了。

在樓蘭王宮的門前，提漠看到他穿著漢人式樣的絲質鏤花長袍，由侍者牽引著，慢慢走向一輛馬車，就在那一刻，周圍的一切好像都靜止不動了，提漠感覺自己就像是溺水似的快要窒息了。

樓蘭王感到困惑，問她是否身體不舒服，提漠低聲咕噥了一句：「是的，只是有一點兒頭暈，過一會兒就好了。不用擔心。」

然後，她的雙唇微微顫動，像是表達了肯定之意，但幾乎無法察覺。同時，她的目光黯淡，深不可測。然後，她沿著臺階走向花園，對著園子裡的一叢花葉嘔吐，眼睛被滾燙的淚水漲滿了。她渾身顫抖著，開始低聲嗚咽，哭泣。

而尉屠耆臉色蒼白地站在馬車旁一動不動，他無法邁開步伐。母親。孩子。這原本不動的樹枝和果實，在一陣風吹過後，落下地了。

命運讓尉屠耆嘗到了別離樓蘭國的滋味。

這是一種需要費盡心力對付的一種煎熬——樓蘭國綠洲上的那些胡楊樹，還有葡萄樹，一棵又一棵地隱入灰暗的風沙中，一群灰黑色的麻雀，在還沒來得及發綠的枝椏上輕快地飛起，落在泥佛塔高高的牆沿上。為了讓這一切永存，他必須離開樓蘭，從此不再是樓蘭王子，而是名質子。或者說，是一枚被別人掌控的棋子。

他似乎無法相信明年的春天能否再度看到那孤零零的藍色湖泊，以及沉思著的樓蘭佛塔，還有馬羌。

在羅布荒原的靜寂和炎熱中，一隊馬車朝著中原方向走去。行在前面的是樓蘭小王子尉屠耆的馬車，他半睡半醒，鼻息微微抽動了一下，有些茫然。

「這是哪裡？」

透過馬車半掩的紗簾，一個白亮刺眼的遠方出現在他的面前。它沒有彎度，一馬平川，他遠遠地聽到很多熟悉的聲音在身旁環繞。有駱駝和鴕鳥粗重的呼吸聲，還有胡麻、大蒜、葡萄、苜蓿，以及各種香料的氣息。這是漢朝使者從樓蘭帶往長安的物品。

他在這熟悉的味道中稍稍安心了一些。

但他還是感到了一種莫名的傷感。

馬車疾疾向前，他的回憶中最先出現的是母親提漠一臉的淚光，她絕望的低泣聲像遊絲般脆弱。羅布荒原中白花花的亂草，就像是她痛苦的記憶，誰有力量拔掉它呢？沉重和苦難，在很多年的時間裡都滋長著這痛苦記憶的根鬚，讓人既不願面對，又無法背離。母親的嗓音在時間的深處盤桓，除了忍受，她別無選擇。想到這裡，他一下子理解了母親為什麼老唱那首歌。

在她的歌聲中，他聽出了一種奇怪的，陌生的悲哀：「長治久安兮，國富民泰。沙礫成岩兮，遍生青苔。」

現在，樓蘭城在他的視線中消失，濺起的塵灰融匯到刺眼的日光中，再也看不見什麼了。風吹麥田的沙沙聲，還有湖水湧動的簌簌聲，還有馬羌的笑聲，這些聲音只能迴響在往後的回憶中。

他不知道，他離開的時候，馬羌穿過樓蘭城的那條運河，跑到王宮門前去找他，只不過沒有人，那些浩蕩的馬車早已離去，連個蹄音也沒有留下。

天色開始暗下來，馬羌不知該往哪裡去。

王宮的門再次打開，裡面燭燈的亮光流瀉了出來，兩個侍衛冷著臉站在門口，一動不動。

「他走了嗎？」

侍衛仰著頭，不答。

「告訴我，他走了嗎？」

馬羌搖著侍衛。侍衛輕輕甩了甩胳膊，眼睛仍然不看她，硬是把自己站成了一尊岩石。

從樓蘭向長安方向去的馬車隊伍早已走了好幾十里，尉屠耆怎麼會想到，少女馬羌竟然是踏著腳下的沙石往他離開的方向追去，朝著心碎的方向追。

藍色湖邊，一個個蘆葦朵子都朝著她來了，又閃開她，然後又被她丟在了身後，然後是空曠的赤野之地。腳下那滾動著的沙石，像是要釘穿她的腳心。

她在空曠裡跑出一陣風來，吸吐之間也全是風，頭髮裡，衣服裡也全是風，風從冷到熱。最後，她把自己也徹底融到了這股風裡。

一路上看見她的人都被這樣的奇觀驚住了。

當馬車駛過樓蘭城外的湖泊之後，尉屠耆坐在蒙著綢布咯咯作響的車廂裡。車簾外，一道灰色煙流像細線一樣浮在暗金色的雲層中，他的心裡空空的，他一直將頭枕著手，讓顛簸和四面來風淹沒自己。我的心裡空了。他喃喃自語，他知道要去的地方似乎永遠也無法到達。

尉屠耆到中原這一年，才剛滿十四歲。

尉屠耆再見到馬羌，已是很多年之後的事了。

自從尉屠耆被大漢王朝典為質子後，提漠就基本上閉門不出了。以前，她在那隆起的鈣質荒原上，經常會帶回一些野生的植物或是蘑菇。偶爾，她也會捧著小鳥回來。毫無疑問是她在羅布泊邊的葦叢裡捉的。在那些地方，她是獵人，也是搜集者。

而如今，她變得沉默了，目光冷峻，遙不可及。

樓蘭王更老邁了，樓蘭人已經開始稱他為老樓蘭王。他經常聽見提漠悲傷的啜泣聲，由慢到快，最後達到高潮，變成了嚎哭，這哭聲一次次像刀子一樣刺痛他。

他知道，提漠思子的心病又犯了。自從嘗歸做了匈奴的質子，而尉屠耆又做了大漢國的質子後，她再也沒見過他們。

長久以來，老樓蘭王因心力交瘁，無暇顧及到她的心情，早已忘了她的哭聲了，但她迅速變涼的眼淚卻似乎一直潛藏在他的胸膛裡，曾在無數個夜晚，直抵他的心臟。

現在，他越來越不能理解她的哭聲、容納她的悲痛，這聲音讓他多少感到無法容忍。

窗外滴著雨，像春天最初的眼淚。

提漠病了，病得很厲害，臥床已有好幾天了。她整天專心致志地重複一個動作，用自己右手的手指搓左手的手指。這個動作像一頭怪獸，沒有現實感，沒有時間感，對身體失去了感覺。

沒有人能說得清楚她得了什麼病。她變得毫無生氣，臉上的表情如同被分割了似的變得愈加古怪，不再表達失去孩子的孤獨。有時，她會從喉嚨裡發出一陣暗啞的叫聲，好像在表達著自己的憤怒和仇恨，還有對這個世界難解的疑問。

眼看著提漠在充滿陰影的屋子裡，如白紙一樣的臉，一天比一天憔悴下去，老樓蘭王感到無能為力。這都因為她失去了兩個孩子。何況樓蘭這樣位處交通樞紐重地之城，就是因為她的付出和她承受的痛苦，而依然如故。老樓蘭王為提漠心疼，但他又能說什麼呢？

他知道，提漠的懷抱註定空空蕩蕩。

老樓蘭王被這種悲傷的分量震懾了。這是一種悲劇似的壯麗感情。要知道，女人往前走一步就是母親，再往前走十步就是先知。這種古老的母性是最崇高的品德，包含著受難。

只有在她被毀盡的那一刻，才能看到她怎樣地包容一切。

多日後，老樓蘭王站在空空的帷帳前，驀然地感到難言的冷清。一股崩塌感在老樓蘭王的心中慢慢滋長。

第四章

接下來的日子，每一年與前一年大體上都差不多，如果在一年之中沒有發生什麼重要的事件，日是一天一天平靜地度過。樓蘭要是一直這樣，該有多好啊。

但是，很快便又發生了讓人們吃驚的事情，老樓蘭王被漢國使者掠走了。

還是要再提一提漢使張騫和副使甘父出訪西域的事。

那一年，張騫和甘父趁著白水河的汛期未到，就來到了古代亞歷山大帝國最東北的前哨費爾干納（大宛），在一個叫壹師城的地方，他們被一條大河困住了。白水河是一條水流寬深而又湍急的河流。它是從草地盡頭的雪山上起源的。它的周圍，有一塊巨大豐茂的草原。一到春天，這片草地肥綠，比別處的顏色要深得多，風吹過來，草便伏下，露出斑斕的彩色幻影。

那天，因一夜間雪水沖湧而下，河水加寬了數倍。他們進入大宛國的路被堵住了。他們在河邊停了下來。

正是秋天，草尖結出黃色的穗，草地太大，便有了一波接一波的金黃色浪頭。大宛國內如此豐美的草原無聲無息，無邊無沿。幽綠的草叢裡似乎包含著某種動盪的，難以言說的東西。

遠遠地，張騫抬起頭，看到草灘毛茸茸的地平線盡頭有一團浮動的白影。牠的身影移動向前，一點點地擴大。是一匹罕見的駿馬，渾身是罕見的銀白色，牠巨大的蹄聲使太陽的光線也瑟瑟地彎曲起來。

看見距牠不遠的人群，這匹跑得幾乎沒有蹄音的馬，旋風般地停了下來。走近了，牠兩側胳肢窩裡各有一個溜圓的旋兒，這是「汗血馬」的祕密標識。

張騫決定靠近牠。

馬遠遠地看見一個越來越大的人影，前蹄開始猶疑地提起，放下，全身的肌腱突起成筆陡的銳角。張騫小心翼翼地把手落在牠的背上，一一撫過，感覺每塊肌肉都有著最標準的形狀。細看之下，牠銀白的，銀光閃閃的臀部上不時地在往外滲血，牠長鬃飄飄的脖頸上，也有鮮血滲出來，不斷地向身體的四周爬去，像百年老樹隆出地面的根鬚。

現在，牠垂著眼簾，撐圓的鼻孔呼呼吹出帶泥腥草腥的熱氣，吹得張騫的頭髮也亂了。

看到張騫一副吃驚的樣子，甘父說：「汗血馬通常是在兩種情況下向外滲血的。第一種情況是在草肥結籽時節，血珠會從汗血馬的毛孔裡滲出來，一半是血，一半是汗，將馬的毛色染紅；第二種情況是在長期不使役，馬肥上膘的情況下，毛孔向外滲血。但是，這兩種滲血的原因，均出於汗血馬自然調節身體狀況的習性。」

這個說法讓張騫很驚奇。因為他第一次見到馬的身上流著鮮血。但正是這種馬，會像牠的主人一樣好戰，會真正與人分享戰爭的辛苦，對兵器的碰撞聲習以為常，並喜歡追逐這種聲響。

據說，讓牲口在自己手中舔食著吃容易跟牠聯絡感情。甘父便從包裡掏出一把鹽，遞給張騫，說：「餵牠鹽吃，牠會跟你親近的。」

張騫接過鹽，靠近了牠，把手伸了過去。他仔細看著眼前的這匹馬，牠的顎骨雖然也像別的馬一樣往前伸，但是，牠不像驢一樣傻裡傻氣，也不像牛一樣呆頭呆腦，牠腦袋的勻稱比例使牠就要超越所有四足動物的等級。最讓張騫吃驚的是，牠的眼神是高傲的。牠抬起頭來，向他投來不可親近的目光，突然揚起下巴一掃，放在牠跟前的那把鹽便落在了地上。然後，牠渾身的肌腱突起筆直的銳角，猛地抽了一下馬尾，便悄無聲息地跑開了。奔跑時四蹄不發出蹄音，站在一旁的人發出了輕噓聲。

稍遠，牠在綠草上飛奔起來，越來越快，像箭一樣地奔馳向大宛城池旁的一片草地。所有的東西，似乎只需牠輕輕一躍，便可甩在身後。

張騫一直緊盯著牠遠去。「嗒嗒」的馬蹄聲一下下撞擊著他的心，他激動不已，似乎他的心跳也變成了馬蹄的音色。

現在，牠白色的身體完全融進風裡，於是風有了顏色，有了形狀。沒多一會兒，地平線的那一端，這匹馬的身後又跟著上千匹馬，蹄聲如滾雷，洶湧的脊背如波濤起伏。在燦爛的晚霞中，牠們的身姿一片斑爛，像是從很遠的雲層裡飄出來似的，更不像是人間之物。

張騫向前走了幾步，好像在證實自己不是在夢中。他望著遠處遊雲般的馬群，感覺到牠們確實是在動，他才確定這不是一個錯覺。他輕喚了一聲：「哦呵——汗血馬群。」

看著這樣萬馬奔騰的景象，甘父暗自驚呼：「好馬，神了。」過分的激動使他發出了一陣咳嗽，張騫也隨著甘父投入了這一片狂風般的咳嗽聲中去。

這聲音一直持續了很久，然後，才像一場雨一樣小了下去。

張騫回到長安後，特意向漢武帝描述了他在大宛國見到汗血馬的情形。當時，他們正在綢緞頂篷下泛舟，遠處，建築物的圓頂，平臺以及鐘樓在灰色的湖水中越來越遠。

張騫在向漢武帝講述自己出使西域的經歷。「我們來到了大宛國，要知道，從樓蘭國到大宛國順著東風在路上要走五天——」

漢武帝已習慣於傾聽他這樣的講述。當他在羅列西域地面上的很多地名，風俗習慣還有一些物產，就會用這樣的語速。可是，當張騫在說到「汗血馬」的時候，漢武帝的表情卻很吃驚，始終以一種迷惘的神色看著張騫，似乎不相信有這樣一種寶物存在。

「你真的見過這樣的馬？」漢武帝說：「你回來這麼多天來，我可是第一次聽你說到牠。」

張騫說：「這是真的。我親眼所見。」

漢武帝說：「那——汗血馬何時屬於朕？」張騫抬起眼睛，看到漢武帝的眼睛在燭光中顯得很銳利。

「你要知道，漢王朝要想平定西域，安定邊疆，打敗匈奴，非得靠你說的這天馬的助力不可。這麼多年來，派去的將士出征討伐匈奴都不得其果，只因缺少一支可以在西域這片地上與匈奴抗衡的騎兵隊伍。」

張騫一時無言。手指無意識地撥弄著胸前的一枚狼牙。這枚狼牙是他的匈奴妻子在一次親熱後送給他的，一直掛在他的脖子上，說是一個護身符。他時常看著它，陷入一種恍惑當中。現在，他急切地想讓漢武帝聽從自己的建議，所以這種恍惑感便又產生了。

漢武帝的目光望著遠處，神情若有所思。

水面上輕輕泛起細小的波浪，湖邊的樹影，漢王宮紅牆的倒影裂成閃亮的碎片，像水面上漂浮的葉片。

自從知道了西域大宛國汗血寶馬的存在後，漢武帝一直心事重重。連續幾日來，一張泛黃的牛皮地圖鋪在巨大的几案上，蜿蜒的黑線向西，勾勒出大宛國的輪廓，大宛國的東部是大片空曠肥沃的疆土。他意識到，正是這些匈奴人以馬匹為借力，在冒險和勇氣當中體驗到了世界的無限廣大，由於馬的介入，他們的視野被打開，生存空間變得更加自由了，但是，也將某種征服欲和占有欲張揚了開來。然後，人類的歷史才不斷地被馬蹄所踐踏。大宛國則因擁有無以計數的汗血寶馬，而使它成為西域最富庶的國家之一。但他們沒有把汗血馬用到戰場上，沒有讓牠們發揮出作用，這讓他很納悶。

漢武帝久久地看著地圖，他的手來回撫摸著地圖上的城邦，內心深處對這神奇之物的嚮往之情已難以抑制。

有一日，漢武帝做夢的時候夢到了這全身淌著血珠子，跑起來像飛一樣的寶物，牠一身油黑，四蹄踏雪，馬頭窄而頸高，行走時，四肢伸長高舉，風度翩翩，步法獨特，而自己騎著牠，牠的疾奔使逆行的河水增加了數倍的流速，牠這樣飛一般地奔跑著，兩側的景色完全融入了風裡。他駕馭著牠縱橫馳騁，以勇氣，膽魄和熱血貫穿自己的人生。

漢武帝醒來後，便作了一首《天馬歌》：

天馬徠，從西極，涉流沙，九夷服。
天馬徠，出泉水，虎脊兩，化若鬼。
天馬徠，歷無草，徑千里，循東道。
天馬徠，執徐時，將搖舉，誰與期？

天馬徠，開遠門，竦予身，逝崑崙。
天馬徠，龍之媒，游閶闔，觀玉台。

他決定派人去弄回汗血馬。

王意味著人間的某種秩序，他是人間最強大的支配者，也是占有者，他的特權首先體現在如何實現自己的意志中。

§

這一年，漢武帝派李廣利去攻打大宛國，或取或奪，一定要牽回他夢寐已久的「汗血馬」。鑒於大宛國是出產汗血馬的地方，叫貳師城，漢武帝便將李廣利封為貳師將軍。限他即刻率領兵馬，不日起程。

一場曠日持久，關於馬的戰爭，就此開始。

路途之遙遠很難想像，這無疑造成了戰事的無比艱難。

出發的那一天，長安城內降了第一場大雪。天地籠罩在一片蒼茫的銀白之中，馬廄中的馬匹已餵飽了草料，放好了鑲銀的松木雕鞍。

一陣冷風迴旋在馬廏門口空蕩蕩的石階上，馬在雪地裡踏了幾步，李廣利撫著馬頭，讓牠安靜下來。然後，遲疑著握緊了手中的劍，他並不知道，曾為一個低級軍官的自己，此行一去，將史中留名。

數日後，由李廣利率領的漢朝軍隊剛過玉門關，匈奴馬上就獲知了這個消息，匈奴決定在中途對漢朝軍隊來個突襲。

燦爛的冬日陽光下，匈奴騎兵的旗幟在颯颯的漠風中飄揚，灰白色厚氈圍成的帳篷正被漠風猛烈地撞擊著，鼓動著，發出沉悶的聲響。一隻黑色的烏鴉，驟然從大帳外的草叢裡飛起，遠遠地在空中劃過一道黑色的痕跡。

那些匈奴士兵們誰也沒說話，像是在等待著什麼，身上的彎刀在風中發出輕輕的摩擦聲。他們等待著的肯定又是一場戰爭。曠日持久的戰爭使眼前的世界彷彿回到了遠古洪荒。這戰爭從他們的父輩，從父輩的父輩就已開始，現在乃至將來，它仍將繼續下去。

又過了一天，一個壞消息傳來，原來，由漢王室派來的數萬精兵遠遠超過了他們的作戰人數。聽到這個消息，匈奴士兵的目光游移著，沒發現自己手中的彎刀和弓箭在悄悄收攏，在刺骨漠風的吹拂下，他們的臉看起來一片鐵灰色，身體裡的熱血在逐漸退去，顯得倦怠，無力。

匈奴單于沉默了一會兒，眼神變得更加狡黠，一個新的計畫在他的心裡產生了。他與一位匈奴大臣耳語片刻後，即刻，一隊匈奴使者及士兵從營地出發，朝著樓蘭國的方向行進。

老樓蘭王沒有預感到危機再次向他襲來。

正是一月，又到了一年中的嚴冬季節。

陰暗的房間裡，青灰的床帷在冷風中輕輕顫動。老樓蘭王躺在床上，微睜著眼睛望著窗外。窗外天空灰濛濛的，已被他看過無數遍了。他不明白，明媚時光為何總是那麼短暫，而自己卻始終被籠罩在陰影之中，除了遠處的那座泥佛塔在支撐著藍天外，樓蘭似乎再也沒有好天氣了。

這時，走廊裡傳來提漠輕輕的腳步聲。

提漠身裹著暗紅色的絲綢長袍，外罩深栗色狐毛斗篷進來了。她的身後跟著幾個抱著柴火的侍女，提漠讓人送來木柴，樓蘭王的這座內室太大了，那點爐火幾乎起不了什麼作用。

在這之前，老樓蘭王病了將近一個月的時間。他躺了一個月，終於擺脫了死神的陰影，可是，這對他來說並不是一件值得慶幸的事，因為他的身體越來越虛弱，連說話也顯得沒有力氣了。

看到提漠，老樓蘭王的臉上露出淡淡的笑意。

這時，一名王宮裡的內侍匆匆進來，向老樓蘭王耳語了幾句，原來，一隊匈奴使者和士兵又一次來到了樓蘭國。

一定又有什麼大事了。老樓蘭王的臉色忽又變得蒼白。雙眼中本就蒙上一層像烏雲一樣的暗影，這會兒陰沉下來，變得更加暗淡了，他壓抑著。隨後，在冰冷的王宮裡接見了他們。原來，匈奴單于派來這幾個使者，其目的是讓樓蘭王率領大隊人馬在漢軍經過的地方潛伏下來，等他們的主力軍過後，把隊尾運送糧草的士兵殲滅。漢軍沒了糧草，要不了幾天就會喪失打仗的能力了。

老樓蘭王吃驚，這得冒上很大的風險。這項行動最直接的後果就是，樓蘭國又將再一次得罪大漢王朝。

匈奴使者冷眼看著老樓蘭王，並不時探察著樓蘭的宮廷。室內有溫暖的燭光，但並未柔化他們眼中的傲慢和強硬。老樓蘭王的臉在抽搐著，一言不發地看著這些來者不善的匈奴人。他知道，這些匈奴人早就把他們自己看成是這片土地的主宰者。現在，他們一臉陰鬱地看著他，似乎等待著他的決定。老樓蘭王不想草率下決定。於是便說：「匈奴人在西域的疆土已足夠強大，懇請你們別再威迫我們了。」

匈奴使者一聽這話，露出狡詐的笑意：「那好啊，不過，您要是執意抗命的話，那麼——但願您的兒子嘗歸明天早上還活著。」

一提起嘗歸的名字，老樓蘭王渾身一顫，匈奴使者的話像一記悶拳打在了他的身上。兒子，他又怎能讓兒子失去性命。但為了保全兒子的性命，自己又該怎麼辦呢？看到老樓蘭王猶豫的神色，匈奴使者譏誚著將後來的幾句話，更一個字一個字慢慢送出了唇邊：「您最好對我恭敬一點，要知道，樓蘭國是我們大匈奴的附屬國，你們的生存一直有賴於我們匈奴人，我們讓你們活你們就活，我們讓你們死你們就得死。」

老樓蘭王一聽便明白了，這宏大的世界其實早已布下這場無可破解的棋局，而他自己，不過是他們任其擺布的一枚棋子。自己雖為一國之君，但是在這個世界上也同樣微若輕塵。

老樓蘭王的唇上浮起一個虛弱的笑，向匈奴使者艱難地揮了揮手。

匈奴使者知道，老樓蘭王再一次妥協了。

匈奴使者得到了老樓蘭王的答覆後，迅速離去。

老樓蘭王明白，正是自己的一再妥協，餵養了匈奴的戰爭。他一再妥協的原因有兩個：一是樓蘭國作為西域之路上的一個重要的中轉站，他將自東往西或自西往東兩方向流經這裡的貨物，進行官買，然後由他發放，僅此一點，就給他帶來了一筆巨大的財富；另一個則是樓蘭國仰仗著的羅布泊，這裡漁產豐富，還有綠洲農業，這些賦稅帶來的財富在當時也是很可觀。

但是，這些財富卻幾乎被匈奴人或奪或靠樓蘭國進貢，已經停不下來了。

一切已不能收拾。

天色將晚，由老樓蘭王率領的一支近千人的隊伍沿著羅布泊的方向朝玉門關疾馳，他們將趕往距玉門關三十餘里處的一截殘破的城堡處進行埋伏，對將要路過的大漢國士兵進行突然襲擊。

暮色中的薄雪斑斑駁駁，透著土地的灰黑色，馬蹄踏在上面，留下深深淺淺的凹痕，一切都像灰色天空中的雲一般詭譎莫測。

老樓蘭王焦躁地用力拉著韁繩，再次停了下來。他的全身冷得發抖，牙齒也喀喀作響。他知道，大病初癒後的自己，又再一次地發燒了。他喝了一口水，舔了一下自己乾裂的嘴唇，望著寒霧中的荒原之地，輕喝一聲，繼續向前疾馳。

很快到了玉門關。玉門關是一座百米見方的城堡，堡牆高約七八米，呈東北向，城牆西面有城門。在漢代，這是一個相當於現今海關一樣的機構，過往的行人，商人都要在這裡接受檢查，只有官府的人才能順利通過。

城堡的西北方有一片沼澤地，老樓蘭王偷襲的軍隊就埋伏在了這裡，他們的身影被一大片蘆葦蕩所隱藏。

天漸漸黑了下來，月亮清冷的寒光中，蘆葦叢裡傳來了各種奇怪的聲響——動物嚼食的簌簌聲，野狗淒厲，粗啞的叫聲。這聲音幾乎一夜未息。

匈奴和樓蘭的陰謀尚未行動，便被駐守在玉門關的武官尚文所很快獲悉，他大吃一驚，老樓蘭王真是一點主心骨都沒有，別人往哪邊撥，他便往哪邊倒。不行，得給他一點顏色看看。

他喘著粗氣，心想：「你來吧，到不了明天，死神將攀附在你身上。」

尚文所一腳踏出了屋子，縱身躍上了馬背，看著眼前如鐵鑄一般的一排排士兵，握緊了手中的利劍，筆直地向前一伸：「立刻出發，一定要活捉老樓蘭王。」他的斗篷飄了起來，渾身上下連同身子底下的坐騎，一色漆黑。

「活捉樓蘭王，必有重重獎賞。」士兵們排列成隊高喊。

「士兵們，別在一旁看熱鬧，把弓拉圓，把力氣都用上，去捉蝨子吧。」尚文所一陣狂野的叫喊聲，在黑壓壓的士兵群中炸開了。

天空飄著大片的雪花，一輪清寒的月亮隱入厚厚的雲層裡，過了一會兒，又出來了，帶著一股霧氣在空中漂泊，像是在行乞。戰爭來臨的時候，天空往往如此。

而此刻，老樓蘭王還沒有意識到，自己的處境已岌岌可危。一支由尚文所親自率領的部隊從另一方向朝他們飛一般地合攏了過來，士兵們將旗幟高高舉起，刀劍密集的碰撞聲響徹大地，枯草不安地沙沙作響，馬蹄揚起的塵土，似乎可以嚇退一切強敵。

一場不可預知的戰爭即將爆發。

很快的，尚文所成功包圍了老樓蘭王的軍隊。劍出鞘，箭上弦，戰爭開始了。

整個世界都是廝殺的聲音。那些閃著銀光的刀劍在雙方士兵中穿梭。戰爭使他們沉醉在浴血又熱氣騰騰的砍殺當中。

老樓蘭王的彎刀已經折斷，而士兵們的刀刃在與漢軍士兵的交鋒下多被砍出了豁口。他的周圍全是漢軍士兵，冷風挾裹大片的雪花打得他幾乎睜不開眼睛，在他虛弱的身下，馬蹄在雪地上直打滑。

整整一夜過去，雪白的大地上龜裂出了一道道血口，看上去猶如血的來源好像不是源自於人，而是大地本身。但老樓蘭王仍甩盡眼前的雜色，拼命緊握刀劍衝殺，努力接近漢軍士兵的身影。

天亮時分，紫紅色的雪地被凍成了堅冰。雪原上，具具血肉模糊的屍體倒臥一片，樓蘭人和漢軍士兵已沒有什麼區別，薄雪不斷地落在他們身上，廝殺聲仍在風中彌漫，許久不曾平息。

令老樓蘭王奇怪的是，這些漢軍的士兵們形成了一個越來越小的圈，一個勁地向他猛撲，但也只是在朝著他虛張聲勢地舞動著刀劍，卻不傷及他身體的任何地方，並老練地躲閃著他的彎刀，這情景如同圍獵。而周圍的樓蘭士兵們則死的死，傷的傷，不剩一個了。

老樓蘭王這才明白，原來尚文所的漢軍士兵們要活捉他，不想他死。

他突然夾緊自己身下的白馬，縱身一躍，朝著離自己最近正嘻笑著的漢軍士兵猛劈下去，士兵猝不及防，身體一歪，被砍下了一條手臂。然後「硄當」一聲，老樓蘭王手中沾了血的彎刀擲落了地。

清冷月光下，他手上碩大的琥珀戒指發出的微光，劃過了尚文所的眼睛。尚文所直直盯著他，手一揮，士兵們便像呼嘯的潮水一樣撲向老樓蘭王。

東邊的太陽紅了，亮了，眨眼上來小半個太陽。一個留守玉門關的漢軍小士兵早早出了營房，看見遠處毛茸茸的蘆葦灘裡亮出一線金光，還有一具又一具的屍體，斜臥著、疊放著，還有仰面朝天躺著的。一大片黑色的烏鴉呼嘯著從天空俯衝下來，拼命地啄了一陣他們發硬的身體後又紛紛飛起。玉門關外西北方的那一大片沼澤地裡很安靜，完全不像是昨晚發生過戰爭的樣子。

這仗打了整整一夜，老樓蘭王帶來的那些士兵們沒留下多少活口。

烏鴉群遮天蔽日，整個天空都布滿了這種黑色的鳥兒，像是一大塊帶雜訊的烏雲。牠們的翅膀充滿了力量，連天空都輕微地晃動。牠們身子下的屍身彷彿一片混沌的海洋，帶著葷腥的味道。而這不祥的鳥兒簡直就是墨黑的萬頃波浪。這樣的景觀令人觸目驚心。

漢軍小士兵在心裡發出了一聲驚叫，這就是戰場。

然後，他再看看一邊的太陽和另一邊的還沒撤退的夜晚，心想，在這一帶打仗真是個好地方，衝得開，殺得開。

尚文所輕而易舉地生擒了老樓蘭王。

既然是網中魚，一切抗爭只能是徒勞，更會喪失他為王的尊貴和雍容，他垂下雙臂，索性就站在那裡：「動手吧，我願為我的罪行伏誅。」

尚文所看著他異常渾濁的雙眼，冷冷一笑，大聲質問的聲音尖銳而急促：「真是不幸啊，我本不願這樣對你，但是，你為何聽從匈奴的指使，頻頻與大漢朝作對？」

老樓蘭王能說什麼呢？長期這樣被兩國要脅，做人又做鬼的角色早已弄得他心力交瘁。

在那一刻，尚文所聽到他的喉嚨裡滾出來一陣短促的喘息聲，那聲音驟然降落，化為一片壓抑的嗚嗚聲。接著他雙淚縱橫，頹然坐在地上，淒然說出了多年壓在心裡的話：「小王在兩國之間，不兩屬無以為安。命運把我放在這樣的一個位置上，不得不扮演著這樣一種醜陋的角色。」

這句話，一下子讓尚文所內心一團大亂。他並不經常有這種亂了方寸的時刻。這是突發奇想，或者是大徹大悟，或者是產生什麼念頭的時刻。他覺得自己在這片混亂的思緒中似乎抓住了什麼，稍一捋清，發現抓住了卻又被它溜掉。他注視著樓蘭王，心頭湧上一個關於責任的追問：究竟是誰，該對這個人，這句話負責？

一個人發自內心的肺腑之言總是能夠打動人，尚文所注視著樓蘭王，在冬天黃昏中，這張煞白的臉色突然擊中了他，就像是刺進了他心裡從未發現的一塊傷。他不禁長嘆一聲，拿開了架在老樓蘭王脖子上的那把利劍，慢慢收回了劍鞘。

他下令將老樓蘭王軟禁在了玉門關。

不多日，老樓蘭王的這番話傳到了長安，漢武帝聽了後沉思良久，心情複雜地望著案臺上的暗淡燭光，不說一句話，「小王在兩國之間，不兩屬無以為安。」樓蘭王的這句話讓他內心產生了一種強烈的憐憫。這時，一位老臣站出來說了一句話：「樓蘭王所言，心之病矣。」

漢武帝點了點頭，命朝廷向尚文所傳令：「不傷害樓蘭王，護其回樓蘭國。」

返回樓蘭國，老樓蘭王望著一路上空寂的荒原，心裡像是被什麼牢牢地壓著，透不過氣來。經過這麼一場激烈的情緒，他全身就像虛脫了一樣。他感到自己的身體像煙氣一樣地飄渺，隨時都有可能被風帶走。

樓蘭王的頭髮由於骯髒打結成團，沉甸甸地耷拉著，有些地方還露出結著汙痂的頭皮。他的錦緞袍子泛出一層茶色，那是雪水，泥水，還有血水一再浸泡，又一再被自身體溫烘乾的緣故。儘管這樣，他仍然仔細地扣好了每一條袢。只是，他身上的氣味，那是一個人還沒死就散發出來的腐朽氣味。

天還沒有完全亮透，只是東方有一片紅色正逗留在遠處的山頂上，很像是嘴唇，但這個嘴唇卻長久地沉默著，似乎不會說一句話。

荒原上已隱隱約約有一些駝隊的身影了。

他回過頭，玉門關青灰色的哨所遠遠地退到了身後。死亡，曾讓自己與它不期而遇。他遠遠望著，一種難以消解的恨再次警醒，對這個世界，更對自己。

不知走了多長的時間，護送老樓蘭王的馬隊過了白龍堆，遠遠地，地平線上出現了一抹藍色。是羅布泊。此時的它像一隻眼睛，直直注視著那失敗仍能回家的老樓蘭王。

他們在湖邊停了下來。湖水依然藍得通透，清冷的冬日陽光直射下來，照在斑駁的雪地上，裸露出的石頭和羅布麻枯乾的莖葉正泛著光亮，襯得湖岸邊更加寂靜。

老樓蘭王獨自在岸邊站了一會兒，然後，走向湖岸，怔怔地望著岸邊隨風起伏的蘆葦灘。才剛下過第一場雪，蘆葦灘已經枯黃一片，那些蘆葦被砍倒後，留下了成片的根茬，在硬土中裸露著，看起來很駭人。

在距他不遠的沙灘上，一隻寄居蟹慢慢地爬著，背上背著一個螺殼房子在沙地裡劃著圈兒，一旦遇到什麼危險，就把身體縮到螺殼裡。老樓蘭王蹲了下來，他好像頭一次看到這樣一種奇怪的東西。突然，他大笑了起來，臉上的肌肉在輕輕地抽搐，這地上頂著螺殼房子的小東西，真的是太像自己，太像樓蘭國的處境了。

他有些奇怪的笑聲起起落落，最初像滴落的水珠，但到了最後卻變得像沉悶的石子。這中間卻似乎有著一段漫長的歷程。

老樓蘭王站在那裡，不知道自己該往哪裡去。他的腦子裡一片空白。直到後來才慢慢地聚起一個形象，那就是提漠蒼白美麗的容顏。他想著她略為瘦削的臉部輪廓，耳垂上的玉耳環，還有彌漫在她身體四周的香氣，這令他聯想到在提漠房內某種葉子燃燒時散發出來的香氣，甚至相隔好遠都能聞到。現在，這些氣味的點點滴滴，猶如一縷縷煙氣凝固在他的眼前，久久不散。

老樓蘭王深深地吸了一口氣，像是晶體發出璀璨光芒，一個無比強烈的念頭牽住了他的心——活下去。

轉瞬間，他聽見這個念頭在體內變成了很多聲音，一遍又一遍地在堅定地對他喊叫著。一定要活下去。

在馬背上的搖晃緩慢而有節奏，隨後在一路上的顛簸中，老樓蘭王覺得自己疲憊的身體漸漸往前倒，意欲睡去。

回到樓蘭國以後，夜已經很深了。可能是心力交瘁的緣故，老樓蘭王睡著時，也像是在醒著的時候一樣。

他的睡眠就像是昆蟲的休息一樣警醒而不踏實。

§

老樓蘭王被擄到玉門關的事，早已在樓蘭國傳得沸沸揚揚。

自打老樓蘭王回來後，提漠始終以一種沉默的姿態面對他，深深凹陷的眼睛就像是月光下的樹影一樣陰沉。儘管後來時過境遷，當老樓蘭王再度回想起她這雙眼睛時，他仍然在他們兩人的目光交接處看到了危險的火花，她的悲傷在日後突然爆發，已在預料之中。

提漠的手像把軟刀子似的在他的光脖子上摸來撫去，然後又滑到了脖子與後背相連的地方。她充滿快意地想，這要真是一把刀子就好了。

然後，她低下了頭，緊貼在老樓蘭王的兩片唇上。釀成了酒的嘴唇在他的心裡捲成了越來越快的漩渦。

這一天，夕光從沒有縫隙的窗子外邊竄了進來，太陽就要落山了，晚霞像蒸氣那樣在湖面上升騰。「真美啊。可是，這樣的時辰已經不多了。」

老樓蘭王聽到提漠的聲音時，恍若看到一片冬天的枯葉從半空中飄落下來，當她把身子轉過來時，他吃驚地看到了她那張白紙一樣的臉。她的臉上為什麼已經沒有了生命的跡象？

老樓蘭王從這張臉上看到了死亡的陰影。

第二天早上，晨光來得格外遲緩。

提漠在經歷了漫長的絕望之後，終於對自己的翌日做出了選擇。她獨自一人佇立窗前，一層非常柔和的光覆蓋著她的全身。她似乎生來就擁有與眾不同的那種全然的平靜。她聽見窗外的一隻鳥兒叫了三聲。平息了她心中的恍惚感，在鳥鳴聲裡，她發現自己的心情竟然很好。這時陽光已透進門縫，照在她手中的一面青銅鏡上，她凝視著青銅鏡中自己的臉時，發現它居然閃閃發亮。

這個索然無味的發現令她不禁微微一笑。這一笑，提漠覺得所有的憂傷都在遠去，命運在這個早上為她製造了美好的心情，也清掃了提漠走向毀滅途中的所有障礙。

這面貴重精美的青銅鏡來自漢朝，除了它，還有木桌上的漆耳杯，黑陶盤，還有來自大宛國的玻璃瓶，以及鋪在床上的來自漢國的各種絲織物等，它們在她的視線裡顯得很擁擠，似乎在爭先恐後地嘲諷她，朝她擠眉弄眼。

樓蘭。她的嘴裡輕輕吐出這兩個字，她覺得這兩個字居然是那麼重，自己幾乎無法說出它們。

少頃，提漠打開了雕花的木窗，一抹刺眼的光線在木框上一閃，這個索然無味的情形使她不禁淡淡一笑。她對這莫名的笑感到有些奇怪。她覺得自己的心已經空了，可為什麼居然還能笑。

隨後，提漠來到了樓蘭熱鬧的集市上，她不知道這雜亂的心情其實是命運的一次陰險的安排。

提漠走出了樓蘭王宮，在她身後隨行著一群侍女。

穿城而過的運河旁，提漠看到了生命的最後印象。一條小船逆著光斜靠在堤岸旁，像褐色的蟲子，陽光照在船上，她看見船身鏽跡斑斑。

提漠的嘴角掛著一抹迷人的微笑，從小船旁走過，拐過一個彎之後，她走在了熱鬧的集市上。看見路邊的石榴和葡萄的葉片散發出很多光斑，在她眼裡，那些閃爍不止的陰影就和剛剛那艘小船一樣鏽跡斑斑的。

那些街道低矮的房屋上，炊煙大都緩緩地飄上天，一縷一縷地，她感到自己的身體也有點像那縷煙一樣縹緲。雖然雨下到昨天就停了，但是半陰半晴的光線，讓她覺得隨時都會有一場雨再次到來，剎那間，在提漠的臉上出現了一隻鳥飛過時閃現的陰影。

提漠就這樣走過了喧鬧的街道。

直到很久以後，在那天集市上目睹提漠的人們，只要回想起當初看到她的情景時，都激動不已：「她嘴邊的那抹微笑美得驚人。」

提漠一直走到了位於城東部樓蘭國中最高的一座建築前——樓蘭佛塔，圓柱形的塔身用土塊和木料壘砌而成。一陣風吹過，泥塔的四周揚著落葉和塵土。

她仰頭看了看，轉身進了佛塔，她嘴角的一抹微笑仍然迷人。她的腳步開始沿著泥台上升，塔身裡的嗡嗡聲覆蓋著周圍嘈雜的聲響，提漠此刻的心情像這嗡嗡的聲音一樣單調。

整個樓蘭城出現在她的腳下。提漠俯視著這座城，出現在她視線裡的是高低起伏的房屋，和像蚯蚓般彎曲密集的街道，一群群麻雀如同風一樣在這高低不同的屋頂上盤旋，用土坯，紅柳和蘆葦桿夯築的房屋，在陽光下閃閃發光，那些點綴其間的一片片樹木，如顫動著的綠色水珠般，讓她再一次地感到鏽跡斑斑。

是的，她今天所看見的一切都是這樣的鏽跡斑斑。

過了一會兒，她從塔頂上下來，轉身來到南面的一座佛殿裡，除了樓蘭王宮之外，這座佛殿是整個樓蘭城內最為氣派的一棟房，裡面到處都是雕花的裝飾木板和木雕佛像。佛殿正中，一尊高大的佛像端坐在突起的平臺上，它的雙手放在腿上，眼神平靜悲憫。

提漠在它的面前彎腰跪了下來，額頭緊貼著冰涼的地面。

最後，她來到了羅布泊湖邊。

這個時候，太陽完成了它一天的行程，漸漸收起了它的烈焰。羅布泊依舊碧藍，黃色的地平線隱約可見。風吹了起來，湖水一浪高過一浪。她看著湖水。這片湖水仍跟她多年前第一眼看到時一模一樣。她想，世界上的水周而復始，彼此相通，某地的水經過一定時間的循環，會到達另一地。

湖岸邊上的石頭苔蘚，灰一層，綠一層，白一層，順著這一層層的顏色，那迎面而來的藍色湖水，讓她在這一刻無比堅執地確信——命運，以及所有神祕中的神祕，就是這樣一種景象。

但是提漠不會再被這景象迷惑了。

起風了，來自荒原的漠風吹散了她的亞麻色長髮。

她咬著一根枯草，嘴角有一抹不易察覺的冷淡和嘲弄，她的眼睛仍然是藍色的，但這種藍不再是清澈、透亮和單純，而是一種帶有重量的藍。深不見底的藍。

這樣的藍讓她的目光中有了一種母獸的氣息。不光如此，更散發出荒野和大地被風霜雨雪磨礪後的蠻荒之氣。痛苦是她身體裡的結石，它們一直在她的體內生長，現在它們已變得堅硬。她隱藏著身體的祕密，隱藏著傷口。但憤怒卻持續生長，她全身已被憤怒籠罩，如徹夜燃燒的火焰……

只是，她現在已經精疲力竭了。

提漠回來後，整個身體發燒，雙頰下陷，全身上下冒汗。更嚇人的是，她的皮膚變得無比蒼白，像是生命的顏色已開始從體內消失。她修長的手指，也開始變得瘦骨嶙峋，猶如紡錘。

半夜裡，提漠醒了。一抹月光從雕花門窗下的縫隙裡透了出來，像一隻小孩的手掌那麼大，在她的臉上不住地搖晃，像是一陣溫情的撫摸。不一會兒，月光消失不見了。提漠在心裡低聲說：「月亮去了，太陽就要從湖面上升起了。」

當老樓蘭王發現提漠的身體已變得冰冷的時候，是在第二天清晨。他推開提漠的房門，看到了在床上被陽光照耀的提漠的屍體，他全然不覺提漠曾在失去兩個孩子後，在每一個夜晚都內心痛苦，與另一個自己舞劍爭生。

其實，從那個時候起，她一直就想死。雖然老樓蘭王隱約預感到她有一天會這麼做，甚至還看到了他的王后躺在陽光下閃爍不止的情形，但是現在，提漠躺在光滑如水的綢被上面，已冷卻的四肢暗示著這一切都是真的。

提漠離世後的那一年，老樓蘭王夢裡的她，總是片片斷斷：她的肩膀，一雙深陷的藍眼睛充滿激情，漂浮在床帷之上。她的腿骨猶如破碎的泥塑殘骸，好像死亡已將她分解成孤零零的碎片，稍縱即逝。

他一直記起當年他帶她逃回樓蘭時，她說過的一句話：「樓蘭應該遷到別處去。」老樓蘭王數次從她簡短的話語中得到了暗示，但他無能為力，任由事態發展，直至今日，她說過的那句話變成了贈與自己的遺物。

發生了那麼多的事，他也一直在自問：為什麼會是這樣？而這個問題猶如一道厚重的帷幕，將他與她隔開，他和她則永遠在這個帷幕的兩邊，無法相會。

其實在這樣長期被兩國要脅，被大國兩邊拉扯的生活中，老樓蘭王不止一次地想像過自己死亡的那瞬間，這給他帶來了一種驚人的樂趣，使他暈眩，使他遺忘……

但他最終還是活下來了。

如果說死亡是一種恐懼，那麼死亡本身就存在著誘惑。死，是為了不死——這彷彿正是誘惑他的原因。相對於那些戰爭和生活中齷齪的存在，「活下去」一直是一個祕密的存在。

入夜，他沉重地躺下，聽著王宮外嗽嗽作響的漠風慢慢入睡。父母以及死去的妻子的面容，藍色的羅布泊，都在夢中一一出現，似有一隻手在撫摸著他，需要他做出回答，讓他確認自己面對這個活與不活的問題已有幾個世紀。

但是，一切都沒有答案。塵世間的一切雜念不再被「活下去」這個簡單的欲念所羈絆。「活下去」猶如世上的一種預言，在內心湧動著，在他醒來之前，仍與自己絮絮而談。

第五章

當嘗歸在漠北高原的匈奴人駐地生活到了第十七個年頭時，風燭殘年的老樓蘭王早已大病纏身。

他快要死了。

夏天來了，太陽噴火，烈焰灼目，荒原上的沙粒泛白發燙，一直湧向天際。

這一天，太陽剛升到正中的天上，匈奴人的大帳內傳來了一個驚人的消息：「老樓蘭王就要病斃了。」

「老樓蘭王就要病斃了——」

這個消息同樣也傳到了嘗歸的耳邊。這個消息讓他明白，他將失去自己的父親。這在嘗歸的情感上肯定是一個巨大的虧空，但他卻無動於衷。

這是他第二次聽到親人病逝的消息。上一次是他的生母——樓蘭王后提漠，她病逝於一年前的一個初春時節。當時他也無動於衷，在他的記憶中，父親和母親都是模糊的，加之在匈奴人中生活了這麼多年，他也像任何一個匈奴人一樣，對樓蘭有一種蔑視心理。

匈奴單于把嘗歸叫到身邊，對他說：「你就要成為樓蘭國的國王了，你——做好準備了嗎？」

嘗歸是在自己三歲多時，在老樓蘭王的妥協下，被老匈奴單于擄去做了質子。從那以後，樓蘭國就像是一顆任其擺布的棋子，牢牢掌握在匈奴人的手中了。

對他來說，十七年的時間歲月洶湧而過，他在匈奴大帳中成長的經歷像粗細不一的沙石，像過於粗糙的漠風，磨損了他從前的那些清晰的線條，使他變成了一個匈奴人。

當老樓蘭王快要病逝的消息傳到匈奴人的大帳，又傳進自己的耳邊時，他無動於衷，甚至懷疑這個人是否真的跟自己有關係。

因為這麼多年來，這個被稱為生父的人從不在場，嘗歸從未有過親人的感覺。

當初，匈奴把他帶到漠北高原，僅僅一年，也就是他不到四歲的年齡，身上就有股羶腥的特殊氣味，到十二三歲的年齡，他滾燙的胸膛上多了一層胸毛的蓊茸，他年輕的身體上有著刀痕，但在皮膚下卻奔突著一股血性——他那被自然和荒野收容的肉體正從那中規中矩的樓蘭人脫離，一點一點地成為匈奴人的一份子。

這麼多年來，他在匈奴人的大帳裡生活，並長大成人，氣質早與樓蘭人的神貌完全脫節。隱藏在他體內的文明氣息，被一種更為強烈的氣息壓下。他曾被這樣的一種文明氣息魅惑過，但匈奴人更為強烈的氣息轉瞬間就使他的身體湧動出一種莫名的快感，他更願意成為匈奴人，他為自己已經成為匈奴人而高興。

偶爾，他會想起自己是樓蘭人，但他不情願承認。時間久了，嘗歸吃飯跟騎馬一樣——動作快速、自然。曾有一日，酒的濃烈味道飄蕩在整個帳房。匈奴單于看著他，問道：「你想念過他嗎？」

「誰？想念誰？」

「你的生父——他在遙遠的樓蘭國。」

嘗歸知道，這是一個沒有答案的問題，於是便沉默了。說實話，這麼多年來，他第一次有意識地想起「生父」這個詞，感覺到一種奇異的漠然。過了好一會兒，他帶著一臉的窘迫說：「沒有。」

匈奴單于看著眼前這張對自己從不設防的臉，心中一下子湧起了一股憐憫：「你對他還有記憶嗎？」

儘管這句話是以探詢的語氣問起，但是它其實不是問題，而是命令。這是他和眼前的這個人，一開始就擬好的一份契約。

嘗歸該說些什麼呢？

「沒有。」他很老實也很機敏地回答。

匈奴單于的嘴角滑過了一絲不易覺察的笑意。

他的神情讓嘗歸猛地打了個寒顫。

因為他從眼前這個匈奴單于的身上看到了數年後的自己，那荒誕夢境的感覺似乎仍在繼續著。當嘗歸跟在匈奴單于的身後，著迷地審視著他那馳騁天下的步態時，他想，這是一把刀而不是人，或許在以前還是個人，但隨著逐一捋清在內心交織的神話和冒險後，他就變成了這樣的一把大刀，被無止境的殺戮與占有欲抽空了靈魂的軀殼之刀，在這荒無人煙的西域荒漠上，成千上萬的人似乎被他身體裡的刀子全部覆沒了。

只是這軀殼之刀是一個遺跡，他使這土地的荒誕之夢仍在繼續，而自己，仍受著這個軀殼之刀的指引。

嘗歸對單于的臣服和崇拜，直到繼承樓蘭王後，他才真正體會到了其中的快樂。

在這之前，他已徹底忘記自己從三歲起就成為匈奴人質的身世。他忘記了自己究竟是誰。儘管成年後的他也知道自己的生父和養父是完全不同人。

但是，對於生父的面容和印象也全出自他三歲之前的一些記憶。自己好像從未看清過他的臉，是不是因為他不像母親那樣經常把自己放到腿上？

但是，這又有什麼關係呢？反正在自己的記憶中都是模糊的，嘗歸又因何需要他一些具體的事情呢？有時候嘗歸反而覺得有些釋然，正是樓蘭，以及樓蘭的親人在自己的記憶中模糊，自己反而了無牽掛，在這漠北高原上做一個真正的匈奴人。

倒是母親提漠身上香料的氣味時常繚繞著他。這些好聞的植物香氣在他的記憶中分解，時而沉澱在他的身體裡，時而成為他臉上年深日久的顏色。

想起母親，嘗歸的眼睛裡露出了一抹不易察覺的溫柔。

嘗歸要出發去樓蘭，做樓蘭的王。

臨行前的一天晚上，下起了盛夏的第一場大雨。羊皮旗在大帳的頂端嘩嘩地響，被雨沖酥的草皮淌著泥漿，使大帳頻頻起錨。雨中夜色，四野漆黑，馬群在雨水中勾下頭，渾身濕淋淋地打著噴嚏。

匈奴單于把嘗歸叫到大帳裡，要送他一個禮物。

單于的大帳離他不遠，嘗歸踩著泥水一腳踏進去，一股似膻非膻，似野獸似烈酒般的氣味嗆了他一鼻子，這種熟悉的氣味讓他剎那間有一種失重感，他吸了吸鼻子。很多年來，嘗歸對這種魔一樣的味道既迷戀又厭惡。這麼多年過去，他的根又疼又癢地試著栽進這塊土壤，已學會扭曲和蜿蜒，最後，他終於長在了這裡，絕不拔出，而最終成為這些匈奴人中的一個。

嘗歸一看見單于，就覺得自己跟他很像，胸寬頭大，皮膚黝黑，鼻平，兩眼小而幽暗，眼神冷冷的。這種痕跡早就有，是他們整個匈奴男人固定的容貌特徵。現在只是漸漸擴大，顯著。

單于看見他，說到：「老樓蘭王就要死了，你就要離開我了，離開這個家。」

嘗歸「哦」了一聲，似乎想知道他為什麼要告訴自己這些。

就像多年前，也就是在他三歲的時候，當時的匈奴單于把他裹挾在馬背上，縱馬離開樓蘭國，徑直來到草原上那毒蘑菇般處處盛開的大帳前，把他一下子擱在了地上：「進去——」他一遲疑，單于冷冷地推了他的後背一下：「這應該是你的家。」說完後又改了口：「不，你完全應該把它當作是你的家。」

「我的家？」嘗歸小小的腦袋裡還沒有意識到自己將會是他的一個陰謀和籌碼。他有些輕蔑地看了一眼這個陌生人，小腿一伸，就邁進了大帳裡。迎面，掛著一張色彩斑斕的狼皮，一股奇異的味道把他的頭都熏暈了。

「從今天開始，你是我的質子。我才是你的父親——」當時的單于比現在的單于說話聲音大，但他的口氣很溫和：「我要讓你知道，我實際上就是你的父親，等你長大了，你就明白是怎麼回事了。」

嘗歸站在大帳的紅地毯上，他沒有回頭看，便知身後是匈奴單于。這張血一樣紅的地毯，像新的血脈一樣把他們連在了一起。

從那以後，嘗歸就在這個自稱是自己父親的匈奴人身邊慢慢長大。

奇怪的是，在這個匈奴人的部落中，嘗歸很快就適應並長大了。像那些匈奴人一樣地善騎、喝酒、吃生肉，以便像他們那樣染上嗜血和貪婪的惡習，並以野蠻的方式霸占著那些來自文明社會的財富。時間一長，嘗歸以樹根延伸的速度成長起來。

很多年過後，他的父親樓蘭王隱忍的氣質並沒有在嘗歸的血液裡甦醒，他開始長成了匈奴人的模樣，並永久地定了下來，寬闊的胸膛像草地般瘋長，性情凶蠻而傲慢。

而這一切，卻都是來自另一個人——當時單于的意思。他在匈奴人中是一個巨大而無形的人，時時刻刻地在一個看不見的角落裡待著，總能在固定的位置轉過身，並擋住嘗歸，向他發出一切指令，使他永遠沒法弄清楚自己的出處。

「你是我的籌碼。你的肉身，還有意志，都是屬於我的。」這個陰沉沉的聲音不止一次重複著對他說：「今後，你將有一天會成為新的樓蘭王。你的國家——也將是我們匈奴人的。」

「你要牢記這些話。我的每句話。」

於是，嘗歸把自己的處境完全地弄清楚了，他並不屬於他自己。

每次走出單于的大帳，嘗歸都覺得天高地闊，他對自己的人生漫不經心。他從不思念生養他的父母，他已記不起他們的樣子。

彷彿他天生缺失。

現在，一個酷似當時的單于的聲音又在對他說：「我要你為我做一件事。」是現在的單于，匈奴人的又一個首領。

「請講，大單于。」嘗歸說。

單于給他一把青銅造的「徑路刀」。這是一種寶刀，就是匈奴貴族裡也少有人見過它的真容。那些匈奴人談起它，也是用一種小心翼翼的敬畏之情，認為徑路刀身上附有一種神祕的力量。所以，在定盟誓的時候，用刀梢來攪和血酒，這樣，會使雙方都遵守盟約。「徑路刀」本身的傳說，永保著血魂和咒符。

單于取出刀匣，刀匣的表面是烏亮的，但匣盒的邊緣有些磨損。也許，它經過了好幾代人的傳遞，由生者與死者之間交替撫摸，在刀匣的周圍，隱約可以感到一絲寒氣從匣盒裡緩慢升騰。

嘗歸接過了「徑路刀」，掂了掂，很沉。

他在匈奴的大帳裡生活多年，也只是第一次見到它：兩刃刀身，中間略厚，刀托是鈍圓形的，柄部鏤刻著彎曲難解的文字，而柄端卻刻著模糊的動物紋樣。

「這麼貴重的禮物，為何交給我？」嘗歸有些疑惑。

單于什麼也不說，握著徑路刀在自己赤裸的胳膊上劃了一道口子，不斷冒出的血珠子滴進裝滿酒液的大銅碗裡。「你就要成為新的樓蘭王。我要你記住，你的身上也同樣流著匈奴人的血。」

嘗歸當然明白，他不屬於他自己，即便是做了樓蘭的王。這是他的宿命。

他用自己的額頭輕輕觸碰了一下刀柄，呼吸著由它本身所生發的氣息，一下子渾身通暢。鮮血，正被那寒氣所溝通。

又一日清晨，空氣清寒，猛烈的漠風已變得悄然無聲。在大帳裡，嘗歸和單于最後一次告別。

嘗歸半跪在單于的跟前，緊咬住嘴唇，像是用力在克制住自己的情緒。

「這麼多年來，我一直仰仗您的慈恩和庇護，我會依照您給予我的恩德回報您，請您相信。請您一定記住我的話。」

單于輕輕扶起了他，臉上浮現出一種古怪的笑，猶如冬日之夜在密林和白雪之間行進的狼，極盡陰森之態。

他們的談話就此中斷一會兒，然後，形成一種十分尷尬的靜默。單于的大帳外，等待護送嘗歸的匈奴士兵們已恭候多時，每個人都在心裡發出了疑問：他們到底還在等待什麼？

嘗歸低聲說：「我的大單于，日後再見吧。」

單于回應道：「但願如此，我也期待著與你日後相見。」他看著嘗歸，眼神就像是一片融化了的冰冷雪花。

嘗歸轉身離去，躍上馬，他的身後，跟著數以千計的匈奴侍從們。

走了很遠，嘗歸勒住了馬韁，回頭去看，匈奴士兵的身影在他的身後一一掠過，青灰色的晨光中，星星點點的匈奴大帳已模糊不清，遠方的大漠寂寂無風。

他凝望著這一切，長長吐出一口氣，嘴角再次露出古怪的笑。

「我會報答您的。一定會有這麼一天。」

§

陽光在空氣中倘佯，空氣在陽光中流淌。奔向樓蘭國的一群匈奴人繞過藍色的湖泊，出現在了這片羅布荒原上。

嘗歸回來了。

樓蘭城近在咫尺。他騎著馬走在一行人的最前面，東張西望，稠乎乎的陽光正淹過他的頭頂，他的頭髮直豎，像馬一樣冒著熱氣。

進了樓蘭城，街市上人喊馬嘶，表面上它依然是平靜，躁動和樸實的。但這麼多年過去，被新鮮事物洗刷的樓蘭國淡去了屬於個人的恩怨和悲傷，絲毫沒有受到時光的磨損，反而愈見繁華。許多房屋突出在城牆之外，擠在一起，使得巷道狹窄，在泥濘中經過的人不得不側身而過。就是在幾條較寬的街道上，駝隊相遇也無法避讓。

一路上，嘗歸聽著樓蘭城集市上最喧鬧的聲音，但好像什麼也聽不見，他很不舒服地坐在馬背上，屁股扭來扭去，心情很複雜。

這一切似乎都在表明，嘗歸與出生的地方已相互陌生，現在，他不得不以一個局外人的身分，來淡化那種被遺棄了的感覺。

他自幼年開始起就失去了對這個城市，這些街道的線索。現實對於調皮的歷史顯得寬容又冷漠。但是，這又有什麼關係呢？很快，樓蘭將會是他的國。這個國家的一切都將是他的，他的子民們將臣服在他的腳下。

想到這兒，他的嘴角露出了一抹笑意。

樓蘭王宮的大帳後面，躺著他的生父——老樓蘭王。他躺在床上，氣若游絲。嘗歸走到床邊。老樓蘭王離他很近，他平躺的身體，彷彿失去了正常的體積，人變得平坦而單薄。他的面孔正在改變，好像正在加緊收縮，顯出一副醜陋相。

但是，在旁人看來，他躺著的姿勢很放鬆，很慵倦。這時候的老樓蘭王似乎忘記了人世間所有的殺戮，他完全平躺著的身體猶如抽去了全身骨頭，又更像是一條冬眠的蟲。這是嘗歸另外的發現。

但嘗歸已記不得老樓蘭王的那張臉。他三歲時被匈奴單于擄去成為質子，多年過後一直沒有回過樓蘭國。現在，他似乎是透過一層灰，漫不經心地看這個老邁的人。

而當老樓蘭王看見已長大成人的親生兒子嘗歸時，眼神是空洞的，目光被挖走。他的眼睛閉著，不過他沒有睡，肯定沒睡，見有人湊近自己，薄薄的眼皮微微顫了一下，又睜了開來，望了一眼嘗歸，嘴皮動了動，像是說了句什麼，又像是什麼也沒說。

他見嘗歸微微低著頭看他，朝他咧嘴笑了笑，好像尷尬不已，為自己沒完沒了地活著，活了這麼久而抱歉。

他也仔細看著嘗歸的臉，像是在看一個從未見過的人。

嘗歸因自幼在匈奴人的大帳生活，早已隨胡俗。除了還依稀能找到藍眼，黃頭髮這些樓蘭人的特徵以外，他的相貌和性情早已大變：那紫紅的，貌似匈奴人的橢圓臉，一對觸目的顴骨高聳，添出一分英氣，一分正氣，一分殺氣。當陽光照到他的頭髮時，根根立起，其質感硬如金屬。

兒子完全變了一個人，和匈奴人一模一樣。

老樓蘭王轉過頭去，心裡有一種隱隱的厭惡感。這種不能言說的情緒就像是灰塵一樣，彌漫在他的眼前。現在，透過這些灰塵望向嘗歸，他覺得嘗歸的面孔變得汙濁難看，面目可憎。

他說：「太遲了。」

這是他們在經過多年的父子相見後，他對嘗歸說的唯一的一句話。

太遲了。這句話是什麼意思？

嘗歸坐在這個即將垂死的男人病榻前，極其微弱的漠風從雕花的木窗外傳來，他伸出手去，把這些嘈雜的聲音驅逐開去，撫摸著他在這股腐爛的氣味之中漸漸衰枯的身體。

依舊是夜晚。樓蘭城外，藍色湖泊永無倦意的濤聲逼近耳邊。正是它那永不遏止的，外露的喧嘩帶來了死亡。第二天，老樓蘭王死了，當嘗歸繼任新的樓蘭王時，也沒想透「太遲了」這句話的意思。

盛大的國葬如期舉行。嘗歸看著王宮內四處奔忙的人群，心想，老樓蘭王不過是正常老死罷了，是壽終正寢……難道不是嗎？

老樓蘭王被安葬在「千棺山」上。

正是盛夏的一個早上，湖泊散發出潮濕的岩石，沙礫和水的氣味。盛放老樓蘭王的棺木小心地被放在雕花的畫舫裡，駛入了湖泊中。爾後，開啟了湖泊的一個祕密的龍口，於是在一股洶湧的水流中，托著棺木的畫舫朝著湖泊深處流去。它的盡頭是戈壁沙漠，裡面是連綿起伏的雅丹，其中一塊地方有一個天然的通道，這個通道狹窄不堪，但它直通「千棺山」——一個高高的沙丘。

這個沙丘遍布棺木，裡面埋葬著的都是樓蘭國歷代的王室成員。每一座棺木旁都豎立著一根高高的胡楊木桿，遠遠一看，高高低低的木桿如森林一樣地壯觀。

人們在樓蘭王的墓葬裡放了大量的絹、絲繡、黃金冠飾、中亞藝術風格的麻質面具，和波斯安息王朝的玻璃器，乃至希臘，羅馬風格的各類毛織品，收盡了老樓蘭王生前所愛的天下寶物。

入葬的形式非常獨特。死者躺在沙地上，木棺像倒扣在岸的木船。死者罩在裡面，兩根胡楊樹桿做成一對比人體稍長一些的弧形，弧形的兩頭對接在一起，將擋板契入弧形擋板兩端的凹槽中固定。沒有棺底，棺蓋是十多塊依棺木弧形而截取的小擋板。

該殺活牛了。沒有人看到這頭老牛眼裡流出的淚，牠的呻吟被淹沒在特使們持續不斷的吟誦聲中。老樓蘭王死了，人們用吟誦的方式為他超渡。

牛被宰殺後立即剝皮，老樓蘭王的整個棺木被這張新鮮的牛皮包裹起來，牛皮則將在日後乾燥的過程中會不斷地收縮，最後，將整個棺木包得像盾牌一樣地堅實。而那些沒加固好的棺蓋，也會被牛皮勒得非常牢固。

待國葬完畢，人們將「千棺山」的神祕龍口重新堵住，水流慢慢乾涸，墓地被重新封閉起來。

只有少數人才有資格目睹到這葬禮的全過程。

遠處傳來風的聲音，幾隻烏鴉掠過山頭，然後四周是鬼魅般的靜謐。一位木匠尾隨在其他人的身後下了山，沙路在山道上陡然下降，河水在不遠的地方奔流，流水把水底的沙石打磨成了白色，太陽就要落山了。他的唇邊露出一抹難以覺察的慘澹笑意。他知道，自己將是最後一次目睹這樣的場景了，因為下了山，他和其他的幾位腳夫、工匠一起，將被迫灌入一種特製的迷藥，會變得又啞又瞎。而「千棺山」這座皇家墓地，也將成為一個永久的祕密。

從那以後，雪落下來，雨落下來。覆蓋又融化，然後乾枯。把生前的罪責和遺憾抹平。沒過多久，這裡和別處一樣，還是個平和單調的荒山啊，有著和別處一樣寬闊的黎明和夜晚。

葬禮結束後，匈奴單于找了個吉日，宣布嘗歸為新的樓蘭王。

§

關於「千棺山」的祕密，其實馬羌和她的父親早已在一次偶然中知道了。當時，尉屠耆還沒有到中原去當人質，他幾乎天天與馬羌在一起。

那是一天傍晚，馬羌和父親在湖中捕魚。馬羌的父親想在這一天收網前再多打一些魚回去。他們的捕魚船來到了距羅布泊湖岸很遠的地方，那是孔雀河與塔里木河交匯的下游處。一直以來，兩河一條在北，一條在南，幾乎平行流向羅布泊。當船慢慢劃向西南方向，從河岸的盡頭可以看得到一片幾乎獨立存在的草地。遠遠地看，這裡的草要比別處深些，很肥綠。但不知為什麼，牧人從不到這裡安營紮寨。

一網下去，沒有任何收穫，網上連一片魚鱗都沒掛著。奇怪了。又下了一網到湖裡，過了一會兒，網裡很沉，摸出來一看，都是些從未見過的黑皮魚，模樣很古怪，小小魚背上的皮黑得很陰氣。沒有鱗，沒有眼睛，全是盲魚。

「這附近一定有大的墓葬群。」馬羌的父親看著東岸上的雅丹，低低說了一句。一股陰森之氣朝他凝望，使他的背上無端地發冷。「我們回去吧。」

馬羌有些害怕。

他們沿著這些黑色魚群流動的方向，將船駛向一條越來越窄的河流。再往前行，水流變得淺了，細了，像一條細長醜陋的蛇，它們枝杈繁多，遍布在卵石的縫隙中。河水一淺，那些大大小小的卵石就露出來了，像灰色的蘑菇似的朝他們眨眼，很詭異。幾條黑皮魚在淺水灘裡吐著泡，雲低低地懸在正東方向雅丹的沙山上。

「很奇怪，這條河居然是南北流向。」

「船行不動了，好像是到盡頭了。」

馬羌的父親猛地撐了一下桿子，卻感到入水的木桿子頂端處有一聲悶響，像是碰在了河口的一個卵石上，水裡的黑魚一下子零亂地散開，又零亂地聚攏。恍然間，河口處冒出了煙，這煙又濕又濃，使周圍的空氣奇怪地扭動，水下還發出了汩汩的聲響，這聲響越來越大，冒出了一股黑水，在龍口處翻湧如沸。

突然，一股巨大的水流被沖開了。船身猛烈地晃了晃，接著載浮在越來越高、越來越寬的水面上了。馬羌的父親無比吃驚地將手中的撐桿探進水中，撐桿幾乎全埋到水裡去了，只剩下短短的一截，河中央的水至少深兩丈，水面上有少許泡沫，散發出斷枝，殘葉的腐爛氣息。船被高高的河面托起，輕得就好像是沒有重量似的，繼續順著水流朝著他們不知道的地方駛去。

不知過了多久，水流漸淺，好像是又到了河的盡頭。寒風攜著霧氣，冷颼颼地觸碰著他們的皮膚。

在他們的前方，就是一片荒涼，連綿的雅丹，在涼白的月光下閃出了鬼鬼祟祟的彩幻，浮動在空氣中，在召喚著他們。

連尉屠耆也沒能料到，未來的他也將踏上這塊未知的區域。

這是典型的樓蘭國平民們的居住區，一些簡陋的泥房七零八落地趴在地上，像一群灰雀一樣地擠在一起。屋子的後面不遠，就是散發出潮濕水汽的湖泊。

清晨剛過，馬羌在黑暗中起身，迅速套上亞麻色的長袍，戴好了彩色的魚骨手鏈和耳環，然後提著一個草編簍，輕手輕腳地繞過父親的房間，準備往門外走。

模糊的日光中，父親聽著女兒起床後弄出的細微聲響，感覺這孩子的身體就像是一片細長的蘆葦葉，在隨著一股不存在的風輕輕搖擺。很快，馬羌便聽見父親在裡屋嘟噥著說：「你起得太早了，這天氣又是這樣的乾燥，到了晚上，你一定會癟成一片枯葉子的。」

「不會的，不會的。」馬羌興高采烈地回應道。

馬羌出了門，鉛灰色的天空中有了些許隱約的光亮。一些玫瑰色的塵埃在空氣中越來越濃。馬羌微張著嘴，聞著這熟悉的味道，這味道混有湖泊的鹹味，魚的腥味，集市上牲畜糞便的味道，還有蘆葦一年四季燃燒的味道，這些味道從來不會停留，它們一起混合在塵土裡，被一點一點地蒸發掉。

尉屠耆早就在這裡等著她了。兩個人碰頭後，馬羌說，今晚帶他去一個地方。馬羌和她的父親是無意間知道「千棺山」的祕密的。這是一個很不得了的事情，他們是平民，是要殺頭的。但馬羌對「千棺山」十分好奇，央求父親去吧，他一定不會同意，於是她想到了尉屠耆，她覺得那麼神祕的一個地方，和自己喜歡的人一起去一定很有意思。

好不容易等到了下午，馬羌撐船帶尉屠耆出行。在船上，馬羌沒告訴尉屠耆將會去什麼地方，而說是捕魚。一路上還給他講了夜裡在湖中捕魚的經過，說是到了早上，這些捕來的魚就要拿到城裡的市場上賣。

她說自己為了捕到更多的魚，會在這條老舊的船頭上裝飾蘆花編織的花環。

「一條模樣好看的船會令人熱情高漲。而且——會吸引魚。」

說到這裡，她眨了眨那只深藍的眼睛，說：「我要是魚，註定會被捉到的話，那我寧願被一個漂亮的東西抓到。」

當尉屠耆得知馬羌帶他去的地方居然是「千棺山」——樓蘭王陵時，嚇得眉毛都快掉了。要知道，「千棺山」裡面埋葬著的都是樓蘭國歷代的王室成員，連他自己都無緣看到。

馬羌和他的父親是怎麼知道這個地方的？

他們難道就不怕殺頭嗎？

一想到這裡，尉屠耆臉色煞白。

但事到如今，也只能這樣了。

黃昏來臨。似乎到了這個時候，人什麼都不怕，因為黃昏是一種天然的屏障，在這樣的屏障中，人的視線就會變得越來越模糊，這模糊擋住了人的真實面目。

還是那條路線。馬羌的船在湖中前行，遠遠地，他們看到了大漠深處的那座若隱若現的沙山——「千棺山」，遠遠地看，乾枯而貧瘠。尉屠耆盯著眼前有些昏蒙的，已變成暗道的河流，甚至也找不到河流裡游動的魚和飄蕩的青苔了。

一路上，每次望見馬羌輕盈起伏的身子，尉屠耆的心中就存著一個巨大的不解之謎，她是怎樣發現「千棺山」的？這樣的疑問一再地重複，而疑團，就像是秋霧一樣，散開後就再也不會合攏了。這種戲劇性的開展太驚人了——因為知道了「千棺山」祕密的人，最終，都不得好死。

當他們的船越來越靠近傳說中的龍口位置時，尉屠耆後悔了，自己為什麼會容忍馬羌的瘋狂舉動呢。

「千棺山」的祕密，尉屠耆從小就聽老樓蘭王說過。說那個地方是他們最終的歸宿。一條小河，與橫穿樓蘭城的那條運河相連。一旦有皇室成員去世後，就將小河與運河的龍口扒開，待小河水滿後，遂將棺木運到這裡，待安葬完畢，再將龍口堵死，這樣，小河重新乾涸，「千棺山」重新回到封閉的狀態當中。

現在，黃昏漸盡，他們沿著河道走了很遠，最後到了一個彎道，船行不動了。一條淺淺的小溪淌向河口，稀疏的灰白色植物吸附在岩石上，水流在上面緩慢穿行，

他們終於下了船，馬羌走在前面，途中好像還回頭看了尉屠耆一眼。她總是喜歡走在

他的前面，彷彿一個歷險者，正在不顧一切地探測生活周圍的祕密。

到處都是雅丹，像峽谷山屏在沙石路的兩邊起伏，這使得峽谷裡的溫度更高，而腳步聲也更大了。他們沿著橢圓形的沙丘來到了山頂，往下一看，沙山溝壑般的曲線在灰黑色的濃霧中莫測高深。這個沙山自東北向西南方向鋪展，坐落在一大片雅丹當中。在周圍低矮沙丘的簇擁下，顯得倒是很高大。

踏著山路往上走，尉屠耆意外地發現自己的腳下有數不清的烏鴉屍體。

「到了，就是這裡。」

「這些——」尉屠耆指著這些黑色的鳥屍，結結巴巴地說。「看到山頂上那些黑煙了嗎？還有這味道。可能是毒氣，把這些飛過去的鳥兒都熏死了。」馬羌站在他的身邊說，回聲尖銳而響亮。

然後，她嘴裡發出一聲低呼，一路小跑著下去，尉屠耆笑了起來，緊隨其後，他先是走，接著很自然地甩開腿向坡上跑了起來，是小跑。

馬羌停住，轉過身來看，尉屠耆一時刹不住腳，小步地跳起來，一下，兩下，才終於在她的面前站穩。他微微喘著氣，蒼白的臉漲得通紅。

馬羌巴掌大的小臉貼近他，挑起了眼睛問道：「是你剛才在跳嗎？」

「沒——我跑得太快，沒法停住。」

馬羌小聲笑了起來。「我看見了，是你在跳。而且——」

她用手拍了拍他的臉：「你的臉紅了。」

「來吧——我們一起下來看看。但是，不能待太久。」

他們腳下的地面凹下去，而四周的沙丘卻凸出來。走了很遠，整個沙丘隨著他們步伐的起落而起伏。沙丘的頂部密植著數不清有著多菱形的胡楊木樁子，像叢林一般，每間隔一米就有一根，有些木柱上還塗著血紅的色彩，畫著蛇紋的圖形。這些奇怪的圖形古怪而虛妄，它們無論高低，半部以上都斷在了大霧裡，半隱半現著它們的殘肢。在沙包的南北兩側，各立有一排木圍柵，除了立柱外，還插有好多根木製的「船槳」，都由一塊塊完整的胡楊木鑿成。

這就是「千棺山」。

四周林立著的奇怪木頭像直立的人一樣看著這兩個不速之客。墓地的沙丘上，層層疊疊地堆著難以計數的弧形棺木，馬羌一個棺木一個棺木地看過去，似乎在和它們交談。但是，從她小心翼翼的目光來看，似乎很怕打破這種詭異的魔力。

馬羌覺得自己相信人死後有靈魂存在，這靈魂有它自身的形體，飄浮在「千棺山」的空氣中。她說：「如果沒了它們，那『千棺山』是不是太荒涼了？」

尉屠耆搖搖頭，覺得這樣的想法太怪異了。這些死去的人，並非有形的形體，也不存在於這「千棺山」的空氣中，更遑論飄來飄去。

但是，往前走沒多久，卻加深了他們倆的恐懼。這恐懼並不是裸露在沙地上的一具具棺木，而是籠罩在這整座「千棺山」中的寂靜，出奇的寂靜還伴著觸目驚心的荒涼感。那些一個個無法復生的亡者正是造成了這種寂靜的源頭。在這裡，只能聽見風的哀嚎聲。以及他們自己錯落不一的腳步聲。

他倆很快就離開了「千棺山」。

回來的時候，馬羌在船上睏得睡著了。

尉屠耆看到腳下的這個女孩，熟睡在窄小的船艙裡，蜷縮著的身子那麼小，如同剝開一朵花的子房，長長的金髮披在她的頭臉，像是一粒果實，在船上熟透了，發出令人驚奇的醇香甘甜。他看了很久，以為她死了。想到這兒，尉屠耆突然害怕起來，用手探聽了一下她的鼻息。還活著，他才鬆了口氣。

尉屠耆遠離樓蘭國去了千里之外的大漢王朝之後，馬羌仍在樓蘭的集市上賣魚。有時她一個人去，有時兩個人去。另外一個人是她的父親。

這一年剛入夏，樓蘭國的天氣就熱得不得了。那種熱，馬羌還是第一次感覺到。剛打下的魚，沒隔夜就散發出臭味了。好長時間沒有雨水，商人的駝隊和馬車走在乾硬的路上，老遠就看到路上騰起灰白的塵土。

馬羌在那段日子裡幹了一件大事，她給遠在千里之外的尉屠耆寫了一封信。這信像一匹快馬，打著嘹亮的噴鼻，將把往昔的日子一起帶向他；又像是一扇窗戶，在暗中被一隻手「嘭」的一聲打開，從前的日子帶著從未有過的光彩，一下子蜂擁而出——這一切，該是多麼的好。

馬羌寫在木簡上的字跡很小，圓圓的，看上去像是踮著腳尖跑。

羌女白：

取別之後，便爾西邁。相見無緣，書問疏簡。每念茲對，不舍心懷，情用勞結。倉卒復致消息，不能別有書裁，因數字值信復表。

馬羌

馬羌並不知道，這封信尉屠耆永遠也看不到了。而自己卻讀了無數遍，一句一句的，像是一些私語在她的心裡喧嘩，她的影子往長安的方向飄飛。

她希望尉屠耆會讀到這封信。她想著想著就睡著了，臉上還掛著微笑。當然，那個時候的她不可能知道，這封信將會在兩千多年後被那些考古學家們解讀多少次：在燈光下，在放大鏡下，每一個字詞的筆劃都被他們嗅出了不同的味道。因為，當一個人消逝以後，後來的人會緊抓住他留下來的任何線索去探索他所處時代的歷史。

不日，馬羌將這封信交與集市上要去長安的商隊，請那個看起來好脾氣的，大鬍子商人帶到長安未央宮的尉屠耆。

「你們要去長安嗎？你們見過他嗎？請把這封信交給他。」馬羌這個發出請求的時候，像是一句耳語，一種薄如蟬翼的翕動。這個大鬍子商人看著她的眼睛，是那麼藍，便不由自主地答應了她。

去長安的商隊不日便起程了。那天早上，馬羌早早地趕到樓蘭的集市上去送那個大鬍子商人。遠遠地，她看見幾十峰駱駝，還有一些馬，身上都馱著貨物，有大宛玻璃，奇香撲鼻的安息香料，還有于闐的玉石，及各種鮮豔的繡花彩氈製品，奇花異草等。但她沒找到那個大鬍子商人，他忙於生意，不知跑哪裡去了。

當商人的吆喝聲喚著所有的牲畜遠去時，過於清冷的集市上顯得十分零散破碎。許久，人和牲畜向前移動的身影便不見了，留下一個空蕩蕩的灰白黎明。

他們離開樓蘭國後，經過幾天的餐風露宿，終於穿過了白龍灘，行至羅布荒原地帶的盡頭。在他們的面前，是連綿起伏的灰色群山。待疲憊的駱駝在布滿石塊的路上尋找落腳之處，正準備上山的時候，走在前面的馬突然嚇得揚起了前蹄——在峽谷的入口處，一群黑壓壓的匈奴人早在那裡等著他們的到來。刀起刀落間，血光四濺。那些準備去長安的商人們無一倖免。

那個大鬍子商人也在其中，馬羌的那封信隨風飄落在沙塵中。然後，又被沙塵掩埋。

馬羌並不知道這支前往長安的商隊後來發生的事情。因為商隊被匈奴人打劫殺害的傳聞畢竟是太多了。這樣的事情，是會經常發生的。數月過後，馬羌仍然一味地在等，並一廂情願地認為，尉屠耆給她的回信還在路上呢。

最終，她仍是等不到尉屠耆的回信。

「尉屠耆在長安過好日子去了。他不回來了。」馬羌的父親嘲笑著她。他當然不相信馬羌的信能穿過這可怕的荒原，傳遞到千里之外的尉屠耆手上——若是收到了，又能怎樣呢？

中原長安的未央宮。樓蘭王子尉屠耆過著近乎於軟禁的生活。

他經常想起遠在千里之外的樓蘭國。在以無盡黃沙為背景的樓蘭國，卻有著最令人吃驚的大海——羅布泊。最深邃的藍和最晶瑩剔透的水珠使尉屠耆深受震撼，在那樣的海水之間，一再凝聚起了一個金髮少女的形象。一想到她，痛苦的感覺便蔓延全身。她在西域一個叫樓蘭的國家，那也是他的故鄉。當自己十四歲時作為人質，來到千里之外的長安漢王室，就再沒回去過，而樓蘭的形象總是與羅布泊的蘆葦蕩連在一起，飽含汁液的蘆葦蕩發出無邊無際的濤聲，是他幼年時的第一幕記憶。

很多時候，他感覺到馬羌那熱烈的眼睛在地看著他，額頭上的絨毛泌出細細的汗——他感覺她正是自己失散多年的妻子，她的年輕，她的任性，她的美麗和不可捉摸，令他心碎。

他在中原的很多時候，一直被馬羌的這個形象所滋潤，並蒙上了一層假想的水珠，使他枯燥的異鄉生活中發出一道虹光。

至今為止，他在感覺中似乎一直在用她的手吃飯，用她的腿走路，用她的下頜微笑。但是，她始終混在其它的形象中，一會兒消失了，一會兒又出現了。

她的眼睛一隻深藍一隻淺棕，長長的脖子細而優美，還有她一頭像陽光一樣的金色髮絲——他曾經想過，那麼多的金髮，滿頭的金絲細髮，究竟有何用？這頭金髮何苦會讓自己發瘋一樣地淹沒在裡面。

他說：「我真的不知道，也許，我一年後會忘掉她。一年。多麼稀奇古怪的一年時間。」

現在，動盪的水面上，馬羌深凹的藍色眼睛和修長的頸部是一個巨大的特寫，浮動在波光閃閃的藍色之上，在這樣的背景下，馬羌輕盈地站立其中，無數的水珠在她的身邊湧動，使藍的更加藍，美到令人恐懼。

§

新任樓蘭王的嘗歸第一次見到馬羌，是一個初冬的早上。

剛下過兩場薄雪。他坐著馬車從集市上走過，身後跟著一群侍衛。嘗歸掀起簾子朝外邊看，神情懨懨的——這時，他看見了集市魚鋪邊上站著一個樓蘭少女，巴掌大的小臉凍得發青，踮著腳，在地上輕輕地蹦，顯得又急躁又頑皮。她的腳下擱著一排草編簍，裡面都是新鮮的魚。侍衛們都被她的美征服了，癡癡地看著她。

車夫喝慢了馬，從她的身邊輕輕走過，但泥點子還是濺在了她的麻質裙袍上，她撲過去，用手戳了戳馬車，臉就這樣正對著他們。當馬車遠去後，那些侍衛們還像脖子轉筋一樣地一個個朝她看，於是，她就有了長長的一串面影，那一模一樣的嗔怒帶笑的面影。

「吱」的一聲，馬車停住了。

侍衛們的身影散開，一個淺黃的方圓腦袋露了出來，臉浮腫發灰，再望過去，是他的肩和胸脯。胸脯上隱隱長滿了厚實的毛髮，凸顯出他已完成了青春發育。他粗短的腿微微叉開，帶著長期騎馬人的鬆垮與傲慢，氈靴上都是土，還沾著草泥。他像所有的匈奴人一樣，不管穿什麼樣的衣服，始終是一副風塵僕僕的模樣。

馬羌知道，這個人就是樓蘭人已經議論了好多天的嘗歸。他的手關節粗大，粗糙的面頰生出兩塊黑紅色的曬斑。這使得他的皮質顯得十分的堅硬，各種表情都僵在了上面，年紀很輕就有了一種奇怪的老相。

嘗歸也看到了她，像是一下子被她的容顏驚懾住了。她的兩隻眼睛藍得像湖泊，裡面有他從未見過的純潔而又放肆無禮的眼神。她討厭嘗歸望她的眼神，扭過頭，用腳輕輕敲擊著沙地。

嘗歸在內心感歎，她美得真像是一個小怪物。一種從未有過的曖昧和夢魘的感覺，扼住了這個男人的雄性心臟。

嘗歸走到了馬羌的身邊，他想說什麼，但一時半會兒卻不知該說什麼。馬羌聽到了嘗歸像是一個肺氣腫病人那樣結結巴巴的呼吸聲，她感到那是他的一種欲望在呼吸。

嘗歸仔仔細細看了一會兒她的藍眼睛，金色頭髮，滾動著粗大的喉節咽下了口水，然後轉身走了。回宮後很快就打聽清楚了，這個樓蘭少女是一個在湖裡以捕魚為生的漁民的女兒，她叫馬羌。

從那以後，嘗歸騎著馬在集市上經常遇見馬羌，看到她蒼白的小臉和藍眼睛下凍得發紫的嘴唇，金色的頭髮在幾乎沒有色彩的天地間，就像是一個脆弱的夢。她來回走動的時候，輕微的動作裡有著風的氣息，這使得她像是在船上行走。

「妳跟我回去睡覺。」嘗歸下馬，走到馬羌跟前粗魯地說，並把狂妄的笑聲傳得很遠。

馬羌嚇了一跳：「你說什麼？」

「我要妳做我的女人，跟我睡覺。」

「不。」馬羌抬起頭，看見他巨大的方形下頷上長著黑草叢一樣的鬍鬚，他的言語就是從這黑草叢一樣的鬍鬚中一個字一個字蹦出來的，儘管他的聲音很大，但仍不清晰。

「呵呵——」嘗歸的笑聲一下子變得好老，好古怪。他一揮手，腰間的徑路刀起落間，正巧路過馬羌身邊的一個小男孩便被削去了右手臂。那孩子眼珠兒一翻，疼昏過去了，他的母親在一旁哭得噤了聲。

馬羌嚇呆了，看他大笑著從身邊走過去，模樣浪蕩而傲慢。

初冬的夜，空氣清冽，散發出一股甜絲絲的味道。有些未化的雪，藏在城牆背陰的角落裡，像是等待著更大的一場雪落下。

在這樣的一個傍晚，馬羌待在屋子裡，看父親生起了這個季節的第一堆爐火，聽見他說：

「日子越來越短了，天也冷起來了。」

其實，馬羌知道父親最盼著每一年冬天的到來。冬天一來，大漢國的使者們就來得少了，他就不用給他們服勞役了。一想到這大半年來自己為他們服勞役而受的罪，再想到來年一切又將循環往復的時候，她的父親揉了揉凍得通紅的手指，就忍不住地嘆氣。嘴裡有股魚發酵的味道。

「這世上有富人，有窮人，但我始終貧窮，我生來就是受苦的命。」

他低聲嘟噥著，即使不去下湖捕魚，他的身上也長年透出淡淡的鹹腥氣味。濃墨般的暮氣裡，他的面孔模糊而混沌。

「吃飯啦——」灶間傳來馬羌的招呼聲，屋裡的燭光亮了起來，又細又長地從門縫裡透了出去。馬羌透過這門縫的亮光看到了點起燈火的父親，他愁苦的臉像是從中間分成兩半似的，一半明亮，一半陰暗。他咧嘴一笑，露出沾滿汙漬的牙齒，站起身來，拉了拉上衣，準備吃飯。

晚上，待馬羌睡下後，她父親的黑影便悄悄滑出了門。他要去「千棺山」。

一天，有關通往「千棺山」的龍口被打開的消息傳了開來。說是一日，樓蘭國的一位大臣死去，當運載他屍體的船行至「千棺山」的龍口附近時，遠遠看見一大片的泥水漫溢，周圍的沙地濕透。顯然，這龍口不久前是開著的。

還有比這更驚訝的傳言，說是有人盜了「千棺山」裡的賠葬——幾只彩塑木雕像，賣給大漢國往來樓蘭的商人。而這木雕像正是皇家墓地「千棺山」所獨有的。

答案很明確了，有人擅自打開了前往樓蘭王陵的龍口。而且還不止發生了一次。

關於「千棺山被盜」的小道消息傳得很快，至於真實情形、前因後果，以及事情是怎樣被揭露出來的，等等，暫時還無人知道。

但是，沒多久，事情就水落石出了。

一天晚上，天氣奇熱，在小雨類似轟鳴的聲音中，幾個腰間挎著青銅彎刀的士兵帶走了馬羌的父親。

在那一天的細雨中，家家點亮了燭火，高矮不一的樓蘭居民區顯得特別亮，每一顆小雨珠都亮晶晶的，在地下疊映著，使每家人閃爍著的燭火成倍地增加了。還有士兵手中的劍光，當它劈向馬羌父親的時候，也像是被燭火擦亮了。

馬羌徒勞地拽著渾身是血的父親——她從未見過那麼多鮮紅的血，一股股地從父親身體流了出來。她無疑受到了驚嚇，為她將來的不幸埋下了一個重重的伏筆。

馬羌站在漫天的雨中看著樓蘭士兵們遠去，這個帶血的雨夜變成了馬羌一時無法捋清的一大團矛盾。

在馬羌的父親被處決不久之後，一群愛嚼舌根的商人們這才想起所有蹊蹺來，他們回想整個來龍去脈。更在樓蘭王嘗歸面前，拼湊起對整個事件的記憶，爭先恐後地說是自己最先洞察到馬羌父親的「鬼祟」，以及那幾件從「千棺山」偷來的陪葬品——木雕彩塑人像，是怎麼經過特殊的途徑到了千里之外的長安。

然而，一切都太晚了，商人們在心底默默供認了這一點。

因為結局不難預料。

不過，令嘗歸更為吃驚的是，他近日才得知遠在長安未央宮的弟弟尉屠耆，其實是馬羌的心上人，一瞬間，莫名的嫉恨占據了他的心。尉屠耆。十幾年來，弟弟的名字一直讓嘗歸的半個身子涼颼颼的，心裡又滯又悶。

聽到這三個字，便猶如聽到了不可戰勝的敵人終於出現了，他一下子變得格外的遲鈍和無助。自從老樓蘭王去世，嘗歸繼承樓蘭王位開始起，就對遠在中原的弟弟充滿了一種仇恨。一想到尉屠耆，這個在不久的將來有可能奪取王位的人，他的眼神不僅僅是陰沉了，裡面還盪起難言的痛苦。他猛地站起，又猛地坐下，銳利的目光一下子望向很遠。

「我的這麼一顆好頭顱，不知道有一天會被誰割了去？」嘗歸自語道。

但很快，一股邪惡在他內心升起，他自我安慰：「不會的——只有我才是樓蘭國當之無愧的，永遠的王。」

現在，嘗歸又站在了馬羌面前，一言不發地看著她。

雪稀疏打在嘗歸的臉上，他多肉的嘴唇緊抿，目光冷冷地看著遠處，又從濃雲壓低的眼皮下收了回來。在任何一個兇猛的、歹毒的念頭出現之前，嘗歸就是這麼一副面孔：僵硬、毫無生氣、懷疑、傲慢和孤僻全在他的臉上。

嘗歸自從到了樓蘭國之後，他再也不用穿獸皮了，他的絲綢袍子是樓蘭國最好的裁衣匠為他量身定做的，他的紫色緞紋袍帶在早晨的陽光下熠熠閃亮，但卻總是那麼的不適合他——這個肥碩，略有些卑俗的身形，只能被紫色緞紋袍困難地遮掩住。這讓他的整個形象挑釁似的仍帶有一絲匈奴人的氣息。

他看著馬羌，陷入沉默。但在這沉默之中，他的欲望在一點一點地繃緊，像一根弦，一不小心就要繃斷了。

馬羌並不知道，這欲望竟會與自己有關。

很長一段時間過後，嘗歸的心緒平靜了下來，他目光溫存地看著眼前的這個可人兒，知道自己的婚事將近了。

嘗歸看著馬羌的藍眼睛說：「你父親去了『千棺山』，那你也一定也去了。」

馬羌覺得他的邏輯很可笑，於是便說：「我沒去過。」

嘗歸繼續使用他那在馬羌看來很可笑的邏輯：「你父親知道『千棺山』的祕密，那你也一定知道。」

「我不知道。」馬羌冷冷地回答。

「隨我回王宮裡說去。」

「不去。」

「不去就死，去陪你父親。」

馬羌就這樣被嘗歸強行帶到了樓蘭王宮。一路上，嘗歸回過頭說你不要怕。他伸出粗大關節的手，粗糙的黑紅色面龐生出兩塊被太陽灼傷的圓疤，這使他的皮質變得堅硬，不動時，各種表情都會長時間地僵在那裡。

從後面看，樓蘭王嘗歸因自幼過著馬背生活，他的兩條腿形成了永久的弧度，這樣兩個形同括弧的腿是每一代匈奴人都不能改變的外觀，而在內心，則是他們與畜為伍的自卑與孤傲。

嘗歸不停地問馬羌：「去『千棺山』的路是誰告訴妳的？」

「是尉屠耆帶著妳去的嗎？他不會回來了。」

「他帶著妳去過幾次『千棺山』？」

「妳在那裡都看到了些什麼？」

「私闖樓蘭王陵是要殺頭的。妳知不知罪？凡是知道『千棺山』祕密的人，都不得好死。」

不管他問什麼，馬羌始終不回一個字，她只是一直目不轉睛地看著他一張一合的嘴，臉上掛著聽不懂的神情。

嘗歸看著她深藍的眼睛，嘆了口氣說：「妳以後怎麼辦呢？妳還很年輕啊。」

馬羌唇角揚起一絲冷笑。

嘗歸被激怒了，他幾步躥到馬羌跟前：「我要妳做我的女人，和我睡。」

「我不。」馬羌說完這句話後，本以為他會發火，但令她沒想到的是，她聽到了嘗歸像咳嗽一樣的笑聲。

嘗歸滿足了，他因為在精神上虐待了這隻像兔子一般的少女而心滿意足。

第二天，一個特殊儀式吸引了全城的人來觀看。

遠遠地，一匹性情暴烈的馬朝著喧騰的人群跑來，人們給牠閃開了道。一個赤裸著上身的男人很驚險地懸掛在馬的腹側，半邊身體已墜落地面，在馬的疾馳當中，粗沙和礫石將他的皮肉打磨出一條條血槽子，令人毛骨悚然。在場的每一個人都在想：「這樣血肉模糊的人必死無疑了。」

這個被懸掛在馬背上的人是馬羌的叔叔。一個可憐的打漁人。他受到的是樓蘭國最嚴厲的酷刑：「馬皮裹屍」。但是，他卻怎麼也沒有想到自己什麼也沒做，只因馬羌父親而遭受了這份罪。

人群中，一個癟嘴老太太看著烈馬拖著這條半死的泥血交加的人，不由得把嘴張得老大，發出了怪異的慘叫：「太駭人了。」她捂住了自己的眼睛：「再看下去我也要死了，不死也要做噩夢。」

「那妳就好好去死吧。」周圍的人漫不經心地打斷她的話說。

這個時候，一道金屬的亮光從人群上方一閃而過，喧鬧的人群一下子沒聲了。飛刀如閃電般瞬間插進了馬的喉嚨，這匹疾奔的馬，胸腔裡「嗡」了一聲，瞬間被一下子放倒了，濃稠的鮮血噴射而出，在地上一簇簇地盛開。有人回過頭一看，是嘗歸那張陰沉的臉。他那只剛剛猛然發過力的手臂似乎還停在半空中。

有人看見，這個人死後，他的瞳仁裡居然還留有嘗歸的身影，這暗影竟不隨擴散的瞳孔淡去。

嘗歸倒是沒看到這個。現在，他望著頭頂上刺眼的日光，若有所思。

幾天後，有人看見，這個男人的屍身被一張剛剝下的馬皮緊緊包裹著，被吊在樓蘭城中的一根木樁子上。正午的太陽特別亮，每一條光線似乎都成了一個小小的反光鏡，上上下下相互疊映，使熱度無數倍地增加了。人和馬的屍身在暴烈的日光中融為一體。剛開始是那樣地新鮮，很快，灼熱的溫度像把一層軀殼剝落了下來，馬皮裡面的肉體緊縮了，變得皺巴巴的，好像裡面正剝出了一個新的人形。

馬羌目睹這「馬皮裹屍」駭人的一幕。她在睡夢中一次次地被驚醒：

「我要妳做我的女人，和我睡。」

晚上，下起了入夏以來的第一場雨，雨中的樓蘭城顯得猶如白天，照亮了懸掛在木桿上已成為魚形的軀殼，顯得更加駭人。馬羌站在細密的雨水裡，想著還會死人，突然一下子哭了。

湖邊蘆葦蕩裡的香氣淡一陣，濃一陣，在蓬鬆的蘆花尖上輕輕打著哨音，哨音是濕潤的，拂在馬羌的額頭和面頰上。

逃跑，一個大膽的想法頓時令馬羌幾近暈眩，連日來的恐懼也猶如鱗片一樣隨著這個大膽的想法剝落不見了。

事實上，自從她父親的不幸遭遇降臨開始，她就沒有停止過逃跑。從童年的時候她就在逃跑，直到厄運降臨的時候她仍在逃跑。有時，她想逃到黑夜的寂靜當中，似乎那裡沒有人會窺視到她的險境；有時她想逃到羅布泊的大霧中去，看那清晨的大霧在青草和濕土的魚腥氣中彌漫，那迷濛的灰白霧氣將化開那些詞語的迷宮：憂鬱、緊張、危險、厄運、傷害……在她逃跑的時候，血液升起一種悲哀，迷惘的色彩開始湧上她的腳踝，她彷彿在追趕著天邊模糊的星雲。

她只是想逃跑。儘管她的最終歸宿是房屋，一座隱匿她的破茅屋，但也是一個悲哀的、令人心碎的房屋。

現在，屋子裡面安靜極了，馬羌收拾好東西，正想逃出去，這時，門外一陣喧囂聲在門口停住了。門開了，一個高大的陰影罩住了她，身軀像一堵硬邦邦的岩壁。馬車的後面是持著刀的侍衛。馬羌抬起頭，目無表情地看看他下了馬。他下馬只需一閃身。馬羌看清了這個方腦殼的男人。他是匈奴人，一副粗陋兇惡的模樣只被他們本族的人看成是美男子。

是樓蘭王嘗歸。他頭上冒著熱氣，身上的一塊塊肌肉像是生滿了樹瘤的老樹。

嘗歸不坐馬車，徑直往前走，他從小跟著匈奴人過著馬背生活，騎慣了馬，一雙腳沒得到良好的發育，長得寬大扁平。他剛任新樓蘭王的時候，很不習慣把腳踩在平地上，兩腳踩在地上有失重感，走起路來搖搖擺擺的，像一隻帶蹼的動物，但也是一個不易冒犯的龐然大物，渾身散發出一股淡淡的牲口味。

馬羌朝他跪了下來：「我跟你走。但是，我要你放過那些無辜的人。」

嘗歸低著聲，身子貼近了面帶驚恐的馬羌，冷冷地對她說：「跟我走。」

馬羌怎能不跟著他走呢？不跟著他去，也只能是罪上加罪了。

只是，眼淚在她的眼圈裡形成一個閃亮的環，轉來轉去的，就要落下了。

馬羌就這樣隨嘗歸一起回到了宮裡。

馬羌已經不記得自己大婚那天時的情景了。只記得，在那一天，宮裡的一些老年婦女們在自己的臉頰上塗抹了一團紅妝，又在她的額頭上塗抹了三道黑妝，這讓她看起來和平時不大一樣，像是變了個人似的。

當嘗歸進來站在背後的時候，她也沒發現，她下頜的蝶形鎖骨讓他分了一下神。

「我知道妳的事。」嘗歸看著銅鏡中的她說。然後，把骨節粗大的左手按在了她的肩上，喉嚨裡發出了一串像打嗝一樣的聲音。

「什麼事？」馬羌吃了一驚。

「尉屠耆。」嘗歸似笑非笑地吐出了這三個字。就好像這三個字是憑著自己的意志蹦出來的，因此，馬羌有了一種今生最私密的告白的感覺。

她直勾勾地看著他，把木案上的一只翠玉簪子攥在了手裡，然後，貼近了自己的脖子。

窗外沒有月光，嘗歸吹滅了燭火。屋子裡的燥熱在黑暗裡流不動。這個野蠻的男人，他就是那股黑暗的體味。隨著他把身上的皮袍脫去，味道更加濃烈，熱起來。他接著用自己鐵鉗一樣的手把她的手腕固定住，再用手掌蓋住她的整個小臉，稍一用力，她就會被自己捂死——整個動作連串下來，很像是一次沒有演練過的兇殺。

最後，馬羌在他的身下不再發出聲息，像是化掉了。嘗歸知道她在哭。嘗歸和大男子漢們一樣，對哭泣的女孩沒有辦法。馬羌一哭，他就覺得她的哭聲像別的女孩一樣可憐而討厭。過了一會兒，嘗歸的一隻手上來，輕輕揪起她一縷濕淋淋的頭髮，撫摸著，就像是撫摸自己心愛的坐騎。然後聞了聞，也沒什麼特別，就又放下了。

消息很快傳到了中原的未央宮裡，嘗歸有了一位樓蘭王后，名字叫馬羌。

未央宮忙著準備給樓蘭王嘗歸的賀禮，有中原的貴重絲綢、瓷器、茶葉和漆器。漢使將帶著這些禮品，即日趕往樓蘭國。

聽到這個消息的時候，尉屠耆在未央宮的花園裡剛睡完午覺，晴天朗日下，他身邊水塘裡的草葉白花花的一片，令他一下子什麼都看不清楚。

「馬羌，是樓蘭王嘗歸的王后，這怎麼可能呢？」他很震驚。

但是，又有什麼不可能的呢？當天晚上，眾多的侍者們在宮廷裡忙碌，穿過花園的時候，將一張畫像遺落在了地上，那是一張樓蘭王后馬羌的畫像，尉屠耆揀了起來。故鄉的風物使馬羌在尉屠耆的眼裡纖毫畢露，又在一次次的凝視中變成了神祕莫測的畫中之物。畫像中的女孩是她，但又不是她。

隨後，有無數個與她形容相似的女孩擠了進來，將他團團圍住。他感覺她們從四面八方撩撥著自己，嘗試依附著他，但是轉眼間又消失了。

馬羌，她現在的丈夫是他的哥哥嘗歸。一想到馬羌成了嘗歸的王后，尉屠耆就忍不住地問自己：「為什麼是嘗歸？」

一切都變得難以置信。當尉屠耆蒼白著臉，獨自走出了未央宮，在夜晚的長安街上獨行。這樣的夜晚，在被紅色燭光映亮的大街走過的，是彼此完全陌生的人，他們各自屬於一個完全孤立的世界，一個令人困倦的，灰色的世界。生活似乎讓人恐懼，而黑夜更糟。透過這樣的一個世界，從中去尋找過去的記憶時，記憶又是何等怪異。回首往事，它顯得如此緊湊，像是無法分割的固體，但早已是杯盤狼藉。

但是，一個少女的形象會在多年單調無聊生活的湮滅下重新復活，她微弱的聲音從千里外傳來。

她金褐色的髮絲在幾乎沒有色彩的天地間飄拂，就像是一個脆弱的夢。

尉屠耆想起在樓蘭國和馬羌在一起的時光，那些日子過得真快啊。尉屠耆覺得自己到底是一個在現實中生活著的人，可自從來到長安城之後，就再也回不到從前了。

要用多長的時間，才能忘記馬羌呢？夜晚的長安城被紅燈照得一片紅光，路上的石頭被心裡失去目標的尉屠耆踢過了；橋上的小石獅子被難過的尉屠耆當成馬羌抱過了；長安城郊區外的野兔子，也被尉屠耆當成馬羌開心的樣子被自己追逐過了。

要用多長的時間，才能忘記馬羌呢？

要知道，尉屠耆離開樓蘭國，在長安的漫長日子裡，經常感到一種毀滅感在一天天地增長。想要制止其實是白費力氣。因為在未央宮一成不變的生活當中，沒有什麼可以作為參照的標誌點，時間在悄悄地溜走，他還沒來得及計算，它就已經不見了。

只有馬羌，這是他心底的一個祕密希望。正是因為她，尉屠耆才對生活的美好部分抱著期待。為了這個希望，他在長安一年又一年地留了下來。像是一種犧牲。可這犧牲老是不夠，一天又一天過去，他仍在等待——等待有一天能重新回到樓蘭，回到馬羌身邊。

因為，馬羌對於他來講，不僅只是一個心愛的姑娘，更是某種記憶，是少年情懷，也是他留在整個樓蘭國的苦澀味道。

有那麼一陣子，馬羌和尉屠耆經常頭碰頭地在一起聊天——他們感到自己長大了，可以「談談」了，任何話題都能觸及，但尉屠耆從不說他有一個在匈奴人那裡做質子的哥哥。因為他知道，馬羌在很小的時候，她的哥哥就死在了匈奴人的馬蹄下，談這些還不如談些別的，比如他從未聽過的奇談怪論。

馬羌的母親死於難產，這讓她從一出生起就失去了母親。從他們認識開始，尉屠耆就被她的故事所吸引，他看著她，心裡突然湧起了一股憐憫，眼眶裡幾乎含上了淚，他很自然地摟住馬羌：「太可憐了，那麼早就沒有了母親。」

尉屠耆的手掌白而厚實，還熱乎乎的，馬羌差一點就哭出來。「你真的憐惜我嗎？你會一直憐惜我嗎？」一股少年男子的汗味，讓她心醉神迷。巨大的感動，在那一瞬間就釀成了傾慕之心。

一天，尉屠耆約馬羌來集市上。馬羌高興地應允了。她與自己的年齡相當，家境貧寒，卻心思單純，無憂無慮，這著實令尉屠耆心懷嫉妒，卻又不自覺地靠近她，喜愛她。

尉屠耆的童年就在這個樓蘭國度過，一條護城河穿過整個他所知道的地方。很多時候，他坐在王宮前的臺階上，看一隊隊駱駝的商隊在跟前的土路上來來去去，木質的車軸咿咿呀呀地響動。他問王宮前的侍衛，他們從哪兒來，又到哪兒去呢？侍衛搖搖頭，從不回答。

說起來，尉屠耆大概算是一個心思很重的人。不過不能怪他，無論是誰，出生在這樣一個家庭裡，沒有心事就怪了。作為母親，提漠也察覺到了這一點，在父母身邊，總有他自己的空氣，自個兒的吐納，像湖水一樣，把岸上的一切隔絕開來——而他自己，偏偏不肯洩露這一點，總是要加以掩蓋。只是那種掩蓋法，真的是拙笨極了。

尉屠耆和馬羌到了街上。到處都是人，漩渦一樣地湧到了一起。周圍的房屋在下沉，而各種喧鬧聲卻一下子迸發了出來。到處都是商人們鬧哄哄地兜售商品的身影，還有招攬買家那含混不清的吆喝聲。而駱駝在這個季節裡正是換毛的季節，全身看起來很斑駁。牠們緩緩地在街道上擠來擠去，一些商販試圖讓牠們往前，或者後退一點，可嘴裡噴出的白沫子發出令人作嘔的氣味，幾乎要噴到人的臉上去。

穿城而過的運河旁，一些商販們在吆喝著香料的價錢。一個女秤了些黃色的香料，裝在了一個麻布的袋子裡，卻被駱駝伸過來的嘴打翻在地，散發出陣陣辛辣濃烈的味道，一些香料灑在了旁邊的運河水裡，像花粉一樣地漂浮著，人群中響起這個女人尖叫的聲音。

那一天剛下過雨，尉屠耆和馬羌腳下的路潮濕黏膩，在正午的陽光下慢慢變得炙熱。在集市的兩旁，那些商販們鬧哄哄的——除了他們，集市上隨處可見穿著素袍的僧人，還有乞丐。駱駝也在人群中擠來擠去，噴出一嘴的腥臭氣。

在樓蘭佛塔跟前，前來朝拜的人群按順時針方向打轉。佛塔的前面有佛的羊皮圖像和木雕像，一籃籃的供奉食物，一堆堆拜佛的香，拜佛的人在不遠的大樹底下苦悶地等待著，他抬起頭看著這泥佛塔的塔尖，在刺目的日光下，那圓柱形的塔身逐漸變細，側身一看，此刻那日頭正頂在塔尖上，閃閃發亮。

馬羌指著佛塔泥壁上的一塊光滑處對尉屠耆說：「你把耳朵貼上來聽聽。」

「什麼？」

「來吧，你把耳朵貼在壁上，聽聽看。」

尉屠耆懷疑地看著馬羌，把耳朵貼在了泥壁上。說也奇怪，從佛塔泥壁的深處傳來一種他從未聽過的奇怪聲音。是很多的女聲唧唧喁喁的聲音，像是祈禱，又像是哭泣，聲音斷斷續續，似曾相識。

待他把頭挪開，那聲音就不見了。

「是從哪兒發出來的？」尉屠耆驚訝地幾乎要喊了。

「我覺得，這佛塔有靈性呢。這聲音裡面有神的啟示，需要得到啟示的人會來這兒聽。」馬羌說。

這個時候，從佛塔南面佛殿走出來一個面容黝黑的僧人，身上沾滿了塵土，看見他倆，他微微躬了躬身子，開始掃起地來，蘆葦桿做的掃帚隨著他口中的吟誦聲在地上來回地擺動。

正午時分，風漸漸強勁了起來。

尉屠耆是多麼的喜歡和這麼精怪的女孩兒在一起。不像是在王宮裡，在老樓蘭王的身邊，他感到，那兒只有他自個兒的空氣，自個兒的吐納，像玻璃罩子一樣，讓他與看似焦慮不堪的父親隔絕開來。

他與父親之間的感情，是方正的，微寒的——他喜歡獨自一人在樓蘭城外的湖邊散步，衣服扣得嚴嚴實實，像他多年來一直抿著的嘴唇。

第六章

「何時出劍？」駿馬監傅介子在三十五歲那年，第一次對自己產生了追問。

他十歲開始跟上官岳修習劍術，劍法之快，在揮動時也不會感到有什麼重量，因而它掃過一切物體時，也不會發出任何聲音，幾乎無人能敵。

「劍鋒沒有一絲一縷江湖上的邪氣，快得能切開空氣。」上官岳滿心讚歎。

這麼多年來，傅介子和那把叫「含光」的劍，同周圍的世界相處和諧。即便是他空著手，別人也能感到那劍的存在，身上落滿了劍影，像一隻盛滿水的罈子，稍微側一側，這些劍的影子就會流淌出來。

說到底，劍是兵器，是一個仇殺的工具，多少生命死於劍下。但遺憾的是，二十五年裡，傅介子始終不能像個真正的刺客那樣，在寒光中對敵拔劍。他從未向任何人揮劍。他的劍，從未指向死亡。

「誰生來為刺客？」他不是不能，而是不屑。

傅介子一身黑衣，身上散發出混合了紙灰，沙塵和薰香燃燒後的氣味，將殺氣與飄逸之氣融為一處。

他的骨節寬大，皮膚白皙，見過他的人都說，他是一個內心有些狂妄的人，是無限和永恆的狂妄分子。但是，只有他自己知道，有兩樣東西在他心裡充滿了新的，有增無減的驚歎：那就是頭頂上的星空和內心的法則。

同樣，作為一個馴馬監，他把馬這牲畜也琢磨透了。他發現馬的確不能靠體力降服，因為人在體力上永遠比不上馬，更何況是汗血馬這樣烈性子的寶物。馴馬，得靠對牠精神上的折磨，用形象，色彩，還有聲音對牠們進行恐嚇，然後是饑餓、乾渴、鞭打。一直到了後來，傅介子馴出來的汗血馬成了最善跑，而精神上又是最奴性的馬。

平時除了每日專心侍奉從西域進貢來的汗血馬，就是習劍。不習劍的時候，他的身體蜷縮著，蜷作一團，他從未感到過孤獨，只是獨自一人而已，獨自生活在自己稠密的思想中。

「何時出劍？」對於傅介子不能對敵揮劍，靠劍揚名的事，上官岳不止一次怒斥他：「身為劍士，不出劍，習劍又有何用？」

他的劍怒指傅介子，身邊的樹木在騰地而起的塵埃中，像件衣服似的坍塌。

傅介子終於說：「不出劍，是因為有神魔纏住了手腳。」

對於他的告白，上官岳當然不信。但也不能把傅介子不能揮劍看成是心有懦弱。看他的眼睛，冰冷清澈，那不是一雙畏懼死亡的眼睛。

「也許是沒有與之相匹敵的對手吧。」

上官岳派了一個弱小的劍客，誘引他出劍。臨走時對他說，你只需像習劍時那樣，對他揮一下劍，刺入他的臟器，就成了。

傅介子笑了笑，說他當然知道自己揮劍動靜不出就會搞掉一條命，揮劍殺人的快感遠比刀直接。想想看，含光劍的劍梢如此敏感，當它插入一個活的肉體裡，軟的硬的，澀的滑的，一律都有著明晰的質感。

他不用下手揮劍就知道了。一旦出劍，便不會撲空。

這一日，忽見一個黑衣人蹲在樹下，手中揑著一把劍，他望了一眼目光寒冷清澈的傅介子，又望了一眼他手中的含光劍，目光極為膽怯，傅介子的目光太深邃太有力了，似乎吹口氣都能把自己嚇跑。

慌亂中，黑衣人朝地上噴出一口痰，不想，忽來了一陣風，將痰吹到了傅介子的衣角，留下了一抹痰跡。像是最小最髒的劍影。

面對這麼一個劍客，傅介子大吼一聲，準備朝他揮劍，但是，劍的形狀已隱藏在光的身後，他看不到它的外形，也感覺不到它的重量，即使揮去，也等同於虛無。

最後，黑衣人被自己的行為嚇死了。

「為出一劍，何至如此？」傅介子自語道。

事情慢慢變得可怕而又有趣。

又一日，上官岳派來了一個兇殘的劍客，再次誘引他出劍。

來者不善。傅介子冷冷地看著牆壁上移動的身影，那是一隻他從未見過、非虎非豹的猛獸，順著瀉入客棧木窗的一縷月光撲騰一下，潛入他的體內，鋒刃一閃，只看見劍的影子而看不到劍的光芒。

在那一刻，他想拔出劍——卻又猶豫了，若是自己揮劍，實際上是在以最輕的東西發出最重的力量，這把劍，它能夠擊倒的，不是這個兇殘的劍客，而是持劍的傅介子。

尤為驚詫的是，傅介子終被敵者刺傷了胳膊，他茫然地看著手中的劍，竟然聽懂了它的話：那是對他的一個警告。

§

建元年間，漢朝的疆域基本上是在黃河流域。對於西部方向，因被匈奴人完全阻隔，而未能打開通道。但是漢武帝很想瞭解那裡的地理情況。曾為漢王宮門衛首領，也曾為皇上伴讀的張騫，是一個力大無比的人，為了完成這一凶多吉少的特殊使命，他放棄了舒適的家庭生活，應募自願踏上了西域的領土。

十三年後，張騫回中原的時候，帶來了西域的地圖、汗血馬、玉石、苜蓿種子及長生丹——張騫「鑿通西域」而盛譽滿門。

但他並未得到善終。又過了數年，他因在一次與匈奴交戰的軍事行動中慘敗，而喪失了所有的尊號，被漢王貶為庶人。

一日，傅介子夢見自己在熱鬧的街市上遇見了張騫。此時，張騫已淪落為一個鐵匠，衣著破舊，衰老無力，昔日的榮光已成為過往。他弓腰站在爐邊，正淬著一件鐵器。火光四濺，汗水濕透了衣服，但仍沒有停歇這枯燥的，懲罰般的勞動，沒看見傅介子正站在他的身後。

「人生的事，大抵如此。靠劍揚名，又有何用？雖然從未揮劍斬殺一人，像自己現在這樣活著，也沒什麼不好吧。」張騫雖然沒看見傅介子正站在他的身後，但卻說出了這樣一番話。更令傅介子吃驚的是，張騫的話一經出口，便變成了火星，在傅介子面前閃爍。

火星如同咒語，傅介子醒來後，心裡竟有些空落。

幾天後，傅介子在終南山下偏僻的村莊找到了一間小茅屋，找到了一塊能夠耕播的田壟，種地，種樹，遠離了從前那些平庸，饒舌的劍客，也遠離了挑剔的，對他一直寄予期望，視為己出的上官岳。

他在向上官岳辭行前，上官岳對他說：「我平生最大的遺憾，就是未能看到你出劍。」

傅介子仍在每日習劍。他的劍術越來越不可思議，他與手中的劍無比相應地對稱，合二為一。

他就是劍，劍就是他。

「何時出劍？」傅介子終於對自己產生了追問。

其實，他何曾不想揮劍？很多年來，他反覆做過一個夢，這個夢經常都在和另一晚的夢銜接。他夢見自己與敵對決，他們無休無止地向他撲來，而自己從容應對，每一次出劍，都將敵手一一指向死亡。但每一次倒下，被砍削者斬成兩半的身子瞬間復原。這樣的夢境令他困惑不已。

對罪的懲罰，才可能是劍客的終極意義。但是，劍並不指出這一點。他夢見自己痛苦地躲在劍的身後，凝視著虛無——那無所不在的虛無。因為，在每個敵人的身上，自己的身上，都能找到罪的陰影，在閃爍著劍一樣的寒光。

罪乃是人性中的一部分。因而，他無法一心殺敵，他不揮劍，他又如何揮劍？

身處亂世，即便是隱逸的生活也會出現波瀾。

西元前一七六年，這個時候的匈奴帝國正在締造它的全盛時期，從蒙古草原起，包括整個塔里木盆地，直到帕米爾山脈和伊斯庫勒湖（熱海）都被匈奴人征服了。所以，在西元一七六年塔里木的綠洲民族包括樓蘭都要給他們納貢。

很難想像，絲綢之路在交通的繁榮時期，從中原往西域的通商大道上有著怎樣令人驚歎的生活場景。來來往往的商人隊伍，還有數不清的馬、驢和駱駝彼此對面相望於道。

當時，是什麼國家的人在這條絲路上與中原人通商呢？史書上一再記載，有來自費爾干納（大宛），阿拉爾海（鹹海）一帶的和來自撒馬爾罕，吐火羅國，帕提亞和印度各國的使節和商人。

這些豐富的貿易生活不僅僅把來路不同的貨物帶到了塔里木一帶的綠洲，而且，他們也在這裡製造出了一種特殊的文化，這文化有伊斯蘭的、希臘的、印度的和中原的元素，關於這一點，樓蘭的發現將提供給後人一個具體圖像。

匈奴單于很得意地給漢昭帝寫了一封信，上面說道：「以天之福，吏卒良，馬強力，以滅夷月氏（在甘肅的吐火羅），盡斬殺降下之。定樓蘭，烏孫（在伊斯庫勒旁），呼揭，及其旁二十六國，皆以為匈奴。諸引弓之民，並為一家。」

的確，在漢代，誰要是把樓蘭國緊緊握在手中，那麼，整個塔里木盆地的其他國家也必然屬於他了。占領了樓蘭，還能隨時遮斷往西去的道路。

在如此強勢的對手面前，西域的樓蘭國成了一個搖擺不定的兩面人。為了討好匈奴人，已臣服於匈奴人，並仰仗樓蘭國占有塔里木盆地的鎖匙地位，樓蘭王嘗歸在繼承樓蘭國的王位後，竟然完全聽從匈奴人的指使，對漢朝的使臣和商旅採取了敵視態度，先後暗殺從漢朝來的特使司馬安樂，光祿大夫和期門郎遂成等，還殺死了安息國和大宛國派往漢朝的使者。

而很多中原的絲綢商人們在去往樓蘭國的途中時常被劫。眼看由張騫當年探出來的這條絲綢之路，有重新堵塞的危險。這件事讓漢昭帝很是惱火。要知道，自漢初平城之戰起，漢代皇帝沒有一個不把匈奴當做自古不解的冤家的。

這一日，西域又有一個不好的消息傳來，說是漢王室途經絲綢之路，前往波斯灣的一支龐大駝隊，在返回時，又在樓蘭受阻，那些準備帶往長安的絲綢，安息香料，還有各種首飾被樓蘭國的士兵擄走；還有一些從龜茲國帶來的胡伎和樂師被販賣，那些商人們被盡數殺害。

消息傳來，滿朝震驚。漢昭帝皺著眉說：「樓蘭王帶給我很大的麻煩，不治罪無以顯示我大漢國的國威。」

他不能再坐等下去了。

又一日，昭帝上朝，問道：「誰能夠千里單騎，直撲樓蘭，取樓蘭王的頭來見朕？」滿朝的文武大臣們一個個面面相覷，不敢吱聲。

也是的，若干年前，當年邁的老樓蘭王將他年幼的孩子當歸送給殘暴的匈奴人當質子時，樓蘭國的命運就已經定下來了。此時的樓蘭已徹底淪為匈奴人的附屬國，也因為這個，匈奴人在西域的地面上，更加的有恃無恐，四處侵犯，以至於西域三十六國紛紛臣服於他。而千里之距的長安城到底是一個享樂的溫柔鄉，誰會願意冒險去那麼遠的地方送死？

終於在一天傍晚，上官岳出現在傅介子的小茅屋外。他興奮地對傅介子說：「你出劍的時刻到了。」

原來，就在漢昭帝發出告示的那一刻起，上官岳就認定：「千里刺殺樓蘭王」這件事非傅介子莫屬。傅介子身手不凡，他的劍術無人能敵，揮劍可百步穿楊，俯身可以從靴中跳刀。還有他性格中的清淡氣質，是作為一個刺客必不可少的心理素質。要知道，一個刺客可以溫柔，但絕不可以憤怒和狂喜，將情緒溢於言表。

上官岳已到垂暮之年，不能夠擔此重任，但他早年想成為英雄的熱望積蓄了很久，這種熱望像岩漿一樣在他的體內轟鳴，它必須要找到一個出口，那就是傅介子。他覺得傅介子生於這樣一個偉大的時代，這個時代給傅介子提供的舞臺是多麼地及時。

但是，他唯一把握不住的是傅介子內心的虛無，還有時常對這個世界的疑問之聲，這種虛無和疑問，讓他習劍多年，從未對敵揮出一劍。

但誰生來為刺客？既為刺客，他短促的人生履歷就應該寫上瘋狂和冒險。他早就等著這個時刻了。他甚至把傅介子「千里行刺」之行幻化得更為悲壯——傅介子應該將刺殺樓蘭王作為他一生的事業，為刺殺樓蘭王而生，並且隨時準備為刺殺樓蘭王而死。

他看著傅介子的眼睛說：「你出劍的時候到了。與大漢國的榮譽相比，塵世間個人的蒼白生命不值得珍惜。你是劍客，要勇敢地為諾言赴死，去殺掉樓蘭王。但你出劍的機會只有一次，或你一劍將敵斬死，或你被敵一劍斬死。」

「樓蘭城在何處？」傅介子沉默半晌，冷冷地問道。

「在六千里之外的羅布荒原。它的周圍有著漫漫的藍色水沼。」

上官岳聲如洪鐘。

一條灰白的大道在茅屋前面虛無地延伸，隱約地顯現出遠方的天際。遠方有多遠，將如何到達？傅介子走出茅屋，一邊嘀咕著，一邊看著火紅的夕陽在遙遠的天邊飄遊而下，似乎把暗不見底的大地一口吞下了。夕陽的這一景象，讓他的內心一下子舒暢了很多。

但當回頭一看，卻無比驚訝地看見剛才他走出的茅屋竟出現了與夕陽一樣的顏色。上官岳持火把點燃了茅屋，也同時將他自己的身體一起點燃了。

傅介子看到，上官岳站在遠處的火光中，朝自己緩緩揮了揮手，他隨風而起的白髮也如同這燃燒的火焰一樣舔著茅屋，水珠般四濺的火星伴隨著茅屋碎裂倒塌的聲音，像水一樣，轟然在地面上漾開。

火焰像洪水一樣從茅草屋頂流瀉下來，頃刻間用狂舞著的火焰把上官岳吞沒了。傅介子想撲過去，但黑濃的煙忽前忽後，把他的眼睛熏得一陣發黑，他不得不停住。脆弱的木頭在火中發出沉悶嘶啞的爆裂聲，聽起來就像是一陣奇怪的掌聲。

上官岳以自焚逼迫自己出劍的舉動，讓傅介子的心甚為震動，並讓他深刻領會到了話中的含意，在此後的漫長歲月裡，這裡已無他的棲身之地。

傅介子轉身沿著大道朝前走去。

這個早上，漢昭帝仍在為沒人能直赴樓蘭的事情而犯愁的時候，宮廷內傳來傅介子求見的請求，說他願意前去西域的樓蘭國，去刺殺遠在千里之外的樓蘭王。

王是人間最大的支配者，意味著在人間的某種秩序。昭帝忍住驚喜，沉默了片刻，對他說：「此去九死一生，若不成，株連九族。」

傅介子冷冷一笑，不說一句話。

昭帝細細打量了他一眼，又說：「朕問你，此行欲帶多少輕騎前往樓蘭城？你看——長安城內外，都是虎虎生威的兵馬，要帶誰前往，你儘管給朕說。」

傅介子仍是冷冷一笑：「大漢國多年未征戰，弓箭早已鏽蝕，馬匹也肥得跑不動了。我要他們做什麼？只請求將一匹汗血馬賜予我，我一人一騎足矣。」

昭帝深深震動了，看著眼前這個黑衣人，知道這個人未曾出發就經過了淘洗，他將驕傲而英勇地前行。

又一日，傅介子背著劍囊，像隨意飄在大地上的風一樣，只顧騎馬向西而去。路上，這匹叫「追風」的汗血馬一直在逆風而行。劍的瀟灑和從容，再配以馬的速度，傅介子就這樣將自己與劍、馬匹融為一體，不給身後的人說上話，一抖韁繩上路了。

馭者的長鞭揮過頭頂，如同閃電在飄動。

§

前往西域的道路比想像中的曲折和漫長。

每一天，傅介子的目光只窺伺著前方，山巒和荒漠的輪廓似早已被他看透。是的，人間似乎沒有什麼屏障可以阻擋住馬的優雅飛奔和他的精美劍法。

而上官岳在他臨走前道出「樓蘭王」這幾個字，在後來傅介子西去千里漫無邊際的找尋途中，如同荒漠中的回音一樣空空蕩蕩。他沒告訴這樓蘭城究竟是在西域途中的哪裡，只點明這個城和這個人存在於世的事實。

因此，傅介子在西域大漠戈壁中的尋找，便顯得十分渺小和虛無。但是，正是這樣一種尋找，使他前行的道路出現了無比廣闊的前景，支持著他一日緊接著一日的漫遊。

在到達樓蘭之前，傅介子並沒有意識到這千里之距的路途給他帶來的撼動。

大多時候，天一直是陰沉沉的，漠風颯颯。旅途的勞頓和異鄉的生疏感在塵沙中襲來。身著一身黑衣的傅介子時常不能判定自己身居何處，從而失去方向感，忘掉自己所去的方向，似乎，這方向不再指引著他。

在綿綿不絕的路上，傅介子經過無數的村莊和集鎮，儘管各自不同，但是它們以同樣顏色的樹木和房屋，還有相似的人組成。他一路看著走著，如同走進了一種虛無。但似乎，只有一件東西讓他踏實，那就是身上的一件昂貴的飾物——含光劍。它堅硬，牢固，表面布滿斑痕而內部折射著光華。

又一日，傅介子頂著漠風，縱馬來到大漠中的一間客棧，已是深夜。濕冷的衣服貼在皮膚上，就像是鐵甲一樣。店家看到他，微微有些詫異，大漠多兇險，看多了那些趕路的商人成群結伴地來，而這黑衣人獨自一人，倒是稀奇：「你去何處？」他問。

「樓蘭。它的周圍有著漫漫藍色水沼。」傅介子回答說。

店家看他的模樣，猜他一定是從中原來的。

傅介子亂髮垂肩，一雙銳利明亮的眼睛低垂著，像塊冰冷的岩石一樣坐在那裡，黑袍上散發出混合了紙灰，沙塵和薰香燃燒後的氣味。

等店主溫酒溫菜的時辰，他困乏得快要睡著了。

過了很久，風吹過，木桌上的燈燭搖曳了幾下，就熄滅了。突然而至的黑暗令他猛地抬起頭來，門外的漠風不知什麼時候停止了，窗外出奇的明亮，像映著灰白的冰和雪。木桌上也有一片月光，猶如一封人間書信。

他的目光隨著它，癡癡看著，一夜無語。

晨起。傅介子臨出客棧，被店家叫住了，遞給他一張畫像，說是賣給他在路上避邪。傅介子眼角的餘光一瞥，笑笑，什麼也沒說，就擱下了——畫像是匈奴單于的。最初是在西域荒漠上活躍的強盜和劫匪們當作一種咒符買來，說是以邪避邪。後來，在這個匈奴單于造孽的地方，他們漸漸沒了影子，倒是那些商人們成群上來買了，以至於匈奴單于的畫像流傳到了中原。而這畫像傅介子早就見過。

店家看他有些嫌棄地擱下匈奴單于的畫像，又變魔術似的遞上另一張。

「這張是樓蘭王嘗歸，送你了，不收一文。」

傅介子隨意瞥了一眼，暗自吃了一驚。畫面上，正是已繼任樓蘭王十五年的嘗歸。他因自幼在匈奴人的大帳生活，早已隨胡俗。除了還依稀能找到藍眼，黃頭髮這些樓蘭人的特徵以外，嘗歸的相貌和性情早已大變，臉皮紫紅，呈橢圓狀。一對觸目的顴骨高聳，添出一分英氣，一分正氣，三分殺氣。而且，他的目光如此的傲慢。

「謝了。」傅介子將畫卷塞入劍囊，店主家看著背劍的黑衣人風一樣地離去，暗自問道：

「他是誰？為何背負著劍囊，獨自一人來此？」

不等他想明白，傅介子消失在又冷又硬，其中還夾雜著霜雪的晨風中。

一隻黑色的鳥在空中久久低回著，傅介子騎著馬，繼續向樓蘭前去。大風把他的衣服刮得撲撲響，他騎在馬背上，騰空而又緊貼地面，在荒原中像是在飛。他閉著眼睛，但卻警覺地辨認著每一種聲響，每一種輕輕重重迫近的響聲。

這天夜裡，傅介子在荒漠中一個隆起的沙包後面歇息，一條小徑，朝著東去的方向，幾乎被亂髮般的草給遮蔽。

這時，一股陰森森的殺氣從黑夜的另一個世界徐徐步來，無聲無息，它越來越濃地布滿沙包的周圍，像含著某種陰謀和禍心。

只有他一人感覺到了。

一下子，全部的時間都凝固在這裡，死亡之氣變得像一個真正死去的人一樣，離他越來越近。他一下子甩盡了眼前的夜色，只以那劍的薄削光芒，放大正在接近來者的身影。

果真是一群匈奴人。

他們沒看見他，只顧追著荒漠中一群驚慌失措的商人駱隊，蹄聲踏起了漫天的塵土。

蹄聲漸漸遠去，傅介子慢慢插回了劍。

入夜，傅介子在途中的一間客棧裡醒來，聞到一股木頭被燒糊了的焦味。其中，還夾雜著樹枝劈劈啪啪的聲響。他起身，看到街對面的客棧燃起了大火。

漫天的火光中，濃黑的煙像是鬧水災的泡沫一樣，被風卷起，劃著弧線掀到了高空中，暗紅色的火星兒爆出紅色或藍色的火星兒，忽閃忽閃地消失在這股黑煙中。

見到這漫天的火光時人們沒有慌張，也沒有什麼人大驚失色地跑出來看，匈奴人在這條商道上經常放火，而客棧的房子多是在路途中草草搭建的，沒什麼防火效果，因為在商道上，沒什麼是永久的，什麼都是匆匆來，匆匆去，包括那些匈奴人匆匆地搶劫財富，或劫或殺，完事後一把火燒個乾淨，不留一點罪跡。

這場大火整整燒了一夜。那些中原商人們下榻的客棧都被漫天大火燒沒了，四壁皆無，葦草搭建的屋頂懸掛在半空中，有的甚至連屋頂也沒有了，只剩下一點骨架，殘留下的門框就像是一只燒焦的嘴，斜斜地大張著，睥睨著過往的人。透過它的殘骸，在地勢最低的房子裡，一團團小火苗仍在順風勢跳躍，舔著那些泥皮上的葦草。

清晨將至。透過這些燒焦的房屋，可以看到天空中升起一大片黑藍色的滾滾煙塵。那燒焦了的氣味好些天都揮之不去。

路途似乎永無止境。

早晨。天已經很熱了，山在幾乎封閉的兩側峽谷中連綿。他的腳踏在碎沙石的路上，發出空空的回聲。傅介子知道，走過這段峽谷地帶過後，寬闊的斜坡往下延伸，就是廣袤無垠的戈壁沙漠。

在這條路上，有著絡繹不絕的商人、藝術家、僧侶，還有密探、強盜、流亡的逃犯、刺客、信使等等，他們每天都在這條路上匆匆往返奔馳，對這路途中無比漫長的速度，已經習以為常，對路途中的風沙，烈日以及疲憊，死亡也都習以為常。

由此，他們和這些活著的駄獸一樣，在時間和沙塵中耗盡光陰和力氣。行走的路線在無形中形成一個錯綜複雜的網，既緊密又貌合神離。

但眼下，這峽谷中的美景讓他目光流連。

到了下午，天就變了，起伏的山巒因漫卷的沙塵而變得模糊。在厚重的沙塵中，傅介子不斷與來自各地的商人的駝隊相向而行，他們笨重的身影在移動的塵埃中時隱時現。

商人們在沙漠戈壁中的驛站有很多次的停靠。都是在有著厚厚白雪的帕米爾山隘中，有時為了翻越艱險的山口，則要肩挑人扛貨物，商隊川流不息，那些馱獸們竭力隨後跟行。

隔著很遠看到，這些商人的駱駝一匹匹前後跟隨，相接成長長的一列前進，走近了，才發現這些駱駝大概有三四十匹之多，每到四五匹，就有一根粗麻繩穿過每個駱駝的木製鼻栓，將它們綁在一起。

要知道，商隊的行進速度決定在商隊的駱駝身上，所以，他們的速度比較慢，好在他們這些商人對沙漠畢竟是熟悉的。

為了避開白天沙漠中的高溫，他們多在晚上行進，日落之後，氣溫下降得很厲害，而旅程都是在枯燥而固定的沙漠中，那些駝夫們就會套上厚厚的動物皮毛，而腳上穿的鞋子，都是用毛氈和厚羊毛製成的，縫合的方式有些像魚鱗。腳趾頭和腳跟處用獸皮補牢，向上翻翹著，說是這樣可以減少跟地面的接觸。鞋底通常墊好幾層紙，這是珍貴的商品，雖然它也只是用來防止塵沙進入。

等到下山之後，才是最危險的路程的開始。一望無際的戈壁沙漠，沒有水，鹽鹼地中遍布著的白色硬殼磨損著馱獸的蹄子，除了樓蘭國的士兵，更多平地而起的那些在沙塵暴中伺機搶劫的匈奴人，他們無不在阻礙商隊的前行。他們無所不在，到處擴張，掠奪。

因為他們有惡的統治。

匈奴人，當這三個字在西域的沙漠戈壁絕望地迴響、膨脹、變形，最後，變成某種可怕的東西在空中紛紛揚揚，使這些往來樓蘭國的商人們心懷恐懼，無法入睡。

要知道，這些長期過著游牧生活的匈奴人，難以定居下來，所以他們的手工業和農業就很難發展起來。他們不只是生前喜歡漢地的貨物，就是在自己死後，也願意安睡在漢式的油漆棺木中，並在裡面放上漢地出產的綺羅、金玉、漆器。

所以在路上，商人們最害怕的是遇見匈奴人搶劫，這些獸人，對漢地商人的財富早已垂涎三尺，除了搶劫成垛的絲綢，一些貴重的香料、首飾、乳香等，再就是這渾身散發出膻味的胡伎了。胡伎若被這些匈奴人侵犯，就一文不值了，於是，商人們大多會將胡伎在路上拍賣掉來抵這些貨物。

一個商隊路經此處，剛剛離去，又一個龐大的商隊就要來了。

天還微亮，一個叫「坎門」的客棧的狗就開始狂吠起來，它嗅到了一股強烈的駱駝味道，還有生人的味道。不一會兒，駝鈴聲從西北方向傳來的各種腳步聲開始雜亂起來，從東南方向，一匹馬的蹄聲也由遠及近。

是一個背著劍囊的黑衣人。

傅介子和這支商人駝隊到達的時間幾乎重疊。

商人的駝隊停靠在客棧前的楊樹底下時，已接近凌晨。這棵楊樹是方圓十里最高最壯的樹。這個商隊已經是第六次來到這裡了，路途的艱難和冷寂與客棧此時的喧鬧碰撞到了一起。片刻之後，那些半圓形的柳條屋頂在清晨的微光裡發出了光，似乎在呼喚人們該起床了。

傅介子在長時間的旅途中，唯一的陪伴是駱駝單調的呼哧聲，還有飛鳥軟綿綿的幾聲啾鳴。剛剛到達客棧的幾分鐘裡，傅介子的雙腿因長時間緊夾馬腹變得麻木，差點沒能從馬背上下來。

這些商人們個個容顏慘澹，虛脫一樣走過去的時候，一股濃濃的血腥氣從破損的衣服上彌漫了出來，擋都擋不住。

下了馬，傅介子聽到身後傳來一聲低吟，轉過身來，一匹駱駝身邊站著一個整潔秀雅的少年郎，一點缺陷都容不下，但細看一下，還是有的，就是這個少年有些驚慌失措的神情，像是剛受到過一次不小的驚嚇。她的右胳膊被劃開了一道大口子，沒傷到皮膚，只是衣袖破損了。

少年見有人用這樣探究似的目光看著自己，停止了低吟，朝他倉促一笑，笑容就不見了。

這個時候，客棧的屋子裡有一個略帶蒼老的聲音在喊少年，少年的睫毛飛快地閃動著，嘴裡應了一聲，滑進了門。陣風吹得門楣上的店幌有些歪斜。

客棧的店主遠遠朝著這幾個商人迎了過來。

「終於等到了你們，我都聽說了，真讓我不敢相信。」

「是的，我們有麻煩了，在白龍灘遇見了這群惡狼。」好像是炭灰蓋住了火焰，這個商人說話的調子冷暗起來。

「我們遇上了一個混亂的夜晚，有兩名商人被這野蠻的匈奴人殺了，還有四人受了傷。」

「還有三十一匹絹被他們搶走了。這些無恥的魔鬼，我們如何向長安的主人交代？」

「真是不幸啊。這樣的事，在這裡是經常會發生的。」店主長長嘆了口氣。

「這些胡伎現在怎麼辦？」身後兩位商人放慢了腳步，一個詢問的聲音低得幾乎聽不見。

「她們只能在這裡賤賣了，不能帶到長安了。」

「這——是不是太荒唐了？」

「你別太感情用事，對於她們這樣的人，一切都是可以估價的。」

傅介子為之一怔，不禁握緊了手中的劍，朝身後的大漠望去，陽光下，展開的是一個更為荒蕪，深遠的世界。這天早晨的陽光從未如此炫目，如此空洞。

又有三五成群的商人們走進了這家客棧。他們從遙遠的地方來，到了中途一些驛站，馬上就變得如同在自己家一樣隨隨便便，步子都是搖搖晃晃的。

滿地是霜。傅介子側身看他們的背影，默默地想，人，真的是很麻煩啊，他們在做什麼？每天都恨不得你殺了我我殺了你。

到了中午，客棧店主走出門拴馬，一回頭，先是被明晃晃的太陽刺了一下眼，接著，就看到了一匹異常高大的駱駝，臨近沙漠的那半邊是天一樣的藍色，駱駝旁站著面部清秀的少年郎，正在與一身黑衣的傅介子說話。

自黑衣人來到客棧後，他從不與人說話——可眼下，卻與這位少年郎自然地站在那裡，既和諧又突兀，像是一幅奇妙的光景。

這畫面給客棧的店主留下很深的印象。

黃昏漸息，一到夜晚，客棧裡到處充滿了人的喧鬧聲。有沙塵的氣味侵入，還有酒在甕裡慢慢發酵的氣味，各式各樣旅人的身體氣味，尋歡作樂的氣味，胡伎身體散發出來的膻味兒，所以，客棧的氣息就是旅途上的氣息。

客棧裡，傅介子也如其他的食客一樣，要了一壺溫酒，還有幾樣下酒小菜和幾場表演。當然，那些表演者就是被拍賣到此處的胡伎們。

§

多年後，胡伎驪在傅介子的印象中只剩下了一些特點：眼睛奇大，嘴巴奇小，下顎從兩頰刹不住地往下尖，跳舞的時候，骨子裡有著悅人的板眼，年輕的肌膚之下，形骸深處，一想到那蛇一般的柔軟和纏綿，蛇一般的冷豔孤傲的身軀，傅介子的魂兒就不在她臉上了。

當她的眼睫毛從全場掃過，那瞬息萬變的神采，抓住對面昏暗中的一個又一個人。到了近處，會發現她在跳舞的時候，眼睛其實有點斜，像一種奇怪的鳥。

就這樣的一隻「鳥」，沒多時，他們，還有他，卻全著了她的魔。

胡伎驪在跳舞的時候，空氣和光線中都有她。還有身體中散發的那股以甜酸為主的氣息，像是一股淡淡的膻氣，那是雌性綻放時的氣息。

她最擅長的是胡旋舞，讓旋轉成為一個無用的技藝，傅介子常常被她的激情和驚訝嗆得微微咳嗽。

她跳舞的時候，渾身無處不是珍奇。

傅介子知道看過胡伎驪跳舞的人都會愛上這個肉體。可是，他們對她的愛太具體太笨重了。

當天晚上，胡伎驪一眼就認出了櫺子底下的他——就是白天在客棧門口見過的黃皮膚的黑衣人。那男子單獨坐在一張木桌前，臉色蒼白而憔悴，一雙銳利明亮的眼睛，像冰一樣地寒冷。

她認出了他身上所帶有的那股寒氣，以及混合了紙灰、沙塵和薰香燃燒後的氣味。他的五官倒還清晰俊朗，但其中還隱隱有一種說不出的——不是殺氣，在某種程度上它比這些都弱那麼一點兒。

終有一天，當他在靠近胡伎驪的時候，會發現她的左耳垂有一道細的裂痕，像是用刀子有意劃了一下，她的耳垂是什麼時候被劃了的？

傅介子是一個劍癡，整個心思都在它上面，可現在，自從這個胡伎驪來了之後，他卻一連三天來看她跳舞，一顆心是不夠用的，這在他的經歷中是一個意外。現在，他就困在這意外中，不再聽任何人說話，六神無主地自我消磨著，似乎是想要破除它的魔咒。

後來的一天，傅介子在不覺中為她跑了一次神。

那是一個有月光的晚上，胡伎驪獨自在客棧的屋子裡更衣，不知怎的，風把她的房門推了個小半開，半透明的桃色薄衫剝落，褪至胯部，她的身子側在窗前，此時她處在亮處，而其他地方是幽暗的。

傅介子看清了她裸露出來的腰肢，這哪裡是人類的腰？單獨地看，它也像是一件活物，像是最敏感，最容易受傷的魚。

他一時間有些困惑。

他站在她的門外，看著這具似是而非的肢體，一種既熱又涼的觸感頓時傳到了他的全身。

這個時候，一陣風從門庭外吹來，掀起他的袍角，胡伎驪又聞見了這股奇特的味道。他的黑袍上散發出混合了紙灰，沙塵和薰香燃燒後的氣味。

她一回頭，手指一伸，傅介子不懂卻被這個不說話的人深深吸引。他跟著這手勢進了門。這個著黑衣黃皮膚的中原男人像被迷惑般進了屋子，這時胡伎驪早已在眨眼間換好了衣服，是那個白天見到的少年裝扮。他坦言道：「一閉上眼睛，就像看見了一個自己不認識的人。」

傅介子看向她的鞋子，似乎對此更好奇，她的鞋子是用厚毛氈製成的，縫合的方式狀似魚鱗。他指了指鞋，胡伎似乎聽不懂他在說什麼，點點頭，又搖搖頭，細碎的動作使這樣的表情變成極細微的一種表達。

很久，她不說話，月光下，她以一種同樣的神情，同樣的姿勢轉身，但是每轉身一次，傅介子覺得她的身高好像就又升高了點。過了好一會兒，傅介子見她輕微地咳嗽起來：一隻手握成空拳，輕輕抵住嘴唇，她的美貌似乎被她的瘦削所掩蓋，那源於本性中的脆弱與柔情透露了出來。不過，她似乎對自己的美一無所知，還沒有覺醒。

他一下子呆住了。

見傅介子這樣，胡伎驪輕輕抿嘴一笑，露出細密的牙齒。她的牙齒有一種天生的白和晶瑩，和她的笑顏組合在一起，真是漂亮極了。

傅介子呆呆地看著她，覺得她顧盼的眼睛出神之極，讓人感覺自己是懂的，是更深的一種會意。

最後，胡伎驪在屋子裡為他獨舞。

「為什麼這樣裝扮？」他問。

胡伎驪猶豫了一陣，像是把話先在嘴裡擺好，然後說：「我的主人怕在路上被匈奴人凌辱，就讓我扮了男裝。」她說，在路上，與她同來的兩個胡伎被擄走了，她們是死是活，也不知道。而對於這些要保命的商人而言，她們是無關緊要的。

「妳扮男妝好看。」傅介子突然沒頭沒腦地說。「跳得這樣好，跟誰學的？」

「我母親。她在我十歲時死了。家裡窮，就被父親賣到一個有錢的商人家裡跳舞。」

「要去哪裡？」

「長安。」她一邊舞一邊跟他說話，好像不這樣，她嘴裡就沒法說出完整的話。燭光照在她伸出的手上，粉紅，透明，骨骼和血管隱約可見，好像脫離了人體，懸浮在燭光的微塵中。

她告訴傅介子，她來自粟特，那是個神祕的國度，而自己是一個要被販賣到長安的胡伎，一路上跟隨商人的駝隊來到大宛國，要在這裡歇息幾日，然後去樓蘭，最後到達長安。她也像其他胡伎的命運一樣，將被賣到一個富裕人家，成為一個家伎。

被販賣到長安的胡伎驪和其他物品一樣，都是安置在一搖一搖的駱駝上。傅介子想像著她的旅途，這旅途一路上要經過安息都城、大夏都城、于闐、敦煌，最後是長安。

「你出來很久了吧，欲往何處？」胡伎驪轉過身來問他。她是第一次問，但她的神情，又好像是問了他許多次。

「樓蘭城。它的周圍有著漫漫藍色水沼。」傅介子回答說。

「你的主人——他待妳如何？」未等胡伎驪再說，傅介子艱難地問出這句早想說出的話。

那邊呼呼地喘氣，沒接話。好一陣之後，她才說：「我的主人，他的樣子不惡。」說完這句話後，他們突然陷入深深的無語。傅介子的心裡微微一顫，他知道，這是一句輕巧的謊言。

不一會兒，她的動作慢下來，眼中浮出一層淚，臉上是一種孩子在接受逼迫時的委曲。這樣的生活，遠在她受罰的童年時代就出現了。直到後來，她忍不住地哭了幾聲。在這之前，她都是不哭的。她把哭泣看成是一種對自己的慰藉。他帶著誠意告訴了她這一點，她點點頭，笑了。好像是為自己的舉動而抱歉。

怎麼辦？即使帶上她走，和自己重新開始，那也太晚了，不可能了。傅介子眼睛中的亮光暗了下去。

胡伎驪沒看到這一瞬變化。她一邊舞著，一邊慢慢貼近傅介子，她把手掌貼在他有黑痣的那一邊臉上，他的臉給人一種冷颼颼的感覺。還沒等她的手挨上，傅介子像是被火燙了似的躲開了。

許多年後的一天，胡伎驪才聽到當年他臨走時關門的那聲迴響。砰然而起的聲音，如劍光一閃，直擊她的心臟。

離開胡伎驪後，傅介子獨自在屋子裡習劍。他坐在椅子上閉目凝思，期待一股熾熱的劍氣像從前那樣在胸中斂集，而那把含光劍會在無形的意念中抽舞，刀光劍影，人喊馬嘶，不同的影像在他的劍下紛紛倒下。

客棧的房間裡一片靜寂，沙漠中無風聲，駝鈴也不發出一點聲響。而屋子裡，一股上升的熱氣在聚合。在意念中，傅子介用他自身身體的劍開鑿她的身體。劍梢在醞釀岩漿。

在意念中，整整一夜，他怎樣委身，她也學他的樣子怎樣去委身。不，不完全是。她用四肢纏繞著他，怎麼看，都是一副蛇的姿態。正是年輕無邪的年齡，她的身體有一種初次裸露的光彩，就像是某種剛摘下的水果的表皮一樣。但是很美。一種他從未見過的美。整個身體是這神祕的節奏，力量以及柔弱的再現。

但和以往不同的是，從那天晚上起，他的眼中總是出現一些雜色，燈火，胡伎驪，以及敞開皮膚的色澤——他明顯地感到自己並不如以往那樣全神貫注，在劍梢上凝成一股超凡的劍之力，要麼任其漫溢，要麼用力向前收縮，含光劍的光澤忽明忽暗，一些黏稠的東西在他的身體中下墜，使他不能按氣運劍。

作為一個極富經驗的劍客，傅介子當然明白其中的原因。冷光一閃，他的劍掉在了地上。

傅介子想起來，臨走前她曾命令他閉上眼睛，去回憶一下她的面容。傅介子照她的話做了，使勁閉上眼睛，久久不睜開。

拍賣胡伎的時間定在了第六天的晚上。

臨時的拍賣場是在這家客棧的門廳。場子當中靠牆擺著一排木凳，來了很多的人，但都是男人，把木凳給坐滿了。還有一些黑乎乎的人影來回衝撞著，在一陣亂和靜的更迭中，胡伎們各個都褪去了男孩的衣裝，站在了場子中。最顯眼的是她，穿的是件束腰的紅綢袍子，衣角、腰帶和袖角都掛了長長的流蘇，那亮眼的桃紅色，襯著這客棧門廳昏暗窄陋的灰黑色背景，感覺整個人都流動了一下，流遍了他的全身。

她戴了一只耳環，是左耳，像只金燦燦的繡球，明亮悅目，閃著單薄的光。動起來的時候，會讓人想起某種鳥的啼叫。因著這只耳環，她全身忽閃著，好像這只耳環把她周圍的陽光全吸到她臉上去了。可是，她耳朵上的另一只耳環上哪裡去了？

上檯子的時候，她的腳步很輕，四周一下子安靜下來，這突然的靜寂使她覺得站著不動更好。

胡伎驪攤開了手掌，掌心上寫著：「三匹絹——」

店家用手抓了下胡伎驪的頭髮，讓她在原地轉了轉，高聲叫道：「腿腳是好的，會跳舞。」

兩個男人湊上前來拍拍她的肩，往她的臉上瞅。

「看什麼看，看你們也買不起。」店主手一揮，把他倆推得好遠。

「五匹絹。」

「七匹絹——」另一個男人叫道。氣氛開始升溫，人們開始交頭接耳，吵鬧聲也跟著上漲，跟著塵土一起飛揚。胡伎驪只是那樣站著，嘴角上翹，臉上沒半點擔憂和驚恐。沒有意識到這同樣是一種荒誕，她的身體輕得沒一點重量。

這時候，胡伎驪看著傅介子進來，眼睛大張著，淺紅的嘴唇像吃東西吃到一半停止了。她看著他，從眼睛向他展開她自己，迎合著他的進入。她看到他來，憑著直覺懂得他與自己交往的另一種方式即將開始。

在那一刻，她感覺他是來搭救自己的。儘管這解放正和她周圍的氛圍大相衝突。

「七匹絹——」這個男人拖長了聲音，場上無人應答。

傅介子像一個普通的看客那樣安靜地站在人群中，看著這些將要被拍賣的胡伎，他微皺著眉，仍是一副不合情理的寡歡眼神。胡伎舞起來，開始慢慢旋轉，一層層單衣褪得原形畢露。

而傅介子始終站著不動，令她看不透這個青年男子的冷靜和禮貌，亦覺得他與她在這客棧的門廳組成了一個劇。對於他是在捉弄她，還是迷戀她，以自己的直覺並不能穿透。

她緩緩地起舞著，頸子和腰盤起環形，形成一個不可思議的螺旋，像世間的另一種生物，在客棧的黴潮中發出自己的氣息，在被遺棄的陰暗中散發出一股腥味。而在座的每一個人都聞到了，這股腥味和傅介子滾燙發黏的氣息混雜在一起，沒人想追究來源。

傅介子坐在光線昏暗的人群中，微微叉開腿立著，看著檯子上的胡伎在扭動呢喃，他意識到自己握著劍的手，像是沾著一些黏糊糊的液體，從頭頂到腳心——是出汗了，他從未出過這麼多的汗，不知這麼多的汗都從哪裡來，讓他覺得，這不是自己的汗。

他下意識地握了握手中的劍，而不同的光色投向這劍，光色撩撥人心地眨動，劍刃薄極了，像是已融化得有些虛掉的一片冰。

傅介子突然放慢了動作，抽出劍的手有一點晃，還有劍刃上的光。這劍像水流一樣，在每一次欲拔劍的時候有如水流的急轉，分歧出這麼多的想法，還有意圖。

這一剎那，傅介子覺得自己快要支持不住了。他完全不懂這是怎麼了。汗濕的衣服緊貼在他的身上，而樂聲不甘冷落，咿咿呀呀地在唱，那是一種超出情理的和諧。這和諧裡也包括他。

在這裡，並沒有一個美麗的女奴等待著他去搭救。傅介子抽出的劍又不動聲色地收了回去。同時也收回了他那顆劍客的心。

但他並不知曉，胡伎驪的確是在等著他搭救自己，一起離開這個莫測的危險之地。不，遠遠不只這些。胡伎驪失去了親人，而留在了舉目無親的西域之地。何止舉目無親，簡直就是敵意彌漫。她作為一件貨物，又一次被轉手拍賣，被另一個商人駝隊，帶到陌生的地方。路途漫長，商人們在駱駝的身上一搖一晃，同時也在晃動著惡毒的念頭。胡伎驪朝著自己漂泊的身後看過去，發現在這茫茫的不善中，竟也有一份來自她熱戀的男子。

「十三匹絹——買了。」發出聲音的是一位身材粗壯的男人，上來就一把扯住了她，粗重的口氣噴了她一臉。

胡伎驪站著不動，眼神像是從昏迷的淺睡中浮游上來，最後停在了他關節粗大的手上。他手上除了大姆指外，全戴有戒指，上面露出了各種寶石。

他的嘴很大，看著眼前這件已到手的「貨物」，止不住的笑在臉上綻露許久。

後來，傅介子不知自己怎麼到了外邊，正要跨出門時他突然感到剛才那荒誕的一幕尚未中斷，它還在延續。包括那正在點燈的守門人，昏黃的燈火中，無數的頭在攢動，他看不見他們，只看到這個美麗女奴那無骨般的腰肢在高臺上扭動呢喃。

人群中沒有傅介子的黑色身影。那一瞬間，他就像是突然蒸發了。

胡伎孋一直沒有回頭去看，也知道那個黑衣人走了。但是她的那雙眼睛，漫不經心的時候眉心一抖，視線好像全在他身上，並一點一點黯淡了下去。

胡伎孋笑了笑，紅綢衣服像火焰般飄動。

最後，人群慢慢散去，喧囂聲逼近了客棧。

沙塵暴想必不遠了。緊貼著牆圍的是永無止境的黃沙，正是它的延遲，讓外露的喧嘩帶來了死亡。

拍賣胡伎的場子連續進行了五晚，五位胡伎被來自中原的商人們一一買走，共計絹絲六十四匹，商人們的臉色看起來也比剛來客棧的時候好得多了。

這是每天慣例發生在這裡的一個小小的片段，沒什麼稀奇。

這一天，事情來得太快，沒一點預兆。外邊天色開始變深的時候，傅介子照常來客棧看胡伎跳舞。人很多，似乎身上都沾染了某種古怪的特徵。像其他人一樣，傅介子的存在也是多餘的，如果沒有胡伎孋，這該是一個多麼平庸，骯髒的地方。她像是一個晶體，照耀了這一個個平庸的夜晚，還有他的心，以及欲望。

直到天黑透了，胡伎孋都沒有來。人散盡。這時，一個男人進來了，他說：

「打烊了。」

傅介子說：「我在等人。」

那人說：「等胡伎驪嗎？她晌午隨商人的駝隊走了。」

「她去了哪裡？」傅介子毫無心理準備，臉上的血色一褪而盡，此刻的聲音漏氣似的，不再像從前那樣冷淡了。

那人回：「我只是個煮茶的。不知。」

傅介子渾身坍塌地站立著，身子有些飄，偶爾回頭朝門外望去，一行螞蟻般的駝隊正消失在青藍色的天下，大漠一望無際，巨大而又空虛的天空使他們的身影顯得十分渺小。

傅介子離開客棧的時候是一個沒有月亮的晚上。他最後一眼望向客棧的屋頂和人，都籠罩著一層青黃的光，他們模糊不清，像是隔了層越來越重的霧氣。

傅介子終於意識到荒誕。

他繼續朝著樓蘭的方向走去。鼻子是他的指南針。這個指南針帶他繞過每一個城鎮，每一個村莊，每一個居民點。沒有了胡伎驪，他的心裡好像變得踏實了。女人——不過是另一個存在著的虛無。

只是現在，已沒有什麼事情能再阻擋他的計畫了。傅介子攜著身上的含光劍前去樓蘭國的路上，他的身體似乎因這把劍而重新獲得了重力。

§

一路上，傅介子用眼睛和腳步測量了一下這個世界的深度，發現自己已走過太多的城鎮，村莊，很多事物在他的眼裡發生了變化，比如，他看見那些城鎮的街道，那些人，好像也都是一樣的，像螞蟻一樣，從某一個城鎮，某一個鄉村狹窄的縫隙裡鑽出來，在道路上，房屋，以及樹林間蠕動，很少有人把目光往天上看，至少往比自己腦袋高的地方看。

有時，他在羅布荒原上一連好多天都遇不上一個人，光禿禿的荒原有如鉛鑄出來的世界，周圍只有無生命的岩石，灰色地衣和枯草的均勻氣味。他看著自己的影子落到灰濛濛的地上，令他忍不住地懷疑，這個在陰冷月光下映照出來的世界是不是真的只有他一個人。這個想法讓他難受得想嘔吐。

這一日的清晨與他初次來到的傍晚似乎毫無二致。朝霞作為他再次出發的背景，使傅介子感到無比的溫暖。當他行走半日，深入了群山後，一條大路在前方出現，而一條河流正與它背向蜿蜒伸展。傅介子放棄了要沿著大路去樓蘭國的想法，轉而執意走向這條河流，開始了對樓蘭的尋找。

「樓蘭，它的周圍有著漫漫的藍色水沼。」他依稀牢記著這句有幾分浪漫情調的話，但他並不知道，自己這一輕率的選擇，卻使他背離了真正要去的樓蘭城方向。

傅介子騎著馬，沿著細細的河水一路走去，數日後，這條河道沒有水了，乾涸的河道變得像一條褪了皮的蛇一般觸目驚心，周圍的四野均是枯黃一片，沒有水。

他乾渴得快要死了。

這時，他看見了離自己身邊不遠處馬的影子，忽大忽小的影子，在他的眼前不停地晃動。他艱難地爬過去，抓住了馬身下的傢伙，搖了搖，一股渾濁的，又苦又澀的液體流進了快要冒煙的喉嚨裡。

許久，他的臉上泛起了一抹病態的紅暈。

那時，傅介子已來到一個陌生的村莊裡，但是他並不知道，這個地方距離樓蘭城已經不遠。

一路上，過度的勞累和總是在折磨著他的饑渴，使他變得虛弱不堪，在踏上一座沒有河水的木橋時，他突然在橋的中央跪倒了，許久都沒有爬起來。他抬起雙眼，看到陽光從乾枯樹頂的縫隙中傾瀉下來，形成無數雜亂無章的光柱，耳邊發出了嗡嗡的聲音，覺得自己已難以踏上對岸的路。許久，他艱難地站了起來。

這時，一股難聞的氣味越來越濃重，就像是一層有形的鎧甲一樣，堅硬而灼熱地觸動著他的皮膚、頭髮和衣服。

最先意識到這裡發生變故的是馬兒。他身邊的這匹「追風」突然停下來不走了，蹄子跺著地，一步步地後退，嘴裡吐出白沫，對天長嘶起來。接著，他這才看見了河道裡的屍體。有動物，還有人。他吃了一驚，好像自己是被突如其來的一掌推到了另一端的深處。

這裡發生過一場可怕的瘟疫。

說是近一年來，這塊荒漠之地未見天降雨水，加之匈奴人獵食生禽，殘餘腐爛屍肉又被禽類分食之，終於引發了這場瘟疫。一路上到處是屍體，橫七豎八，屍斑上流著黃色的膿水。男女老幼都有，都是赤條條的。天地彷彿被一股濃烈的屍臭充斥著，死亡的黑色之花，在他的眼前綻放著，他並不知道，半個草地正葬身於瘟神之腹。

傅介子從死者的身邊走過去，覺得自己已是兩腿輕飄，不知是走在陽間大道，還是陰間小路。

一夜過後，他感到皮膚有些癢。身上，臉上，腿上，哪兒都癢。一摸，上面密布著灰白色的膿包，而身體開始發燙，頭髮掉了不少。傅介子知道，自己也染上這個可怕的病了。他全身顫抖，下顎咬得緊緊的，雙臂屈起環抱自己，然後，手臂一點一點地往上移，但是，這手臂好似在追逐著熱量，而熱量順勢潛入了更深的地方。傅介子得到了死亡的撫摸，心緒漸漸安靜下來。

他的眼前出現了一個幻覺——看到自己抽出了平生第一劍，而全身毛孔裡都含有那直覺。劍在空中停頓了一下，揮舞開來，這股向外的尖銳之氣，使他在剎那間忘掉了一切人，忘掉了自己，還有「樓蘭王」。這漂泊之旅的無限延長，而這疾病，使他要遠行千里刺殺的願望如同煙一樣地消失了。

他甚至已記不起畫像上「樓蘭王」的樣子了。那張畫像在他迷路的時候弄丟了。他清楚地記得自己是把它捲入劍囊的。現在，劍囊和含光劍都在，可畫像卻沒了，丟得神出鬼沒，這一切像是天意。

在含光劍清脆的撞擊聲中，各種死亡的方式張開了它的翅膀，集合成一張詭祕的人臉，在眼前漫天飛舞，劍刃的光芒比夜晚的天還深遠——那樣的專注在他的眼睛裡形成了一片黑暗，一種長久不散的黑暗。他想起來，自己從長安出來已數月有餘，在此空空蕩蕩的孤旅中，那個在客店偶然遇到的胡伎的臉，還有上官岳的臉，以及他從未見過的「樓蘭王」的臉，在這時總是時隱時現。

傅介子想起上官岳，心中不免生出一絲悲涼。他覺得，自己是走不到樓蘭國了。他有些憐惜地摸了下自己——才幾日，就瘦得脫了形，全身乾得快沒了水分。手背上的青筋也暴起來了。

「何時出劍？」恍惚間，上官岳的一聲低沉輕喝在他的耳邊響起。

他慢慢抽出了含光劍，在自己的右手食指上輕輕一抹，少頃，一排細密的血珠子滲了出來。又過了一會兒，他把劍架在自己的脖子上。夜晚的光以不同的色塊投向這把含光劍，光色在劍刃上撩撥人心地悸動，刀刃薄極了，像是快要融化得有些虛掉的一片冰，而自己的脖頸繃得恰好，刀刃迎面切上去的話，定會爽脆地斷開。

傅介子閉上了眼睛，嘴唇抿了片刻，又把架在自己脖子上的劍放下了。

一輪寒月懸空而起，星光像針一樣刺痛他的眼睛。他看著這慘白的月光，感到一絲絲的涼意，心也是半明半暗的。

傅介子幾乎失去了意識，在枯乾的樹下等待著死神。

他躺在地上，感覺自己浮在了地上，他能看到自己，濕熱的汗水從皮膚上慢慢流下，它們聚集起來，開始移動，那已經不是汗了，而是從他毛孔裡爬出來的成群螞蟻，他的全身都是這些蠕動著的玩意兒，這兒一堆，那兒一群，像是一簇簇小小的黑色火焰，很快，就變成黑壓壓的了，從他的毛孔裡，腳縫裡，耳朵裡，甚至嘴巴裡鑽出來，不緊不慢地，將他全身覆蓋。這些黑色的火焰將他覆蓋了。

這時，他恍惚看到了一隻狗奔向他，將舌頭壓向他的面頰，牠的呼吸帶著低等動物的熱氣和體臭，眼睛裡發出冰冷的亮光。從牠的眼睛裡，他意外地看到了上官岳，褐色的手臂環抱著寬闊的背部。他的臉慢慢變得模糊，最後消失在黑色的火焰中。

傅介子對這一切已有所悟。他對自己說：「多少英雄死於刀劍之下。他們生前的榮譽，地位以及讚美都不再屬於他們。這世界不會再有比這更為簡單的法則。就像草葉那樣活著吧，那些英雄或許會對我的選擇充滿不屑，但是又有何妨呢？我將慢慢地活，把生命的最後一枚果實——死，留給我自己。」

入夜，下起了今年的第一場雨。冰涼的雨點驚醒了躺在土坑裡的傅介子。

頭頂上的樹葉把雨水滴落了下來，慢慢地，一滴水滴到他的眉心，他的頭轉了轉，又一滴水滴了下來，好涼爽啊。得把整個身子轉一轉才好。這個時候，傅介子正做著死亡的夢，那雨聲十分遙遠，恍惚中就像是他的腳步一樣正在遠去。而枯乾的樹葉被這突然而至的大雨無聲地吹起，像頭髮一樣被吹到一邊，然後紛紛墜落，發出一種尖銳的鳴叫聲，這叫聲在他心中引起了不小的震動，把他從夢裡拉了回來。

傅介子直端端地躺在眼前的一個水坑邊，昨夜的雨水已把它給蓄滿了，水坑裡，枯死的頭髮已落了一地，新的頭髮已拱在頭皮下，一頭奇癢。喉嚨裡的毛毛癢也沒了，癢癢就能轟轟地咳上一陣，咳得身體暖和了起來。傅介子把眼睛睜開，再睜大，他看守自己這條性命，要是在這個時候眼閉牢了，就沒他這人了。傅介子完全睜開眼後，感到意外極了——自己還活著。

黎明時分，暗藍色的天光勾勒出枯樹的蒼老線條，雨在清晨驀然終止，樹葉重新萌發了新綠，河道裡重新注滿了水，而纏繞他多日的疾病也在這日清晨消散了。

天色大亮之後，傅介子重新上路。但是他並不知道，自己不知不覺中正在接近樓蘭城。

§

樓蘭王嘗歸不知道一個致命的危險正向他悄悄逼近。

這個夜晚太寂靜了。嘗歸在深夜突然醒了過來，感到胸口一陣椎心的疼痛，像是被什麼利器刺破，喉嚨乾澀，難以發聲，而整個身體僵直，像是失去了彈性。他一扭頭，窗戶大開著，風把燭光暗淡的火苗吹得一陣忽閃。

嘗歸不知道夜裡發生了什麼，會不會有誰來過這裡？一想到這裡，他腦子裡一陣空白，努力想了一下後他才覺得這不可能——自己昨晚只是喝醉了酒，做了一個夢而已，在夢魘一樣昏暗的世界裡，他恍然看見有人在向自己招了一次手，醒來後就感到身體疼痛難忍，莫非，有人在向自己進行詛咒？

想到這裡，嘗歸輕蔑地笑了，將這件事看得無關緊要，因為那詛咒即使發生，也不過是一種虛無的力量。

但是，心中恍若又有所不安，這會不會有所暗示，以後將要發生什麼事情？

從樓蘭王嘗歸第一次殺了漢國使者起，他就意識到這件事不可能停止了。他三歲成為匈奴人質子的那一刻起，自己的命運就已註定了。而這件事的後果，無疑是一個悲劇性的結局。有好幾次，他在睡夢中感覺到耳邊閃過一道寒光，一把劍正穿過另一個時空，正冷冷地，帶著命定的速度朝他逼來。

那把劍的寒光，帶著一聲悶響，一下子刺破了自己的胸膛，他看見自己的胸膛綻開一朵血紅的大花。

這朵大花散發著一股腥甜的氣息。

他被驚出一身冷汗。黑眼睛越睜越大，黑色在眼眶中漫開來，恐懼似乎散布到了四周。

而後來的結果就是這樣。

還有，不得不提的一件事是，在嘗歸和馬羌多年的婚姻生活中，馬羌一直沒有給他生個孩子。

幾年來，嘗歸經常本能地盯住馬羌的腹部，注視著馬羌身體明暗的輪廓，線條，沉浸於抱孩子的幻想中。嘗歸當然知道，懷孕會增加腹部的負擔，會使女人的小腹像小山丘一樣地隆起。嘗歸甚至非常細緻地想像著嬰兒誕生後的一切。他一定是個男嬰，像若干年前的自己。他在新生血泊中的啼哭格外嘹亮，聲音有著金屬般的質感。整座樓蘭王宮將被這哭聲所照耀。

他將是未來的樓蘭王，而不是尉屠耆。

但是沒有，幾年過去了，直到他一次又一次地確認，馬羌沒有懷孕。

這個事實對嘗歸來說不能說不是個遺憾。還有恐懼。

他恐懼的是遠在長安的胞弟「尉屠耆」這三個字，這三個字就像是一條不安分的魚，一再地躍出水面，時時在窺視著自己樓蘭王的王位。一想到這些，嘗歸的心情頓時變得很差，充滿了一種不祥的預感。

他對馬羌的冷淡就是在那個時候產生的。他們一起就寢，馬羌躺得像個死人，衣服穿得整整齊齊，眼睛閉著，足趾朝天，真像是死了。讓他不得不像個野蠻人一樣，脫去她的衣服。感到自己不但下作，而且還有一種禽獸不如的作為。

§

時隔幾日後，傅介子在路上遇見了一個人。

他詢問傅介子：「你欲往何處？」

沒等傅介子回答，他望著眼前的黑衣人，用一種肯定的語氣說：「你背的可是含光劍？」

傅介子點點頭。

他看著傅介子風塵僕僕的樣子：「你是在找什麼人吧。」

「我是在找一個有藍色湖水的城堡。」傅介子的話顯然偏離了他來時的願望。因為，他沒說到「樓蘭」和「樓蘭王」。事實上，他在這西域的大漠草海中漂泊大半年，他的語詞中越來越沒了這個人和這個地方，他遠行的意義越發變得虛無起來，「樓蘭王」這三個字似乎在他的漫遊中漸漸消散了。

「有藍色湖水的城堡——是樓蘭城嗎？它的周圍有著漫漫的藍色水沼。樓蘭國的王叫嘗歸。」這個人輕輕從嘴裡吐出這幾個字後，不再說話。他的目光從傅介子的身上移開，望著遠處紫色的地平線。

過了一會兒，傅介子聽到一陣風聲從頭頂上飄過，風聲穿過無數沙粒與塵土後就消失了。他知道這個人已經離去。但他還是站了一會兒，才慢慢向前面起伏的古鹽澤的東部——羅布泊白龍堆走去。

這是一條去樓蘭國的必經之路。

白龍堆在陽光下閃出鋒利的白光，綿延千里，像一條真正的白色盤龍一樣把天空襯托得萎靡。此刻，等待他的，是一個沒有水草，人煙，到處遍布石塊和鹽鹼殼的荒野。在這片荒野上，密布著數不清的雅丹。

那可怖的荒涼感又一次成為他路途中揮之不去的夢魘。數天來，沒有任何活的生物看到他——他像是一枚不知從何處飛來的黑色刀幣，薄薄的一片，鑲嵌在羅布荒原上。

低矮的灌木叢漸漸疏朗些，不那麼濃密了。偌大的荒漠鋪展開來。傅介子停住了腳步——他想躺下來，將身體緊貼地面，將自己的腿，胸口，下巴和身上任何一處帶硬骨的部分真正貼近地裡去，像他這麼多天來一直獨處時的那樣。

不，他覺得自己的身體更像是淤泥半滿的沉船殘骸，並且深信，只要自己真的趴下來，就會慢慢地融進這荒漠的大地裡去。

這條路也是那些來往商隊的必經之路。因為這是進入樓蘭國的一個入口處，那些往返於樓蘭的長安、安息、大宛、康居等國的特使和商隊，要由此越過乾旱缺水的沙漠和寸草不生的山嶺，走三十天才能到達敦煌。

這兒雖沒有任何生物的存在，沒有野獸出沒，但沙漠中多有熱風惡鬼，戲弄著往來的商旅，使他們產生一種幻覺，最終陷入絕望之地而死去。

也有一些經驗豐富的商旅，在經過這塊險要之地時，會聚成密集的隊伍前進，還要在每隻牲畜的脖子下面掛上響鈴，以驚動那些幻覺中駭人的幽靈。

現在，傅介子知道，自己正在進入一個巨大的迷宮——一個石頭的迷宮。他的眼前出現了一個幻覺，那一個個模樣怪異可怖的雅丹，支離破碎又廣大無邊。時而變成了一個個巨大的鹽枕，一個個摞起，時而變成又像鬼怪一樣起伏，把星月都遮蔽了。白雲裡恍若出現了一匹黑馬，無臉無髮，一隻獨眼凝望著天空，而一支箭正呼嘯前去，可是臨近目標，又朝相反的方向轉了回來。這支箭，轉向了傅介子自己，如果他不逃脫，必將死在這裡。

這其實都是傅介子的幻覺。讓他誤以為，這個叫「龍城」的地方就是一座巨大的羌人城市，它在一次鹽湖的氾濫中沉沒了。但事實上，正如後來的考古學家斯坦因論證的：這樣的一個移民區從來就沒有存在過。

前面白花花的鹽鹼地上，出現了幾具駱駝風乾了的屍體。他以為是幻覺，走近一看，的確是乾屍。地上散落著好些零亂的箭頭，破損的絲絹碎片，還有一些血跡在地上依稀可見。好像不久前，這裡剛發生過一場商隊與匈奴或樓蘭人之間的激烈衝突。

好像哪裡不對——在駱駝側臥著的屍體下面，壓著一個麻布的袋子，傅介子一把將它扯了出來，「嘩啦啦——」極其罕見的金幣像瀑布一樣從袋口流瀉了下來，金燦燦的，恍惚了他的眼睛。傅介子將它一一收起，待走遠了，他回頭看那幻影中的羌人城，它正緩緩地坍塌，無聲地倒下。

很久，他一直未能看清它的邊緣。它正在視野中漸漸地消失，濺起的輕塵融匯到刺眼的日光中——一切都不像是真的。

當傅介子終於走出白龍雅丹堆，夕光從阿爾金山的第一個埡口露出來，他便朝著羅布泊的東南岸走去，他知道，過了雅丹堆，就接近樓蘭城了。他憑藉的不是地圖，而是一股撲面而來的水汽。

在距湖泊十三公里的地方，一條古老的運河，將羅布泊和城池連在了一起。地平線上，一條淡藍色的湖線若隱若現。

傅介子猛地打了個冷顫：「樓蘭城。它的周圍有著漫漫藍色水沼。」

這個巨大的藍色湖泊——它那時候的名字不叫羅布泊，而叫蒲昌海。這是當年張騫出使西域的時候，為中原人帶去的名字。而太史司馬遷，則是第一次用文字將它記錄史冊。而在浦昌海之前，它還有一個不為人知的名字，那才是它的本名：準噶爾大洋。

「樓蘭國。它的周圍有著漫漫藍色水沼。」

「樓蘭」這兩個字的意象為他再造了一種藍色。這廣大而開闊的藍色陰影近乎巫術般彌漫在他所在的白天和黑夜，他在這片虛擬中的藍色湖光中睡眠，刺殺樓蘭王的願望在心中再次湧動，覆蓋了他的整個路程，一直沒有落下。

猜想「樓蘭王」是傅介子在去西域路上重要事情之一。他的面容在沙塵中隱隱浮動的態勢，像一股奇怪的氣流一樣，在前去的路上自由往返。

「樓蘭王」這三個字在消失了很長的一段時間後，現在，又來到他的心裡。通體發亮，熠熠生輝。

正是這裡。

傅介子從長安出發，遠行六千一百里，最後到達此地——一個沙漠中的綠洲。他將在這裡，與上官岳提到的那個目的地相遇，接續。在此西去的路上，他遭遇了迷途、胡伎，疾病還有畫像的遺失，遠行到某一環節被中斷的挫折，現在，他就要接上了。

灰藍色的湖邊寂靜，肅穆，空氣又濕又涼，蘆葦的乾草氣味和新鮮的鳥糞氣味，還有湖水的鹹澀氣味混合在一起，濕漉漉地黏在空氣中，彌散、升騰、滲透。它們堅持至久，融化一切，最後，變成的水汽，浮起一層淡而薄的白光，像是一種有重量的東西，一下子擊中了他的頭部，傅介子逐漸恢復了冷靜。

湖邊上，麥田綿延千里的萬頃綠波出現在了他的視野中，像陽光一樣地到來。寬闊無邊，吸納著炎炎日光和純正的沙漠氣息，一陣乾熱的秋風從荒漠中吹過，麥浪的碧波上翻起了漣漪，一圈圈地擴大，生機勃勃地湧動著，在傅介子歷經千里之途的困頓和疲憊之後降臨。

他站在那裡，有些感動地看著它——正是這些財富，餵養了匈奴的戰爭。

這財富的來源有兩方面：一是樓蘭作為絲綢之路上的一個重要中轉站，樓蘭王嘗歸將自東向西或自西向東這兩方向流經匯集此地的貨物，全部官買，繼而再由他發放，此舉為樓蘭王嘗歸提供了一筆巨大的財富。

第二則是樓蘭國農業漁業相當規模的一大筆賦稅。但是，就這麼一大筆財富，樓蘭王嘗歸卻全部供給了匈奴，致使樓蘭國民怨聲載道。

他的汗血馬「追風」動了動耳朵，在湖邊安靜地彎下頸。蚊子在牠的頭上嗡嗡亂飛，這是此刻他身邊發出的唯一聲響。牠的鬃毛在顫動。

湖水如一面平鏡，傅介子把身子微微探了探，「鏡子」裡有一個和自己模樣相似的人，「他」看出了傅介子吃了不少的苦——眼睛裡帶著血絲，頭髮讓沙塵織成了氈，黑面袍上有著各種汙漬；「他」還能看出來他在這一路上是怎麼走的：在西域的戈壁與荒漠相鄰的驛路上，他就這麼走著，走得腳板火辣辣地痛；鞋子磨破了，其中一隻露出了腳趾頭，磨穿的血泡歪在一邊，似乎比他本人更疲憊。還有，「他」還能看出他是從哪裡開始找尋樓蘭國的——從長安來到樓蘭的六千里之途，他走了許多的路，還有他在客棧和無人的戈壁沙漠度過的一個又一個夜晚。

現在，他以水作鏡，觀察自己的臉。他在自己的眉宇間發現了一抹憂傷，在長長的亂髻裡搜到了好幾根早白的頭髮，還有沉重的心事。如火的朝霞中，水波泛起漣漪，像是燃起的大火。傅介子恍若看到了上官岳自焚時候的樣子。「為出一劍，何至如此？」傅介子自語道。

傅介子帶著金幣，迎著夕光騎著馬，就這樣來到了樓蘭城。

一個商人的駝隊停靠在樓蘭城佛塔前的楊樹下時，已接近正午。這棵楊樹是樓蘭城內最高最壯的樹。這個商隊已經是第六次來到這裡了，路途的艱難和冷寂與樓蘭國此時的喧鬧交會。片刻之後，那些錯落的民居出現了。半圓形的柳條屋頂在日光下閃著光芒。

§

這天早晨，馬羌獨自睡了一個長長的覺，醒來，看到窗外晴天，那些綠樹在風中翻著它們油亮的葉子，在嘩嘩的聲音中閃出一道道金屬般的光芒。這時候，她看見窗外的樓蘭王宮門口站著一位蓄黃白色鬍鬚的人。整個樓蘭城從未見過這樣打扮的人。

她突然有一種不祥的預感。

當這個人站在她的跟前時，馬羌看清這是一個面容蒼老的男人，不知是不是太陽的光線過於刺眼或是光影的緣故，這男人兩邊的臉頰有些不對稱。

他冷冷地站在那裡，身邊停著一輛馬車。馬車的車棚和車簾也是黑色的麻布，和這個蓄鬚人在一起，被午後明晃晃的日光襯得突兀。

「你從哪裡來。」馬羌問他。

「和西域同一片大陸。那個地方是龜茲國。」他說，口音很奇怪。

「那麼，你來做什麼？」馬羌問道。

「樓蘭王要死了——這是我這幾個月來觀測星象時看到的。」

蓄鬚人站在那裡，輕描淡寫地說出了這句石破天驚的預言。馬羌看他在陽光下拖出一道瘦而長的影子，這影子隨著他神經質的聲音而晃動，變形怪誕地像是一個非人間的物種。

她驚慌地問道：「你到底是誰？在這裡竟敢一派胡言，你就不怕被殺頭嗎？」

話音剛落，從馬車裡下來了一個特使模樣的人。「這是龜茲國送給樓蘭王的一個禮物。

他是本國頗負盛名的巫師。」

蓄鬚人笑了笑，臉上的皮膚全皺一起：「樓蘭王要斃了。」

接著又低聲說了這麼一句：「我喜歡這個禮物——」

這時候，樓蘭王嘗歸走到了她的身後，笑嘻嘻地說道。剎那間，她都還沒來得及回過頭去看，嘗歸一手就從腰間抽出劍，直抵巫師的脖頸處：

「今天，不，此刻，也就是你的死期，你——也預言出來了嗎？」不等樓蘭王下刀，蓄鬚人頭一歪，脖子上一股黑血就從刀刃上流了下來。那被黑血塗滿的血脖子被繃得嚇人的粗，上面的血管還在突突地跳。

馬羌嚇得面容失色。

嘗歸望著馬車旁不知所措的龜茲使者，冷冷一笑，轉身就離開了。

從那以後，嘗歸睡覺都有些不踏實了。「樓蘭王要死了——」這句話像是一隻陰險的貓，牠蹲在暗處，瞪大眼睛，一不留神就會跳到他面前。

自從嘗歸「刀刎龜茲巫師」的事件過後，不知為何，有人經常看見馬羌披著斗篷，到沿河盡頭的一間不起眼的茅草屋裡去。沒人知道她到這樣的地方去做什麼。後來，一個小道消息不脛而走，那個巫師還活著，是馬羌救了他。沒人說得清楚，她為什麼要救這個異地人？

但是，從來就沒有人真正在樓蘭國見過他。讓人不得不相信，這只是一個傳說而已。在這樣的亂世之年，中原的年號更來替去，外族的流民在樓蘭國四處奔竄，所以人們已司空見慣，不會在這個問題上進行一番深刻的探究。

馬羌沒想到世上有一種極度的痛苦存在。她更不知道這痛苦是源自和嘗歸同等程度的歡樂。

入冬後，雪一直在飄，落到地上就化了，樓蘭城裡到處都是泥濘。

這天早晨，樓蘭城裡狂風大作，雕花的門窗被乾枯的樹枝敲得啪啪作響。馬羌因為嘔吐醒來，茫然地坐起身子，拿綢布拭去唇邊的穢物，半晌，她的臉色一下子變得蒼白。她確認，嘗歸某日在她的身體裡播下的種已經生根，正從她的肉體汲取生存的汁液。

馬羌沒想到自己會懷孕。她把手放在腹部上，來回地滑動，在體察體內生命騷動的同時，一想到嘗歸的臉，心裡便萌生出一股怨恨。怨恨這個不請自來的「小黑戶」，將又是一個匈奴人。她打從心裡嫌惡這個即將成形的小東西。

不過，她沒有驚慌，好在這個該死的冬天，會替她掩護著肚裡的祕密。馬羌當然不會讓任何人知道。包括嘗歸。

一連好幾天，馬羌一直在想有什麼好法子能把日漸顯露的腹部藏起來。或者乾脆弄掉。一想到這些，馬羌便心安了。從那以後，馬羌的每一次舉動都像是在不自覺地打量著腹中的生命。

一日，她向嘗歸提出要學習騎馬，嘗歸看她興致頗好，便爽快地答應了。

雄馬在她的身子底下不停地竄來竄去，把氣氛搞得又亂又緊張，一看就是一匹不省力的馬。馬背的每一次顫動，馬羌都懷著希望觀察一下身體的反應。整整一天，馬的疾奔使周圍的景致增加了數倍的流速，令馬羌在顛簸中對自己所處的危境已完全清楚了。她使勁地收緊韁繩，也不能使這匹狂躁的馬慢下來。一連數日下來，肚子裡的這個小生命似乎緊揪住她不放。

入夜，馬羌對鏡解下高高的髮髻，金色的頭髮像疲憊的鳥兒一樣落在她的肩上。那細細的髮絲有一種奇特的觸感，帶著一縷蒼白和顫抖的預兆從髮絲裡面透露出來。馬羌撫摸著自己微微隆起的小腹，嘴角露出一絲冷笑。她知道，這一刻她是在笑自己的無助，經由這一笑，她已有些崩潰。

幾天後的一個下午，黃昏將盡。馬羌來到樓蘭城沿河盡頭邊的茅草屋。待她走近，那門緩緩敞開。巫師站在那裡，好像早已預知了她的到來。進了門，馬羌飛快地掃了一眼屋子。牆角的木擱板上到處都是裝滿奇怪粉末和液體的瓶子。裝著乾草枝的瓶子裡面，用葉子捲著一隻風乾的蟲子，以及那些被搗碎的樹葉和樹皮都隱約可見。讓她奇怪的是，有一個瓶子裡面的液體是紅色的，好像血，但又似乎不像。她長時間地盯著瓶子，都有些不自在了。

巫師朝她揮了下手，面無表情地坐在毛氈子上，對馬羌的到來好像無動於衷。少頃，他那隻皺巴巴的手從長長的衣袖裡伸出來，一把抓起毛刷在氈子上拍拍打打，還畫著圓圈。這樣拍打了一會兒後，巫師終於說話了：「我知道妳為什麼而來。妳明白的，其實任何問題都將是徒勞。人只能是行屍走肉地活下去。」巫師繼續說；「但妳不同——」接著，他把木案子上的一碗焦黑的藥汁，遞給了馬羌。「喝不喝下它，由妳來決定。孩子，妳要善待自己，因為妳已經有了孩子，孩子是無辜的。」

馬羌盯著巫師布滿血絲的眼睛，一言不發。許久，她朝著他爆發出一聲大喊：「我不能生下他，他是匈奴人的孩子——」

「這是妳的命運。」巫師將頭扭向一邊，冷冷地說。

馬羌將藥碗裡的湯液一下子灌進了嘴裡，然後出了門，把面容模糊的巫師留在了身後。幾顆怪異的星星向著夜空緩慢地爬升，散發出鬼魅的光芒。馬羌茫然地抬頭，依稀看見它們灑下巨大的陰影。她覺得星星也是孤獨的，和自己一模一樣。

等了好幾天，馬羌發現自己喝下去的那碗焦黑色的藥汁不但不起作用，反而讓自己更加嗜睡了。母親嗜睡可以讓嬰兒更好地在腹中成長，這與馬羌的初衷背道而馳。馬羌明白，由巫師配製的藥汁並不是自己真正想要的。她明白他的意思，而自己也不會再去找巫師了。

又一日清晨，馬羌又走到了羅布泊邊，她的腹部已經顯懷，微微向前突起。羅布泊邊沒有人，遍地都是霜，風使蘆葦叢變了形，帶著長長的哨音嗚嗚嗚地響。她突然覺得湖中伸過來了一雙手，要把自己拉入湖中去。她定了定神，才從這個奇怪的幻覺中清醒了過來。

「這湖真寬闊啊。」馬羌在心裡感嘆自己怕是永遠也探不到湖的邊際。她彎下身子，從湖中掬起了一些冰水，啜了幾口。水很涼，但卻有些甜，她嘴一抿全喝了進去。過去，她一直嫌棄這湖水的腥，現在發現，味覺有時也會悄悄改變。

馬羌抬起頭，遠遠地看到了自家的茅草屋還停留在湖岸邊上，在一片初冬白草的掩映下，像一隻眼睛似的狠狠地望著她。那眼神，有如她死去父親的目光。這一大片蘆葦，誰有力量拔掉呢？馬羌的記憶裡，一直忘不了這片蘆葦，她的童年和那位少年的時光，以及她的親情都伸滿了它的根鬚。

馬羌低下頭看著自己微隆的腹部，默默地想，人的歡愛是這樣地麻煩啊。她站在嘩嘩作響的湖邊，聽著自己的歹念也像湖水一樣嘩嘩作響。她定了定神，發現自己內心的湖水已湧動得不可收拾。不要猶豫了！她冷笑一聲，走進了在寒冷刺骨的冰水裡。寬闊的羅布泊結了一層薄冰，一束陽光刺下來，轉瞬間就泛起了令人眩暈的光芒，不知是陽光使冰化掉了，還是冰把陽光吞沒了。

馬羌在冰水裡走了幾步，突然站住了，渾身暴起一層雞皮疙瘩。這不是冷風吹的，也不是冰水激的，而是被她自己又一次萌生出來的歹念給嚇的——毫無緣由，她突然覺得自己太殘酷，在這一刻，自己就是一個殺人犯，正在用一把由仇恨滋生的無形之刀殘害一個即將在這個世界露面的人。殺人，這念頭在心裡又生又滅。她一下子也為難了。

一層浪沖過來，她溫熱的身子被冰水一激，一下子失去了重心，迅速往下沉。她緊緊咬著牙，決定橫豎不放棄這團血肉，一步步地往水深的地方走，腳下的水面凹下去，而身邊的水卻漫上來，隨著她身體的起落而起伏。馬羌突然對這魔一樣的境地既新奇又恐懼。

突然，她被湖岸上傳過來的一陣奇怪叫聲吸引，待回頭一看，在蘆葦灘的草堆上，一隻老野狗和剛出生不久的小狗緊緊擠在一起。老野狗掉了毛，看起來十分可憐，但牠身上最引人注目的是那乳房，帶著快要風化的痕跡，有如銅鑄。小狗在牠懷裡撒嬌似的亂拱，嘴裡嗚嗚叫著，小身子扭來扭去，最後一口咬住乳房後才安靜了下來。就在這時，一隻餓極了的禿鷲從空中俯衝而下，撲向那隻還沒長毛的小狗，老野狗突然一躍而起，用空癟的身子捂住小狗，禿鷲的利爪垂直戳在牠的肉裡。老野狗嗚嗚叫著，扭過身子咬住了牠的黑翅膀，禿鷲一聲怪叫，便從牠的身體裡拔出爪子，匆忙飛走了。一股黑紅色的血從老野狗的皮肉裡淌了出來。

牠側了側身子，小狗被自己捂成扁扁一攤，牠被老野狗叼起來，抖落了幾下，又還原成了一個活蹦亂跳的小生命。薄雪一層層蓋在牠們身上，與周圍的景色融為一體。

這一幕，撼動了馬羌。老野狗不顧自己這條老命，拼死護著自己的孩子。這正是母性最偉大而又最愚蠢之處。

在這一刻，她妥協了，決定與腹中的胎兒講和了。她從冰水裡站起身，艱難地走到了岸上。

這個可憐的胎兒，肚子裡的小黑戶，知道母親在虧待自己，每一次不友善的行為，都讓他感到自己快要活到頭了。可是，誰也沒想到，他卻比所有的胎兒都結實，都耐活。他在馬羌的腹中經歷了一次次的危險，又一次次地站住了腳，凝固成形。多麼危險啊，若他一不小心失足便是墜毀，墜向一個不可知的黑暗世界。但他不屈不撓地攀牢了馬羌的生命，他成功了，在馬羌的一次次暗算下完成生命最初的形象。嘗歸那觸目驚心的所有特徵已在這個小生命的臉上生根，露出他的額，他的眼，他的整個面目。

他將是匈奴人嘗歸的後代，為了匹配他而將要降生於世。

馬羌懷有身孕的事，嘗歸渾然不知。馬羌渾身濕淋淋地從湖邊回來後，疲累不堪的躺在床上，渾身滾燙。嘗歸進來了，站在她的床榻前。

「妳真是不可理喻！說吧，妳為什麼要去湖裡？」嘗歸很是對馬羌不耐煩，語氣中充滿憤怒。

「我累了——」馬羌低沉的聲音聽起來彷彿跟他隔著無法跨越的裂隙。嘗歸伸出手，很笨拙地一把扳過她的肩，片刻，又鬆開了。他明白，自己摟著的不過是縷漂泊的靈魂，一個形神潰散的生物。

§

冬天過早地降下了涼意，樓蘭人自然而然地準備起了過冬的東西，打算像往年一樣度過即將來臨的寒冬。但他們沒有想到，一位從千里之距大漢朝來訪的「使者」將要改變樓蘭國的命運。

樓蘭城古老的城門像往常一樣暮閉曉開，晚上天一黑，城門便關上了。那些家住城外來不及趕回去的人只得在城門外厚厚的城牆下待上一晚。他們苦苦盼望城門在第二天打開的一瞬，在城門開合的短暫一瞬，露出裡面寂靜的土房、果樹和街道，而高聳的圍牆被多少年的日光和月光沁透，遠遠地透過來一股溫暖的氣息。

城門終於打開了。背上鋪著鮮豔花氈的駱駝緩慢地進城，駝蹄踢踏濺起的灰渣飛濺到路人身上，馭者的面孔匯聚了一些累積的皺紋，像枯樹的表皮，更像一些不便言告的私語一樣，離他們越來越近又越來越遠。

一個著黑衣的中原男人出現在樓蘭城內，泥濘黏在皮膚上，身體塌陷。他的腿像蘆葦的桿子，走路時簡直不小心就要折斷。

是傅介子。

清晨如此安靜。傅介子牽著馬，慢慢地走在樓蘭的街道上，在他的身後，身軀瘦小的孩童匆匆走在出城的路上；居民區的葦草屋半明半暗，每間屋子都有用樹條、樹枝和葦草搭起的頂棚，屋牆用蘆葦桿和紅柳樹枝縱橫排列成籬笆狀，然後用皮或草製成繩子捆綁加固起來。

晨光照不進這些屋子，但處處有光線從頂棚的縫隙中斜射下來，在飄浮著細小塵土的光線中，一縷縷淺藍色的煙飄浮著，還有來自街道兩邊首飾藝人的鋪子，來自香料市場的爐火，給人以四季輪回的虛幻感。

「身為劍客，雖然從未揮劍斬殺一人，但像平常人一樣，在這樣的地方活著，也是可能的吧。」傅介子這樣想著，突然覺得身心困乏無力，尋了個客棧，一覺睡到了下午。

第二天，一個陽光明麗的清晨，傅介子騎著馬，持著漢國的使節杖到樓蘭國的王宮拜見樓蘭王嘗歸。

在這之前，傅介子用幾枚金幣買了一身紫色綢袍，換掉了那身結成硬殼的黑衣，買來一輛金碧輝煌的馬車，上面堆滿了各種名貴的絲綢，又從集市上買來幾個人充當他的侍從。

在城區東部的一個拐彎處，出現了一條寬闊的渠溝，其中有條淺淺的水流，背後有城牆和象徵東方城市跡象的高高的佛塔……

傅介子繞過滿是塵土的小道往前，在渠溝的對岸，看見幾個婦女戴著高得出奇的毛氈帽子，挎著用蘆葦和香蒲草葉編織的扁簍，三五成群地在晨光中聚在一起交談……一路上，他聽到許多人抱怨樓蘭國被匈奴人要挾，對他們課徵雙倍的稅。而這些稅，則是為了支持他們應對大漢國的戰爭所需。樓蘭城裡到處彌漫著沉悶怨恨的氣氛。

傅介子想，這一切都將因為自己而結束。這樣一想，他一下子有了神聖的使命感。

其實，傅介子到達樓蘭城的當天晚上，樓蘭王嘗歸在半夜時分在就醒了過來。他想起兩天前巫師的那句預言，不知為什麼，他竟然汗流不止，意識混沌。

他想讓自己再睡一會兒，可怎麼也無法入眠，索性就出了內室的門，外邊的空氣清冽新鮮，一彎輪廓清晰的月亮掩藏在腳步踟躕的雨雲之間，漫下來的光線以水的質感呈現。他望著這情景，意識更加清醒了。自從做了樓蘭王之後，因為他的心總偏向匈奴人那邊，一言不合，便頻頻劫殺漢國的使者和貨物，這一舉動深深得罪了大漢國，他深知自己總有一天要得到報應的。特別是今年，總是處於精神緊張狀態下的他，入夢後，往往被一種奇怪的幻覺嚇醒。比如有一天，自己肯定是睡著了，但是第二天清晨，卻看到了自己身上的泥巴。很奇怪，與自己頭部平行的地方，赫然出現了一個大大的、用黑色河泥抹過的手印。誰來過？嘗歸被眼前的一幕嚇壞了。

「肯定昨晚有人來過這裡。他是誰？」

但是，嘗歸卻是那種內心倨傲不羈的人，他不相信自己終將一日會死於非命。

漢使傅介子的突然來訪，使嘗歸深感迷惑。這幾年，他對漢國使者始終充滿了戒備之心，他最不願接見的就是漢朝使者，總懷疑他們的到來有什麼不可告人的目的。因為他並不期待這些帶著微笑走來的人會給樓蘭帶來美好幸福，只要他們來，樓蘭國總會莫名面臨巨大變化。

他相信，這次來的漢使傅介子也是這樣。

樓蘭作為古絲綢之路上的一個重要王國，幾乎承擔了這條交通線上的一切後勤供應。漢朝按照老樓蘭王和漢朝的協議，有時會下達一道命令，讓樓蘭出人出錢補給玉門關和陽關的駐軍，或者讓樓蘭人為出使西域的各國使團供送途中所需的飲水和糧食。

很多年以來，樓蘭國的那些身體強壯的男丁都在外送水，送食糧，服勞役，田地裡無人勞作，人們在心頭有了怨恨。嘗歸當了樓蘭王後，首先廢除了這些服務制度。他並未考慮到這樣做會引發什麼後果，純粹為廢除制度而享受著當王的快感。

他想，我是樓蘭王，樓蘭的事情難道不由我說了算嗎？

傅介子被晾在驛館好幾天，兩次要求見嘗歸王，嘗歸王都藉故推辭，回避不見。幾天後，樓蘭王派人去驛館打探一下傅介子的虛實，這次，前去驛館探望他的是一位年邁的大臣和一位譯者。

傅介子無疑受到了怠慢。他的嘴角露出一抹淡淡的笑意，把頭轉向那位譯者，要他對樓蘭王稟告：「我是漢朝來的使者，攜有黃金錦繡，此行只有一個目的，就是代表大漢朝廷行賜西域諸國。樓蘭王若不肯接受的話，就說明樓蘭不願意再和漢朝交往，即日將起程趕往別的王國，至於以後會有什麼後果，一切均由樓蘭王嘗歸承擔。」

傅介子掀開馬車上的帷帳，那些名貴的絲綢露了出來。而那把含光劍，就藏在這錦緞的下面。

在一旁的樓蘭大臣笑了出來，一臉的倨傲之色：「這東西，我們樓蘭國的倉庫裡堆積如山，謝謝大漢國的好意，我們心領了，您請回吧。」

傅介子露出了一抹難以捉摸的微笑，似乎並不介意他的傲慢，他如岩石般冰冷的目光讓這位年邁的大臣覺得很不自在，到底是什麼，他也說不清楚。還有，這位漢使的紫色衣袍是那麼的不適合他，他的身上散發出混合了紙灰，沙塵和薰香燃燒後的氣味，令人感到不安。

但是，他的確怠慢了他——不，是樓蘭王。這又有什麼關係呢？想到這一點，樓蘭大臣摸了一下下頜處的八字鬍鬚，淡淡地笑了。

「還有——您見過這個嗎？」

傅介子忽地一下掀開絲綢的另一側，抓了一把金幣，一道飽滿的金光，嘩啦啦地從他的指縫間流瀉下來，刺痛了這個大臣的眼睛。這是他只聽說過而從未見過的東西。在整個樓蘭城，能有幸目睹它的人，恐怕也沒有幾個。

樓蘭大臣很快向樓蘭王嘗歸稟報，說是在驛館見傅介子真的帶來不少黃金和絲綢，漢使行之千里，足見他們想要交好的誠意。嘗歸王把他的話細細琢磨了一番，覺得還是暫不要得罪大漢國為好。再說，漢使帶來那麼多精美禮物，也是很吸引人。

但是，最重要的一個理由他沒有說：那就是他格外地想向這位漢使打聽一下胞弟尉屠耆的動向，這個樓蘭王最有力的競爭者，總是讓他夜不成寐。

§

這一天，傅介子千里孤行，苦苦盼望的時機終於到來了。樓蘭王決定親見傅介子，日子定在第二天晚上。

待樓蘭信使傳遞消息並離去後，傅介子的心裡才踏實了下來。

第二天晚上，嘗歸設宴款待傅介子。

誰也沒有發現，這個夜晚有些反常，天黑得出奇，城外還刮著大風。在傅介子的一生當中，這一天乃是一切之最。作為劍客，他一生的日子都將疊加在今日之上，並凝於這一刻。時間在瞬間消匿。他把這充滿意義又危險的一天分成若干個可精確測度的部分，每一部分的起首和結尾的分界，都在暗示他正在啟動一股緩慢的事件之流。

嘗歸王率樓蘭大臣們步入大廳的時候，傅介子第一眼看見樓蘭王，馬上就能辨認出來——就是畫像上的那個人。他的臉色通紅，呈橢圓狀。而且，他的唇角有一抹詭譎的笑意。

這就是他了——樓蘭王嘗歸。傅介子緊盯著這個有可能是阻擋住大漢國宏圖大業的人物，對他有一種說不出的熟悉感。他的身材不高，儘管燭火並未在他的臉上投下有稜有角的陰影，但是還是能夠看出他臉部柔和的線條。

傅介子沒在他的身上看到那把「徑路刀」，但是卻注意到嘗歸的眼神炯亮，說話時有一種奇怪的自信。在這光線黯淡的空氣裡，他似笑非笑的神情像是威脅。雖然他不怎麼開口說話，但是一開口，整個房間的氣氛就會安靜下來，有那麼一刻，撲閃的燭光突然躥起，照亮了他的臉龐，照亮了他專注的眼神和說話時奇怪的音調。正是這些，構成了傳說中的樓蘭王嘗歸。

傅介子收回目光，深吸了一口氣，望向四周。這時，好些人影動起來，慢慢顯現於昏暗的燭光下，他們逐一呈半圓形圍坐，每個人都穿著在樓蘭國內最上乘絲錦的服飾，上面綴滿了各種裝飾珠寶。這些鑲滿珠寶的長袍在忽閃的燭光中，與他們低語的話聲連成一片。

樓蘭王嘗歸大笑著說：「歡迎你來到我的國家。對於每一個從東方歷經千辛萬苦來到這裡的人們，我都對他們心存敬意。因為這條絲綢之路，真的是太漫長了，只有勇敢的人才敢踏上它——」

傅介子點點頭，微笑了一下，表示認同。

然後，樓蘭王仔細詢問了漢室的情況，還有沿途所見漢朝駐軍的情況，傅介子一一作答。然後，傅介子低聲質問樓蘭王嘗歸，為何親匈奴而頻殺漢地商人，搶劫貨物，與大漢國作對？

嘗歸說：「自漢武帝始，樓蘭國長期被要脅，還要受匈奴來犯。做人又做鬼的角色早已弄得自己心力交瘁。」他的音調有些無力，才說過的話，卻又重複。傅介子費了好大工夫才意識到這是樓蘭王的低沉嗓音。那種渾厚的聲調使他聽上去有著年長野獸般的慵懶和輕慢。

傅介子感到光芒已在那含光劍的劍刃上熄去，拔劍的迫切性也似乎在慢慢消失。再次想起了從長安出發前曾經有過的疑慮——對罪惡者的懲罰，才可能是劍客的終極意義，但是，劍並不指出這一點。他夢見自己痛苦地躲在劍的身後，凝視著虛無——那無所不在的虛無。因為，在每個敵人的身上，自己的身上，都能找到罪的陰影，在閃爍著劍一樣的寒光。

音樂聲起，一群美豔的胡伎來到了大廳的氈毯上。

一個身著紅衣的胡伎旋轉到了他的身邊，一眼看到那側坐男子蒼白而憔悴的臉，像冰一樣地寒冷。她有些不相信地搖搖頭，後退了一步——她認出了傅介子，認出了他同樣寒冷的眼睛。

一陣風從門庭外吹來，掀起他的袍角，胡伎驪又聞到了這股奇特的味道，他的黑袍上散發出混合了紙灰，沙塵和薰香燃燒後的氣味。她低低驚叫了一聲，聲音像鳥一樣消失在周圍奇怪的空氣裡，沒有人聽見。傅介子也認出了她，即使是完全出於偶然，他也會在這裡遇到她，或者遇上與她相似的一個人，在這樣的一個地方，還有什麼是不可能的呢？

在昏黃的燭光中，胡伎驪的身體像一只散發出熱氣的風爐，傅介子看見這熱氣在慢慢上升，熱氣是淡淡的灰白色，繚繞著胡伎柔軟的身體，細細的腰窩一下子變亮了，小肚子下的身段也變亮了。

她看上去不像是他見過的那個胡伎驪，但是，不是她又是誰呢？

他沒機會知道，胡伎驪沒能去成中原，而又被商人們販賣到了樓蘭國，和其他的胡伎一起成了歌舞伎。

而她也是不久前剛剛抵達這裡，還沒來得及好好看一眼這一座叫樓蘭的城市，還不知道這個城市是怎樣帶著曖昧不清的心思，看待她們這些來自遙遠異域的女人，當疲憊的駝隊和馬匹遠遠地出現在羅布泊的地平線上，這些樓蘭人就嗅出了她們身後的戰亂，以及來自異域的奇風異俗。

她們暫時把整整一座華麗之城拋在腦後，等待著去穿越。現在，雖然這座城市還在孕育中，但早已名聲在外。

胡伎驪環佩叮噹的紅色裙子在燭光中閃電般地張開，就像某種神奇的大花突然打開了它的花瓣，裙裾相互摩擦發出低沉滯重的響聲。不管離她的位置是遠還是近，在座的賓客們總能聞到她張開裙沿時的馥郁香氣。

這香氣令人迷惑。

傅介子眼前這團紅裙脫離了人體懸浮，飛一般地旋轉，在夜晚的微塵中好像燃燒的紅色火光。他恍若看見上官岳持著火把點燃了茅屋，也同時將他自己的身體一起點燃了。

而在這漫天的紅色火光中，他朝自己緩緩揮了揮手，而這隻手正穿過幽暗的隧道向他伸過來。現在，它們正被相似的情景所觸動，被夜氣，紅色的火光所催化，他聽見上官岳以一種極其遙遠的聲音對他說：

「你出劍的時候到了。與大漢國的榮譽相比，塵世間個人的蒼白生命不值得珍惜。你是劍客，要勇敢地為諾言赴死，去殺掉樓蘭王。但你出劍的機會只有一次，或你一劍將敵斬死，或你被敵一劍斬死。」

這是一個要盡情狂歡的日子嗎？樓蘭城中的氣氛可能沉悶無比，窗外的月亮在不知不覺間已隱入雲層，黑暗像一塊寬大厚實的黑布，把樓蘭城籠罩在黑暗之中。但在大廳內，歡宴的人們都已有了醉意，場面顯得有些嘈雜和混亂，像是一個荒誕的夢境從未中斷。

但是，正是這樣的混亂造成了一種奇特的和諧，這和諧把傅介子他自己也牽扯進來了，殘酷、邪惡、兇險和刀光一起連成了這片和諧。

這和諧裡也包括他。

傅介子坐在屋子裡的暗影裡，一動不動，看著眼前的舞者胡伎在昏暗香濃的燭火中扭動呢喃，微繞在她們身邊的光線是混濁的，就像是暗暗降臨的灰塵。此時，沒有人發現，傅介子目光冷冷，從疲憊不堪的劍士姿態收回腿，他的眼睛像黑夜中的磷火一樣閃著光亮，絲絲的寒氣在升騰，一再凝聚起原始的殺戮欲望。

傅介子端著一杯酒微笑著走到嘗歸跟前，壓低聲音說有話要單獨告訴他，已經有些醉眼惺忪的嘗歸聽不清傅介子在說什麼，便傾斜著身子站起來，伸過頭去貼近了傅介子的耳朵。

他的腿微微叉開站立著，傅介子聞著嘗歸嘴裡噴出來臭烘烘的酒氣，心裡停頓了一下，緊盯著他的脖頸，他那樣毫不掩飾地盯著，那脖頸如一截粗壯的樹幹，各種來歷不明的疤痕使它就像是真正的樹皮一樣粗糙結實，矮几上的燭火照在嘗歸那上下游動的喉結上，這只飽滿的喉結遲疑地跳動著，好像在表明自己對這世界全無信賴和不以為然。

「何時出劍？」

不等自己來得及作答，傅介子側過身來，發出一聲暴喝突然躍起，袍飛之處冷光一閃，含光劍控制著一股濁重的氣流，深深刺入樓蘭王的身體裡。劍戳在他胸口的皮肉裡，感覺軟軟的，還帶有一些肉的彈性。從他的胸腔裡響起了極為恐怖的一聲低吟，像是一陣短促的咳嗽。聲音又有些含糊，有些拖拉。

這時候嘗歸的臉，就如同一張被揉皺後又草率拉開的紙，傅介子看到他的臉在昏暗的燭光下起伏。隨後，他彷彿聽到了肝膽破裂後的「噗——」的一聲。

傅介子隨即把劍拔了出來，一股鮮紅的血從劍口處噴了出來。血在燈光下的顏色如同泥漿。

樓蘭王一個踉蹌，仰身倒在了地上。

一時間，大廳內滿座皆驚，一股撲鼻的血腥驚醒了人們的醉意，黏附於黑夜裡的竊竊私語和驚叫，於突然的寂靜中發出光芒。

傅介子冷冷一笑，從黑袍子裡抽出一條雪白的絲巾，有些嫌棄地抹去了含光劍上的血痕，然後，略彎下腰，伸手將這條絲巾輕拂在樓蘭王的鼻上，想看他死沒死。這個時候，樓蘭王微睜了一下眼，好像在用全身的力氣緩緩抬起他的右臂，一只巴掌大的弓疾如閃電般，從他的袖口處射了出來。

人們聽見了一聲驚恐變形的尖叫，像某種大鳥從高空中尖叫著俯衝下來，忽見胡伎驪一個疾如閃電般的胡旋舞步，用身子擋住了那支射向傅介子的暗箭。放完箭，樓蘭王的胳膊一垂，人才死去。

胡伎驪也倒在了地上。她的胸口處，插著一枚針尖大的劇毒箭頭。

這支箭叫袖箭。是樓蘭王才有資格使用的一件武器。

袖子裡平日有一張小弓，弓上有一支滲著叫「顛茄」毒液的箭。這張袖箭平日裡是不用的，只有在遭人暗算的時候，才會用來防身。

說起來，這「袖箭」嘗歸從未用過，它就像是一副永遠祕不示人的首飾，沒人看過他實際出招，但世人卻早把這項絕招傳得神乎其神，說他眼到箭到，手到命除。而箭上的劇毒是從好幾種毒蛇身上煉製而來，這「袖箭」成了嘗歸勇猛好戰，殺人不眨眼的一個符號。

是胡伎驪救了傅介子。

「為出一劍，何至如此？」平生只揮去一劍，似把他全身的氣力也耗盡了。傅介子看著胡伎驪慢慢變涼的身體，不能自已，心中又變得空空蕩蕩，昏暗的大殿讓他感到口乾舌燥。傅介子親眼確認從嘗歸胸口湧出的鮮血漸漸流盡以後才離開的。

當他準備離去的這個時候，看到了朝自己撲過來的樓蘭王后馬羌，她巴掌大的小臉上寫滿了驚恐。

傅介子輕輕推開了她。

馬羌看見他的嘴唇在動，卻聽不見他的聲音，但知道他在對自己說：「我把他給殺了。」

在眼前這位黑衣人仰起的臉上，馬羌看到了一種她從未見過，猶如睡夢般的顏色。傅介子的話使她一時語塞。沒等她回過神來，黑衣人就不見了。

而大廳裡的那些人，也像是被突如其來的風吹散似的走了。

這時，馬羌嗅到了一股從嘗歸身上散發的一股腐爛味道。其實，在這之前，她已過早地預感到了他的死亡。

她低下了頭，看著腳下的這一團血肉模糊的東西，眼中出現了一塊潮濕的泥地，感到自己的虛弱就輕飄飄地浮在這泥地的上面。馬羌一遍遍地想著黑衣人說的這句話：「我把他給殺了。」

這句話究竟是什麼意思？這句話像是一陣風，就要吹破她的皮膚了。馬羌一下子變得虛弱無比。

入夜時分，樓蘭城內先是一片死寂，後又有馬蹄聲敲響了空寂的街道。整個樓蘭城都在側耳傾聽，幾個樓蘭宮廷的騎兵策馬飛馳而來的時候，一股勁風裹挾著一個驚天之聲在空中炸響：「國王死了，國王死了——」一時間，整個樓蘭國的人都從屋子裡跑出來了。

很快，樓蘭城旁漢家設的烽火墩，狼煙一路騰起，至陽關，嘉裕關，繼而穿過漫長的河西走廊，一時間，千座烽燧狼煙四起，將邊疆有事的消息傳到了長安。

傅介子知道，為了嚴密監視匈奴騎兵的侵擾，漢王朝當年規定了一整套烽燧報警的信號。信號分為四種：第一種，舉烽表，即用紅布或白布懸掛在「亭」端的高桿上，布的多少則視敵人的多寡而定，一亭掛表（即掛布），烽燧照傳；第二種，舉烽煙，亭壁都有煙囪，如有敵情，就焚薪取煙報告消息；第三，舉火把，即在夜間把點燃的柴束懸到高桿上；最嚴重的是第四種，名曰「積薪」，駐守烽燧的士兵隨時都做好積累柴薪的準備，一旦兩軍相接，就要焚燒柴堆，這就是「烽火連天」了。

整整一夜，大火自由地揚向天空，照亮了樓蘭城及整個羅布荒原。樓蘭城內人喊馬嘶，喧囂聲以及刀劍的碰撞聲攪成一片。傅介子站在王庭的門前，背景是沖天的金色烽火。

樓蘭國就這樣結束了。這一劍，似乎徹底將遠在中原的大漢國從噩夢般的夢魘裡解救出來了。可是，傅介子並未覺得高興。

「平生只揮一劍，但這一劍可以說得上是詭詐。」

「詭詐——對，就是這個詞。」

直到他死，他都不覺得自己是一個成功的劍客。

傅介子一把斬斷了那把含光劍，扔在了地上，看了一眼身後黑暗中的火光，轉身尋小路朝羅布荒原走去。

傅介子刺殺樓蘭王嘗歸死，是西元七七年的事。

第七章

「尉屠耆要從長安回來了——」

「尉屠耆將成為樓蘭國新的王！」

「尉屠耆——」

這片聲音透著興奮，喜氣洋洋，在空寂的王宮內發出嗡嗡的富有彈性的聲音。安葬完嘗歸後的很長一段時間裡，馬羌的耳朵裡灌滿了這樣的聲音。

「這是真的嗎——尉屠耆，他回來了？」馬羌端正地坐在椅子上，沒人看出她的肩膀正發出微小的顫抖。

這麼多年來，他一直生活在千里之外的長安，他在那裡的生活是一個謎，一個黑洞。而她自己則一直抗拒著回憶堅硬的車輪，對他的一切竟一無所知。

尉屠耆從中原回到樓蘭的一路上，心情很複雜。千里之外的樓蘭國，對他來說，是一個熟悉的國度，是一個不容忽視的存在，是被戰爭和苦難磨礪得千瘡百孔，在心靈中沉默的一部分。刀光劍影，烽火硝煙，陰謀與殺戮、汗水與血水，古老的天宇在沖天的火光與血光中漸漸黯淡下去……

但是在無數的黑夜裡，樓蘭像所有沉默的事物，在漫長的夜晚退隱，而這種退隱卻又是為了更為廣闊的呈現——

十幾年過去，他從未回過故鄉，而親人們也一個個離他遠去。這麼多年來，與哥哥嘗歸從未相見，這也不僅僅是自己心愛的女孩馬羌成了王后的緣故。

那是因為戰爭。

他親眼見過這戰爭。那灰冷逐漸加深變濃的色調，在他受罰的童年就已經存在了。那戰爭就像是嘗歸，還有他身後的許許多多的人，這些匈奴人無所不在，混雜在一切之中。因為有惡的統治，到處擴張，掠奪，囚禁，渴求被征服的身軀，還有城池。這欲望像一頭巨獸，一旦張開血盆大口，誰也無法逃脫牠的吞噬。這種吞噬無比可怕，大到樓蘭國，小到他的親人，以及許許多多死在匈奴彎刀下的樓蘭人，都一一變成了犧牲品。

正因為這樣，哥哥嘗歸才被他們帶走了。哥哥被帶走，實際上也是一種戰爭，這種戰爭雖不見刀血，但卻比刀血還可怕。

一想到嘗歸，尉屠耆的心情一下子變得沉重起來。

嘗歸是自己的哥哥，這是不可否認的事實，但卻因為在匈奴中生活了很多年，終歸成為了真正的匈奴人，當他得知嘗歸被漢朝傅介子刺殺的消息後，尉屠耆的內心突然有幾分釋然感，他這才發現自己是恨嘗歸的。但為何而恨呢？他又說不清楚，也許與嘗歸娶了馬羌有關，也許與嘗歸對樓蘭的野蠻統治有關。

現在，嘗歸已經死了。他的靈魂已隨風而逝，身軀也將化作沙土。但他的死卻不能終結樓蘭悲愴的命運，匈奴人會不會因為他的死而加大對樓蘭的統治？自己此去任樓蘭王，不知又將面臨怎樣的局勢。

尉屠耆這樣想著，隱約覺得馬車一下子緩慢了很多。

數天後，這隊漢家的馬車跨過了荒涼的白龍堆，來到了距樓蘭城不遠的地方。一陣猛烈的漠風吹來，掀起了馬車上涼薄的絲簾，尉屠耆下了馬車，站在圓圓的山頂上。他的面前展現出一個方圓數里的大盆地，盆地的四周緩緩起伏著的雅丹群，目光極遠處，是一抹藍色的湖線，從他腳下的小山頂一眼就望得見。

而在湖的另一邊，就坐落著他的國——樓蘭。

尉屠耆慢慢走近。

多少年過去，這座緊貼在湖邊的樓蘭國從遠處來看，給他的印象並不特別壯觀。除了城中這座高高的佛塔，再沒有其他特別豪華的建築物，四面的城牆外觀有些破損，其作用不再是為了防衛。

他當然知道，樓蘭國一直是漢家和匈奴之間的爭奪之地，而現在，它似乎也已厭倦對即將到來的入侵者再做認真的抵抗，這並非只是出於它的妥協，而是懶散頹喪而又十分自信，或者是它已經感到自己在西域的地面上足夠強大，是絲綢之路上無可爭議的交易中心。它無須再展顯豪奢。

倒是那些各國往來的商人們，都想在這個地方留下他們的足跡。以至於多少年過去，它一直有著傳之千里的名聲，這就足夠了。

尉屠耆歸來的那天還是清晨，整個樓蘭國沉浸在岩石一般的靜寂當中，尉屠耆很清楚這是怎樣的一種靜寂。

浩大的馬隊路過了樓蘭佛寺。尉屠耆下了馬，走到寺院門前，輕叩了一下大門，一位僧人快步走來，被厚重衣袍抑制的窸窣聲，腳步聲，都輕柔得彷彿像是走在雪地裡。

然後，是佛殿的入口，輕敲木魚的一聲枯響，僧人們開始了一天的集體默想。尉屠耆出神地望著冷而高立著的佛像，還有眼前的這些穿著一身素袍的靜止身形，年老的僧人，年輕的僧人，細長的，悲劇似的身影都沉湎於他永遠無法知曉的思緒當中。

現在，一片燭光從他身邊流瀉而過，僧人們的誦經聲隨之大了起來。他凝神看著牆上閃爍著帶翼天使的畫像。天使的臉有些斑駁，沒有脂肪，沒有血液的搏動，是無涯無際的碧空下無欲無念的幻象，這幅圖像來自他曾永久告別了的那個祖先的世界，在它的眼裡，不論樓蘭發生什麼，不論樓蘭的命運如何起起落落，在生命生死更迭的古老法則中，卻總是不同，但又永遠相同。

在樓蘭王宮的門口，迎接尉屠耆的樓蘭大臣們。

沒有馬羌。

樓蘭王嘗歸下葬後的很長一段時間裡，她一直閉門不出。

在尉屠耆被迎進宮的那一刻，他偶一回頭，看見清晨的陽光金光閃閃，一下子，像是突然聞到她孩子似的金色長髮中散發出的香氣，他對她金髮的記憶一下子湧上心頭。

§

回到久違的王宮，尉屠耆感到出奇的陌生。那些王宮的大臣們平靜地接受了他的回歸，就如同尉屠耆從未離開過這裡。只因為現在，一個更重大的事件在等待著他們——樓蘭國將要面臨舉國搬遷。

是的，樓蘭國建國以來，沒有比這更重大的事情了。

王宮裡的文官們整日埋在浩瀚的文書當中，對這將要面臨的重大變故絞盡腦汁地進行記載和修飾。他們因害怕，手臂不斷地顫抖著。

那是幾天後的一個早晨，新樓蘭王尉屠耆召集眾大臣，傳諭了自己上任國王以來的第一道御令：放棄樓蘭，舉國遷移到伊循（後稱鄯善）一帶去。

人們錯愕。這道御令像石頭一樣把他們砸得暈頭轉向。尉屠耆又講了許多話，他們一句也沒聽進去，茫然地望著他的嘴一張一合。

「大家都知道，樓蘭之所以多年受匈奴欺壓，就是因為處在一個非常關鍵的位置，他們南下中原，樓蘭是必經之路，而中原軍隊西上西域，也必經樓蘭……多年來，樓蘭夾在匈奴和中原之間，我們誰也不敢得罪，一代又一代的樓蘭人就這樣熬了下來，但到了現在，我不能再往下熬了。」

「我想帶領大家儘快地離開，在伊循，我們也會過得很好的。」一說到「伊循」這個詞，尉屠耆的眼睛裡有種溫暖柔和的神情，他把拳頭捏緊又鬆開，陷入沉思之中。

其中一位年邁的樓蘭大臣聽了這道御令後，那張神色茫然且浮腫的臉一下子變得蒼白。他跌跌撞撞地跑到尉屠耆的面前，用手指著他痛叫：「這是不是你與大漢國之間的一個陰謀？離樓蘭，國亡爾。」

王宮裡混亂的嘈雜聲突然靜止，像是被這突然的安靜嚇了一大跳，也在剎那間靜了下來，目光扭成了一團，齊齊地朝這邊看，似乎想弄清楚這可疑的靜止究竟在哪裡。

氣氛中的那根弦繃得要斷了。

他見尉屠耆靜止在那裡，又向前走了一大步。

「離樓蘭，國亡爾。」

遂拔劍往脖子上一抹，便自刎了。

那一抹鮮血即以一種力量噴射出來，像紅色的雨點一樣在夕陽下灑落下來，旋轉成一朵駭然的紅花。腥甜的血腥氣味像是一根繩子，交繞著穿過每一個人，隨即布滿整個王庭。尉屠耆從來沒見過這麼多的血，這下他看到了，這是一個世面。見過了鮮血才算是見過了世面。他狠下心，揮手讓人把年邁的樓蘭大臣屍體收拾一下，然後轉身走了。

宮內很快亂成了一團。後來的場景的確是這樣。

不日，尉屠耆準備到城外察看民情，剛出宮不久，幾個孩子便追著他的馬隊高叫起來：

「勿舍河龍。」

他的臉色一下子變得難看起來。

尉屠耆眉頭緊鎖，河龍是神的名字，是樓蘭人的圖騰崇拜，再者，由此他又想到了水，一旦樓蘭人離開羅布泊，到伊循那兒缺水怎麼辦？

他沒有立即打道回宮，而是改變了原先的計畫，馬車朝著羅布泊的方向行去。

還沒到羅布泊，他突然感覺到風從正面吹來，濕潤，夾雜著湖腥味兒。有人說，到了，一下馬車，就一眼看到面前橫著一座灰色的湖泊，湖面依然寬廣，陽光在水波的跳動中發出暗淡的光芒。

現在是冬季。它即將在下一個季節的醞釀中變為廢棄的渣滓，初春的氣息越來越濃，白草般的蘆葦包裹了湖岸，點點白絮被風揚起，使其中的波瀾陷於不明，而波浪之上出現了一些銀質斑點。

尉屠耆面對眼前這個大湖，突然覺得有些膽怯。

他依稀感到從前見過的藍色湖泊已不復存在。十年了，不知有多少湖水流過去了。那個跟藍天一樣的湖泊，它們消失了，而眼前的是一個他沒見過的，陌生而新鮮的湖泊。濕潤的湖岸邊上，泛著一堆堆發白的魚腥泡沫。一隻大鷹飛過頭頂，搖搖晃晃地停在了湖邊的蘆葦叢中，翅膀還在嘩啦啦地扇動不已。此外，四周一片寂靜，尉屠耆覺得他彷彿有生以來第一次這樣靜立。

他的心跳得厲害，同時感到頭有點暈。他蹲下來，把雙手平放在水面上，又溫又暖的水馬上撫平了他手掌的裂紋和皺摺，帶著些水的顫動傳遍了全身。

在那些侍衛們驚訝的目光中，尉屠耆從身上一把扯下了衣服，走進了羅布泊。

這是一個漲潮的時刻，沒有一下子沖上來，腳下那些溫熱的水流天真地舔著他的腳趾頭，嗅著他身上的味兒。

不一會兒，他的手和腳完全融進了湖水裡，最後，他的整個身體也都融進了水裡。湖水柔滑沁涼，夾帶著浮沙，他感到自己的身體在緩緩向上漂移。

這個時候，風起了。湖水開始漲潮了。

猛烈的風來勢兇猛，先是將湖水吹成一面搖搖欲墜的牆，擋住了岸上那些奔跑著的侍衛們的呼喊，然後，風把一人高的浪花掀了下來，將它吹成一個巨獸。現在這巨獸的嘴在合攏，還沒有完全緊閉，裡面是一個宮殿。在這個「宮殿」中，他和岸上的人，岸上的一切都被分開了。

他看不見天空，空氣也好像突然從他的鼻翼尖消失了。

他一下子感覺到了這個湖泊的重量。

尉屠耆的目光從猛烈的浪花中滑向湖岸的另一邊。

他從小在這個湖泊邊長大，但是，這麼多年來，這卻是他第一次直接面對，不，是深入這個大湖——羅布泊。

風浪漸漸地小了，尉屠耆在水中重新划動身體，機敏地隨波浪漂流，直到他被沖到了湖岸邊，被面色緊張的侍衛們拉上了岸。這是一次奇怪的體驗，有點類似於幻覺，但卻讓多日來一直處於緊張中的尉屠耆一下子放鬆了。

「勿舍河龍」——那些孩子的聲音就像是悶雷一樣在此刻舔食著尉屠耆。

他深深吸了一口氣，一個念頭固執地充滿了他的意識，它不顧一切，強大無比地從所有的念頭上闊步而過。

離開羅布泊的時候，尉屠耆回頭看了一眼漸漸平息下來的湖水，對它微笑，一種前所未有的力量回到了他的心裡。他曾是一個孱弱的男孩，但是，就在剛才，他長大了，他要擔當復興家國的重任。

一定會。

回宮後的當晚，尉屠耆把所有大臣召來，對大家說：

「遷國之舉並非我與漢朝的陰謀，當著河龍和列祖列宗的亡靈起誓，如果我說假話，當如此劍！」

說著拔出腰間佩劍，雙手揑住兩端用力一折，那把劍「啪」的一聲斷成兩截。

眾人都驚駭不已，一時不知該說什麼。

尉屠耆又說：

「我在漢朝當人質，不光是我的恥辱，先王的恥辱，也是整個樓蘭國的恥辱，為了生存下去，我們只有忍辱負重——」

他一說到這裡，聲音低沉了下去，周圍的人一時噤了聲。過了一會兒，他環顧四周，聲音大了起來：「為什麼長期以來都是這種情況呢？因為我們樓蘭國處於漢朝入西域的喉結之部，所以，漢朝因為出入方便而一再要脅樓蘭，匈奴為統治樓蘭而一再扼制我們。」

說到這裡，他的聲音顫抖起來：

「我們是無罪的羊，但生活在一塊有罪的土地上，所以——」他說到這裡，目光堅定：「所以，我們必須放棄樓蘭國，重新去另外的一個地方建立新的國家，一個屬於我們自己的國家，這樣才能擺脫四面受擾的困境。」

眾大臣聽了他的肺腑之言後，很長時間發不出一點聲響，然後，齊刷刷地朝他跪了下來。

這時候，馬羌出現在了王宮裡，一步步走到了他的跟前，朝他深深地行了大禮。

當她抬起頭的那一刻，她的美豔讓他幾乎要喊出聲來。她的眼睛一隻深藍，一隻淺棕。尉屠耆在與她有了一剎那的對視後，感到身旁的空氣流動了一下，並迅速地流遍他的全身。尉屠耆的臉騰起血色，被突如其來的驚訝嗆得微微咳嗽。

其實在這之前，馬羌就已偷偷瞧了幾眼，在隔著雕花的木窗縫隙裡，在花園的大樹後面，他每一瞥目光，每一次的皺眉頭，每一個偶爾的笑。她看到的是他那完全成形的男性體態，還有說話時，他白皙清俊的臉龐下，完全成熟的喉結，她還看清了他多次刮去細鬚的下顎，腦門闊大了，兩頰顯出成年人的凹陷，這使他的面部輪廓濃重了許多。

周圍的混亂聲和嘈雜聲一下子隱去不見了。

他與她的相見，整整隔了十四年的時光。十四年不是個短日子。十四年是一些人的開端，是一些人的末日。這相當於脫胎換骨的一世。

也足使一個國家改朝換代。

「我是馬羌。」她看著年輕的王，言語清晰地說。

§

樓蘭要遷走了。

一時間，一切都變得混亂起來——留戀著殘雪下稀疏牧草的大尾羊被趕回來了，被黑色羊糞熏得黑乎乎的煙筒已拔了下來，騎馬人的鞍子上掛著馬鞍和皮絆，鼓漲的風乾羊肚子裡塞滿了羊肉，擦掉雕花木窗上的塵土和積雪，草葦子房一下子變得透亮，積著厚厚塵土的被褥、花氈捲起，靜靜擱置一旁。女人們把衣服、繡針和一團團羊毛線裝進背包，男人把厚重的羊皮褲子和舊靴子，以及銅壺，刷著藍漆的木搖床捆在一起，準備讓駱駝馱走。

最不忍心扔下的，是擱了整整一個冬天的小麥種子，開春就可以下種了，但因為要遷走而不得不扔掉。

很快，所有的東西都牢牢地綁在駱駝身上了。幾隻高大的駱駝在一旁半臥著，再過幾天，樓蘭人向著伊循一帶的舉國大遷徙就要開始了。

這一天的中午，冬天的白太陽當空懸掛，馬羌披著厚厚的麻質面巾，來到樓蘭集市上，一些新來的商人正在卸駱駝背上的貨物——看他們風塵僕僕的樣子，一定是剛剛抵達了這裡。想到不久以後，當樓蘭國遷徙了之後，這裡將會成為一個空城——馬羌把頭轉了過去，繼續向前走去。自樓蘭王嘗歸死後，整個樓蘭城似乎看不到什麼人在走動。因此，沒有人認出她來。

「人們一定在屋子裡收拾家什。」馬羌想。

「所有的人都要走了。可是自己——」她用手撫著微隆的肚子，輕嘆了一口氣。自從向肚子裡無辜的小生命妥協後，她就知道這輩子將要不停地為他妥協下去，但沒想到這妥協卻是令自己如此地痛苦。

在運河邊一間黑乎乎的茅屋，一個人似乎一直在等著她的到來。她來了。

到了河岸邊一間模樣粗陋的茅草屋，一股怯意突然朝她襲了過來。馬羌站在了門前，猶豫起來。她又一次不請自來，巫師會不會不高興呢？接著，她又暗自責備自己不該這樣揣測別人。畢竟，是自己從嘗歸的刀下救了他的命。

在自己下定決心來到茅草房之前，馬羌也曾經考慮過要探問巫師的問題，那就是：她該不該跟著尉屠耆離開樓蘭國。

她猶豫了好久，最後終於發現自己猶豫的原因是在內心還尚存對尉屠耆的愛。可是，自己的那點愛又怎能與整個樓蘭國的命運相比呢？因為，在此之前，她沒想到嘗歸會死，更沒想到尉屠耆會回到樓蘭國，成為新一代的樓蘭王，而她懷上了嘗歸的孩子。

要知道，嘗歸早已被人們視為匈奴人，所以，自己懷的孩子一旦出生後，也必將視為匈奴人。以後，面對尉屠耆，將情何以堪呢？尉屠耆身為樓蘭王，他將如何接受這個事實？這樣的事實對他來說簡直是致命的打擊。

現在，馬羌站在他的房門前，看著乾燥的風把茅草屋的銅栓掀得啪啪響，仍然猶豫不決。

這個時候，門開了。就好像他在這之前一直恭候她一樣。刺眼的日光下，巫師那被削去一塊面皮的臉有一種奇怪的陰影，看到馬羌，似乎一點也不吃驚，朝她謙卑地躬下了身，喉嚨裡發出了一串像打嗝一樣的聲音：「我的主人，您怎麼會在這裡？」

「我能問你一點事嗎？」

「現在？」

「是的。就現在。」

巫師左右張望了一下，然後點了點頭，用左手做了個「請進」的手勢。動作很誇張。

馬羌微微低下頭，走進了光線昏暗的茅草屋內。巫師在她的跟前蹲了下來，望著她，雙腳陷在了陰影裡。就算是在這樣的光線下，馬羌也能夠看到巫師臉上錯位的右眼，和因被削去了一大塊面皮而變得扭曲、凹陷的右頰。

這是一個懼怕白天的人。他在沒有陽光的時候反而顯得自在。這是因為，黑暗能夠掩蓋住他的傷疤，把他修整成一個幾近完整的人。

馬羌知道，他基本上不在白天出門，真的非要出門的時候，會在臉上蒙上黑色的頭巾遮擋。但是，他在馬羌的面前，從來不會戴。

「你說，我跟他走，離開樓蘭，會不會是一個錯誤？如今我懷了嘗歸——這個匈奴人的孩子。」

黑衣巫師看著眼前的年輕女人，知道這是一個陷在愛情中的女人。他點點頭，又搖搖頭，目光游移不定，顯示出一種奇怪的警覺，他在打量她的時候，也像是在揣摩她話中的深意。

「樓蘭國若不遷徙，就一定會滅亡嗎？」馬羌熱切的目光試圖在他的臉上尋找答案。

「這是一個危險的問題——」他看著她。

「為什麼？我不明白。」年輕的女人臉色一下子變得蒼白。

「不要問太多。到時候妳的問題就會有答案了。」巫師的兩隻眼珠子轉了過去，看著屋子裡的火光，不再跟她說話。

她也不說話了，自己向巫師提了兩個問題，巫師都沒有明確表態。但她知道，這是他的回答方式——答案已經明確，他實際上已經告訴了自己：

一、不能跟尉屠耆走，如果跟他走，這個尚未出世的孩子，會給他惹上麻煩；

二、樓蘭國不遷徙，一定會滅亡。嘗歸是匈奴派來的，現在他死了，匈奴人一定會打過來，樓蘭國若不趕快遷徙，到時候又將遭受一場血腥。

這樣想著，她的心裡突然一下子明朗了許多。

馬羌站了一會兒，便起身離去。外邊，天已黑了下來。

當她回到樓蘭王宮後，馬羌看見尉屠耆站在那裡，他在這裡等候她多時了。馬羌看著他的眼睛在自己的身上久久流連不去。

「妳去哪裡了——」馬羌轉過身來，看著他。他的眼神中有一種深深壓抑著的疲憊：「我一直想著妳。」

「這裡有太多吸引我的東西——我以為再也見不到妳了。」尉屠耆開了口，卻又說不出下面的話來。

馬羌的頭卻是更深地垂了下去。

她沒看見，他的眼睛濕潤了。

「我回到樓蘭是因為妳——」尉屠耆說。

馬羌當然明白他的意思，所以，她在後來從尉屠耆身上的種種品德發現了最偉大的其中一項，那就是他無論何時何地，都會為僵冷漫長的生命忘卻自己，而不顧自身利益。

現在，馬羌抬起頭來，金髮下的一對眼睛顯得灼灼有光：「你來這裡，是為了另外一件事。」她說。

「妳聽我說——」他突然抓住了馬羌的手。

「我來樓蘭國，是要帶領所有的子民一起遷徙到另外一個地方去，去建立一個新的王國。我要妳做我的王后，和我一起離開這裡——」

「我不能跟你去——」馬羌後退了一步。

這句話是什麼意思？尉屠耆被她的這句話搞糊塗了：「為什麼？」

「因為，這是我的家，我要留在這裡。」

馬羌轉過臉來，看著他的眼睛一字一字地說。

尉屠耆果然一下子被這句話所擊中。體內像有一股冰水從內心的正中漫開來。原來他一直處於一種混沌狀態，現在，馬羌的話就像是一把利劍，將這混沌刺破了。他的確不知道自己能否接受得了這樣的一個事實。

尉屠耆說：「為什麼？」

馬羌再次看了看他，然後平靜地搖了搖頭：「我不能。」

「我不能。」

這句話就像是一個咒語。

這個時候，內室外傳來樓蘭大臣呼喚他的聲音。

夜半時分，尉屠耆醒了過來。不知為什麼，他汗流不止，意識混沌。他夢見自己還走在去往樓蘭的路上。馬馱著他，一直走，一直走，視線都望得見樓蘭國那座高高的佛塔了，但是總也走不到它的跟前。

「我不能跟你去。」馬羌白天的聲音始終在他的耳邊迴響。一想到這個，他感到很喪氣，不知怎麼辦才好。尉屠耆發現此刻自己正處在一種無能為力之中。他試著再睡一會兒，卻無法入眠，可能是想到了自己明天將要開始的遷國之旅，他再也睡不著了，呼吸也急促起來。

他索性牽馬來到了樓蘭城外羅布泊的邊上。

那天晚上，天黑得很特別，灰黑中帶有一種紅黃的顏色。

夜風一陣陣地吹來，夜晚是一種更輕的水，此時緊裹著他，使他的雙唇變得清涼，又透過他身心裡水的成分吸收著夜。而夜是如此的寧靜，以至於他覺得它是鹹的。

這將是他在樓蘭城停留的最後一個夜晚，整個樓蘭城已陷入深眠，只有天上高掛著的那輪明月，睜大著困倦的眼睛，在黝黑的湖面上反射著清光。

現在，水與夜在慢慢聚攏起它們的溫柔，帶來一股雙重滑爽的香味，只有在夜裡才能聞到它的香味。

在白天，太陽味太濃，以至於陽光下的水聞不到味。

這巨大的陰性之水似乎帶來一種讓人平靜的氣息。在湖裡聽不見任何呢喃之聲，它緩緩流動著，像與過去的流水毫不相干似的，倘若周圍有什麼人，有什麼東西在對著水面訴說，那一定是風，是回聲，是湖畔的樹木在傾吐衷腸。

沿著湖水兩岸，是胡楊林以及蘆葦等野生植物。它們有好幾里長，在秋夜裡散發出濃郁而黏稠的氣味，像是一陣陣模糊的呢喃聲，又帶來了一些深水下潛流的聲音。不，那不是水流聲，而是植物枝枝蔓蔓被揉捏的柔軟的嘆息聲……而這平靜的水，是乳汁般的傾瀉到午夜的軟綿綿的，孤獨中的東西……

尉屠耆躺了下來，岸邊的沙石上還留有日間陽光的灼熱。

他有些昏昏欲睡了。這時，他聽到附近有濺起水花的聲音。尉屠耆慢慢睜開了眼睛，想看見還有誰在這樣的夜晚來到了湖邊。他轉身側臥，望向沙灘，動作輕緩，小心翼翼，不想暴露自己的存在。

是個年輕女人。

月光下，她的金色長髮讓風吹得直撲臉上。要一把攏住那散亂的頭髮是不可能的，這使得她一隻手總是不停地往後抹，等到更大的一陣風吹過來，她就乾脆站著不動了。那麼多的頭髮，那麼多的金絲細髮。

這樣，她如巴掌大的小臉就完全暴露出來了。

是馬羌。她的確是美的。

但這種美和以前相比，卻好像哪點不一樣了，隔著老遠就能聞得到她素色絲袍上漿的香氣，那香氣從她不可言喻的肉體上散發出來，素袍沉甸甸地墜在地上，微微隆起的腹部光滑，飽滿。她不知道有人在看著她。

這個時候，她跪在了不遠處的沙灘上，開始清洗自己的手臂，雙手捧起湖水，讓它順著皮膚流下，解開了自己的絲袍準備洗浴。她的身體裸露了出來，在月光下，她身體的皮膚如同某類果實的表皮那樣柔腴，整個人顯得是那樣的厚重，盈滿，像漿汁越灌越滿的果實。

尉屠耆輕輕叫出了聲。

馬羌認出了他，呆住了，匆匆抓起袍子，掩住了身子，頭也不回地準備跑開，卻被他一把拉住了，長長的髮絲迎風撲了他一臉。

「別躲開我。」

尉屠耆對著她大聲喊道。

馬羌不用看，就知道他的臉色煞白，看見他的整個身體前傾，咽一口熱辣的吐沫，看著自己，似乎對她的愛感到無能為力。因為愛而無力自持。

她知道，這麼多年來，尉屠耆把那麼長一段青春消耗在自己身上，使他雄性的成長變得那麼崎嶇，充滿意外。

而她自己，則等了他好多年。她等待著的是他忽然間發育的身體，是他不合理的寡歡眼神，是他無緣無故沿著湖邊的狂奔，是他在集市上偶然見到自己背影時的顫慄，還有衝動。

「明天，就是舉國遷徙的日子，跟我走吧。我一直愛著妳，妳得知道這一點。」

他說這句話的時候，眼睛裡露出了孩子氣似的執拗。

我愛妳，妳得知道這一點。

馬羌點點頭，笑了，又笑著搖了搖頭。身上的袍子有形無形地像是一灘水一樣地傾淌了下來。

月光下，她的完全長成的身體，美不勝收地含著忠貞，眼睛一隻深藍，一隻淺棕，如同冰層上的兩個洞，湧出了深處的激流。尉屠耆看到了她裸露的肌膚，她的眼睛，乳房，還有她身上的所有器官，這些感覺，全都在他的身上再生了。

誰能代替馬羌呢？他的眼淚乍然湧出了眼眶。

現在，這是第一次，他那巨大而又輕薄的「超我」——由限制，轉移和昇華所形成的支撐構架，整個崩解了，體內有一種另外的神祕力量升起，促使自己要像解謎一樣地探詢她。

包括她的肉體和靈魂。

這股力量彷彿自有意志，讓他發現，自己竟用牙齒咬著馬羌的嘴唇，同時，竭力將她拉進他如潮汐般起伏的血脈中，拉進這瞬間洶湧的暗潮裡去。

兩人倒臥在沙灘上，衣物褪盡，沐浴在直墜而下的月光裡。

她的身體開始接受他，在他身下，與他迎合。她的肌膚是這夜晚的沙灘上最細的流沙，在此刻，它是無形的，化在了潮水裡。

不知道馬羌是什麼時候離去的。

這個夜晚果然很好，一切都有了暗示。尉屠耆在馬羌的懷裡睡得很沉，待他從疲憊的昏睡中醒來，她已不見了。湖上刮起了大風，開始有聲息傳來，像有什麼跡象要出現。

但尉屠耆太累了，是那種從多日煩躁中終於解脫後的疲憊。他想睜開眼睛，但一絲睡意又襲了過來，他再一次沉睡了過去。

尉屠耆一直昏睡到天明。

他沒看見馬羌是如何脫身，從他的身邊站起，又伏身回去，把壓在他身子下的一縷亂髮一點一點抽了出來；沒聽見她走的時候，離他最近的葦叢發出了磨擦聲，然後，更為強勁的大風呼嘯而來，一陣比一陣增強，胡楊粗大樹幹扭曲發出的沉悶聲響，使整個湖泊在靜寂中發出了震動，那震動連綿不斷。

一陣雜亂的腳步朝這裡來了。

尉屠耆睜開了眼睛。一個不可思議的事情把他嚇楞了：馬羌死了。死在她自己的那張大床上。早上，侍女們發現她的身體變涼的時候，她的頭朝著湖泊的方向，交疊的雙手平放在胸口上，緊閉著的雙眼有一層藍色的陰影，如湖水一樣地深邃。

這雙眼睛，曾為她傾注過生活的熱情，現在卻化為泡影而熄滅了光芒。她的嘴裡含著一片毒葉，嘴角神祕地向上彎起，這是她留給自己最後的一個微笑。

但是，他怎麼也沒有想到馬羌會用這種方式離開他身邊。

他從未想到她會死。就像他從未設想過自己的死。在他看來，死亡是一頭蟄伏在他體內的野獸，尚未露出崢嶸。它一直和自己和平相處，只有在偶爾想到它的時候，才感覺它像貓一樣的冰涼的臉，總有一天會和自己面面相對。

但肯定不是現在，因為，他還有好多的大事還等著自己去做。

可是，為什麼是馬羌？

尉屠耆看著身體已冰涼的馬羌，看到那雙曾誘惑過他的眼睛依然睜開著，一隻深藍，一隻淺棕，隨著光線的強弱，浮游在其間的金色斑點忽隱忽現。然後，慢慢變黑了，瞳孔烏黑，像是在通向漆黑的岩洞，半月形的睫毛圍住了她的眼睛。

但正是這雙奇特的眼睛，曾經讓尉屠耆看到了一切。因為它們，自己被流逝的時間，還有愛情淹沒了。

它們比他更強大。

也許，上天不該把這樣完美的一雙眼睛給馬羌。

他伸出手，把她睜著的雙眼輕輕闔攏了。

然後在她的身邊坐了下來，把手放在了她微微隆起的肚皮上。

又一個燦爛的白天到來，夜色向四周潰散，尉屠耆揉了揉酸脹的眼睛，看著窗外有些發白的雲朵。這時，一個侍衛走進內室，低聲向他報告說，一切都準備好了。尉屠耆朝他點了點頭，站起身來。

是的，一切都準備好了，再過幾個時辰，葬禮就要舉行了。

他以為黑暗是永恆的，一想到葬禮過後，自己又將面臨一個全新的，漫長的白天。想到這兒，尉屠耆心緒黯然，這個世界何時會停止轉動？人們何時才會不再鄭重其事地埋葬死者？而自己，何時才能停止對馬羌的愛？

他在馬羌的身旁靜靜佇立，似乎感到自己的生命已然結束，成為過去，就連此時此刻也成為過去，成為湮滅萬物的過去的一部分。

尉屠耆明白，從此刻起，他必須為自己另覓新生。在這一刻起，他進入到新的秩序當中，死去的馬羌將浮現出新的影像，一如他心中的耀眼神祇。

他轉過身，望著黑紗拍打著那些雕花門窗的暗影，思緒卻是向上飛揚，緩緩直達天際。

很快，樓蘭人獲知了樓蘭王后死去的消息。當天，樓蘭王尉屠耆發布了一道御令：樓蘭國遷徙將推遲一天，因為在這一天，樓蘭國將要為樓蘭王后舉行盛大的葬禮。

從這天開始，尉屠耆將整個樓蘭王宮變成了悼亡者的所在，他完全依循祖先的傳統，在所有出入的門框上覆上黑紗。依據習俗，這麼做可以讓剛死的魂靈更快升天，不受人類的無故羈絆。

§

這是一個清冷，安靜，潮濕的早晨。一切如常。整個樓蘭城的人都來參加這場奇特的葬禮。

天空蒙上了一層淡淡的霧氣，但是仍比湖泊清澈明亮。湖岸上，一窪一窪的水灘盛滿了沙子，像眼前的湖泊一樣平靜。

這時，尉屠耆一下子就看到了岸上的一艘胡楊木鑿出的船。船形很普通，但是，就像是從茫茫黑夜中冒出來的一般。他朝著這只船走去。

他知道，馬羌就躺在這只木船上。湖水的波浪聲非常誘人，木船在波浪中轉了向，和他越來越近的身體平行而過，他的眼睛死死地盯著，這是一種無限的愛撫，也是一次訣別。

送葬的隊伍很浩大，一路上，鬆軟的灰白色鹼土從人們的腳面揚落，從後面的角度看去，就像是一些起起落落的灰白紙花，它們降落在馬羌棺木上的拍打聲，在寂靜的羅布荒原上轟然作響，聲音巨大。

可是，令尉屠耆沒想到的是，整個樓蘭國在為樓蘭王后舉行國葬的這天，天相生變。他們從未見過的日全蝕，近乎巫術般在晴天朗日下壓在每個人的頭頂上，這無疑暗示著一個不祥預兆的到來。

薄霧散去，天熱了起來，太陽又大又白，在天上反射著眩目的光。風一直在整個羅布荒原上的灌木叢中追逐。好像世界就是這個樣子，絕無干擾。

送葬的隊伍中，一個老人看了看天，停了下來，說：「我從沒見過這麼大的太陽。」

最後，大家停了下來。盛大的墓葬儀式在孔雀河下游北岸的庫魯克山前舉行。這裡距孔雀河不過數里之遙。

這時，一個著黑衣的老者從人群中站了出來。

一路上，這個黑衣人一直走在人群的最前面，他有一隻眼睛是瞎的，臉上有一種令他感到陳舊的色彩。他的臉上，沒有一處是熨貼的，似乎無法顯得安詳。因為那臉上有很多不調和的，更為幽暗的世界的蹤跡，以至於讓人不敢肯定這是不是對付魔鬼的一種顯形。

他是一個巫師。和其他的巫師一樣，相信萬物有靈，他們將日月、山川、河流、樹木、飛禽、風雨等自然物崇拜為神祇。所以，他們會經常迷信某些自然現象，從中卜測即將發生的事情。

巫師對樓蘭王尉屠耆說：「我知道你要為樓蘭王后舉辦一個重要的儀式，現在，我們即將走完這個儀式了。」

尉屠耆點了點頭，看他在祭壇前跪了下來。

巫師雙手朝天，對著太陽睜開了眼睛，很難想像，他的另一隻重新張開，發出微光的眼睛真像是一個洞，看見它的人都感到駭人。

在葬禮上，巫師跳起了一種很奇怪的舞，嘴裡念念有詞，似乎在祈禱著什麼。一個神祕的儀式，伴隨著巫師的喃喃自語。然後，他高舉起一只聖杯，陽光很快追蹤它的路徑，將它照得通亮。

啊哈咳，
高桌擺中央，
呵，祖先，
神燈明晃晃。

啊哈咳，
弟子齊禱告，
呵，祖先，
敬請神來臨。

啊哈咳，
擺起虎皮椅，
呵，祖先，
燒上一炷香。

啊哈咳，
弟子齊膜拜，
呵，祖先，
鈴鼓輕輕響。

一絲風也沒有。

剛開始，一團暗灰的陰影若無其事地徜徉在太陽旁邊，很快，沒等人反應過來，像是有一股巨大的昏暗氣流在不知不覺間湧動，天色就暗下來了。尉屠耆仰起頭來，有些吃驚地看著天。他還不知道這是日全蝕。但是他覺得，這一定是一個徵兆。

尉屠耆離開樓蘭國很多年，他還不十分瞭解這裡的預言。

比如，他們這些巫師們把徵兆分好幾種，天空的徵兆，飛鳥的徵兆，家禽的徵兆，還有四腿野獸的徵兆。他們知道徵兆能在大雁遷徙的方向中找到；還能在打獵時，或者捕魚時，藉由動物的血濺在人體部位上來判斷凶吉；如果，人在走路時，手裡的東西莫名其妙地碎了，那這個人必死無疑。

還有更厲害的，說是河裡或者湖裡的水一夜間變紅，那麼，這個國家的城池一定會被一場突如其來的戰爭所摧毀。

現在，鉛灰色的光一直從天邊漫下來，沙地，荒山變得灰黑，顏色看起來怪怪的。周圍一片死寂，彷彿早被這突然變色的天地所震懾住。這個時候，周圍的景色全都不對勁，像是假的，鉛灰色的光沉重地壓在了所有人的頭頂上。

他不知道這樣的天相表示著什麼，但是，這一定會有什麼奇特的暗示吧。

他的心緊張得要跳起來。

「快看太陽——」

大家往天上一看，不好了，這太陽是一個模樣奇怪的黑黃色，右下角缺了一個口子，這口子像月牙一樣不動聲色地舔食著太陽。

人們仰起脖子看著天上，他們從未見過這樣的場景，眼裡露出了驚恐。懵懂的小孩子不知道發生了什麼事情，嘴角一歪哭了起來。但是，這幾聲孩子的抽啼聲也像是泡過水般變得軟綿綿的。

而老人一臉沉重，想破腦袋也想不出樓蘭國曾發生過什麼可以與之相比的事情。這突如其來的灰黑讓一個原本美好的中午變得昏暗，無精打采。四周是一種像噩夢一樣的靜謐。

一個在人群中發出哭聲的孩子喘著氣，頭髮濕漉漉的，他仰著頭，對身邊的老人說：「天黑黑，天黑黑。」

他的手指著太陽。

老人拍了拍他的頭也說：「天黑黑，天黑黑。」

孩子朝著老人的懷裡擠了擠說：「我怕。」

巫師全然不顧人們的慌亂，他在祭壇正中間跳著舞，他的動作很快，腳下黃土斜斜地飛濺。稍遠點看，他就像是一個離地半尺騰空而起的怪物。

然後，他在設壇之後，又開始了請神禮儀：

起步，起步呵，
舞步輕，
步步靠近了呵，
我神明。

踏步，踏步呵，
舞步緩，
步步靠近了呵，
神祇前。

接著是《列隊》：

排對排，啊哈咳，
穿花裙的巫師，
迴旋來。
排對排，啊哈咳，

肩並肩，啊哈咳，
穿花衣的巫師
迴旋來。
肩對肩，啊哈咳。

「太陽要斃了——」突然，大家聽到人群中一聲驚恐變形的尖叫，像某種不知名的飛禽從高處尖叫著俯衝下來。這一聲駭人的呼叫就像是被人一口氣吹滅了天上那盞恐怖的燈，天一剎那間就全黑了，天地萬物均被這股巨大的昏暗氣流淹沒，只有若隱若現的一個輪廓。

人們不知道日全蝕是怎麼回事，都很恐懼，顯然也被這樣的天氣變化嚇壞了，睜圓了雙眼望著天空，似乎昏暗的天空是一個大洞，一不小心就會被吸進去喪命。日全蝕是幾百年一現的事情。

巫師在人們驚慌失措的叫喊聲中繼續跳著古怪的舞。

奔跑，奔跑，快奔跑，

快快跑，
善良的翁衰呵，
飛過來了，
咿呀呼嘿呀！

飛奔，飛奔，再飛奔，
快快奔，
聰慧的翁衰呵，
即將來臨，
咿呀呼照呀！

天徹底黑下來了。

太陽隱去，而黑色，正從這個世界的邊邊角角升起來，四周飄浮著混濁的浮游物，詭異地彌漫著，融入到浩蕩的，貌似「夜色」中去，滿得不得了，也空得不得了。周圍看不到什麼，但裡面有一種荒涼。黑夜的氣味不像是從天上，而像是從人們的衣服，嘴巴，頭髮裡，從指甲蓋裡散發出來的。

無聲的黑色固執地滲到事物的內部，使一切都帶上了夜的顏色——那種恆古長存與天一樣的顏色。堅持至久，融化一切。

光線越來越暗，空中彌漫著一股塵土的味道，天灰濛濛的。

當天邊的一小抹亮光正在奮力地從濃雲裡擠出來，地上就已經蓋滿了泥灰色的浮土。這不知從哪裡來的浮塵使整個羅布荒原變得醜陋、荒涼。沿河的那幾座荒山看起來髒汙，歪七扭八的，像是被這一場突如其來的浮塵壓著，快要倒塌。

一隻老鷹恰巧從這裡飛過。鷹爪緊緊抓住太陽最後一絲的光亮。牠展開的巨翅帶來一團黑影，抹去了最後一絲色彩。牠幾乎沒有再飛。

老鷹的翅膀在衰老。

這個戲劇性事件後面沒有真正的謎語。

這個時候，薩滿師進入了癲狂的「高潮」：

　　哎格，哎格，
　　哎格呼嘿呀，
　　手中握緊皮面鼓，

默默祈禱我師父。

哎格，哎格，
哎格呼嘿呀，
凶神喜神快活神，
頻頻酹灑敬美酒。

處於舞步癲狂高潮中的薩滿，一邊向祭壇傾灑酒漿，一邊祈禱祖神降臨「保佑」：

身穿法衣起舞步，
咿勃格呼，呼嘿呀，
遵從古禮向神呼，
咿勃格呼，呼嘿呀。

身穿花裙迴旋舞，
咿勃格呼，呼嘿呀，

請神降臨隨舊俗，
咿勃格呼，呼嘿呀。

最後他的身體完全俯地：

自我先祖，
篤信薩滿，
皮甲神祇呵，
敬請降臨。

自我祖宗，
尊奉薩滿，
寶甲神祇啊，
敬請降臨！

唱畢這支薩滿歌，眾人的心便被掀得一動一蕩的，似乎真的有神要降臨了。這個時候，日全蝕到了全吞，天空漆黑一片，感覺充斥天地間的那股巨大暗流滾滾而來。參加太陽葬禮的人們都因為這個神祕的儀式而肅穆不語，在一瞬間全都朝著太陽的方向跪了下去，嘴裡念念有詞。似乎在這一特殊時刻，只有靠祈禱才能消除內心的恐懼，才能讓天空恢復以往的模樣。

終於，日全蝕開始偏移了，月亮和太陽一點一點錯開，太陽露出了一個邊，並綻放了耀眼的金色光芒。這月亮和太陽錯開的速度很快，天空中的金色光芒越來越寬大，那股巨大的昏暗氣息像潰敗的士兵一樣紛紛退卻。

「太陽出來了。」

有人發出了一聲呼喊，好像天一下子被一雙神祕的大手翻了過去，帶著神的旨意，從頭頂上向人們一股腦兒地砸了下來。天色亮了許多。

而在他們的左側，出現了一個意想不到的奇觀：濃黑猙獰的黑影像被一隻巨大的手掌抹到了一邊。最後，金色光芒像利劍似的把昏暗氣息斬斷，讓它們化為細小的塵埃，消聲匿跡。經歷了日全蝕的太陽仍舊是那樣赤灼和熱烈，仍一如既往地向著萬物投灑光輝。

現在，這只金黃碩大的圓形球體在越來越亮的天光中熠熠生輝，在雲層的中間，被層層遮擋，又從雲層的縫隙中奔湧而出，在人們的視野裡舉世無雙地站立。它完美而傲慢，反射出的瑰麗色彩一下子覆蓋了大地。

天地重新又變得一片光明。

人們一下子跳了起來，對著太陽歡呼。

尉屠耆驚喜地看到，一個無與倫比的太陽正劈面而來，閃耀著難以言說的光芒，有如來自天國的斑斕，就懸掛在離他肩頭不遠的地方，伸手可及。它從來未被人複製過，比任何時候都靠近自己。而不是平常掛在天上很高的地方，需要仰頭才能看見。

尉屠耆被深深地震撼了，朝著太陽跪了下來——這樣的太陽葬禮，一定是神的旨意吧。

當太陽從雲層裡一點一點地露出來的時候，尉屠耆從不遠處山巒頂的一塊岩石上看到了一隻蒼鷹的灰黑色身影，牠被這不祥的天空的陰晦襯托得格外醒目。

突然，牠的嘴大張，發出尖銳破空的一聲嘶鳴，然後，翅膀有力地扇動，倏地從黑灰色的雲層飛過，衝上了天空，乘著無形的，輕輕托舉的氣流飄搖而去。

遠遠地，每隔一陣兒，就聽見低處的雲層裡傳來它的叫聲，那叫聲好像要催毀什麼東西似的。

這個時候，人們驚奇地發現，墓地上出現了一組由七層胡楊木樁圍成的橢圓。木樁子粗細不一，最裡面一層的木樁直徑有兩三釐米，而最外一層卻粗達十餘釐米。這七層木樁外又有呈輻射狀，且向四面散射出去的立木。那些立木狀如男性的陽具，上面畫著難解的符號，遠遠地看，整座墓地，猶如一輪光芒四射的太陽。

馬羌將被葬入這個太陽墓地。尉屠耆的眼淚流出來了，馬羌這一葬，便真的是永別。他親自將馬羌放進棺木，讓她的頭部向著東方，然後蓋上了美麗的綢布。很快，馬羌就被埋在了太陽墓地的中心，沙子被士兵弄平整後，外露的七層木樁頂端真的像太陽波光一樣朝周圍散開去。

這一場「太陽葬禮」的確有如神示。

離開樓蘭的時候，在尉屠耆帶領他的子民們告別樓蘭國之前，曾又一次到過皇家墓地，向埋葬在這裡的祖先們告別。

他記得很清楚，來到這裡的時候是個凌晨。他很輕易地就找到了這裡。他讓隨行侍者們在覆蓋著沙子的沙山下面等著，自己單獨上去了。

皇家墓地上，一種說不出的氣味像濃霧一樣隱隱浮動。

尉屠耆知道這片沙土下面埋著他的父親，還有母親。她的母親樓蘭王后提漠去世的時候，他才十四歲，就去了千里之外的中原長安。

十四歲是他生命中的一道界線，同年，母親的痕跡消失了。這個時候，他開始明白，母親並非像自己想的那樣出遠門了，而是永遠都不會再回來了。

儘管沒有墓碑的確指，任何沙地下面都有可能埋著自己的母親。但是，她的棺木究竟在哪片沙土之下？被哪些沙石掩埋？那些沙石的顏色是否因為埋了她而質地異常？

尉屠耆圍著一個又一個木樁子轉，覺得自己來到這裡，實在是一種特殊的機緣，一種昭示。

在墓地的最東部，聳立著一根高約三米的多菱形木柱，柱體刻鑿著幾何形的橫槽，上面隱約有花草的紋樣。而在沙丘的另一邊，恍若有一條紅色織物在風的拂動下飄忽不已，過程很短暫，好像飛鳥掠過。這種景象難得一見。再一看，平坦的沙地上空無一人。

這裡是母親提漠的棺木嗎？

時間好像在一剎那間靜止了，尉屠耆心裡一陣激動。他在這座荒蕪的沙山上的多菱形木柱面前，一遍一遍地看著，用目光撫摸著，感到來自血緣的神祕親和力，似乎母親提漠的面容在眼前模糊地浮動。

她的嗓音在時間的深處盤桓。在她的歌聲中，他聽出了一種奇怪的，陌生的悲哀：「長治久安兮，國富民泰。沙礫成岩兮，遍生青苔。」

這首歌如同被扼緊的喉嚨，發出不絕如縷的柔聲嗚咽。

浮塵是從第二天的凌晨開始下。

在這之前，一個老人已連續做了幾個噩夢，被嚇醒。睜開眼睛正楞著，他聽見窗子上發出細微像是刮魚鱗一樣嚓嚓的聲響，第一感覺是下雪了，一想到這個詞，他一下子覺得身上有些發冷。

好像不對，才是五月，不是下雪的季節啊。

這時的尉屠耆就要離開樓蘭了。讓他沒想到的是，回國的這些日子一切太過匆忙，以至於對家鄉的最後一眼，他竟然什麼也沒看清。

他的眼睛變暗了，頭腦也是糊塗的，以往熟悉的街景突然變得陌生起來，讓他有了一種奇怪的感覺：那混沌與陌生是從他心裡散發出來的。是的，就在他心裡，在那兒。

黃土路邊，站了好多等待遷徙的人們，三三兩兩的，遠遠地看，好像那些是凸現出來的有生命，有重量的灰色暗影，在有些躁動的走動中，正發出各種各樣的聲音，那些聲音，也好像是從另一個世界發出來的。

「啥都看不清。」

「怎麼馬車還不來？」

「什麼時候開始下土的？」

「昨天晚上吧——也可能是今天早上。」

路邊有隱隱約約葡萄藤的香氣，在人群與塵土混雜的灰霧中，一會兒濃，一會兒淡——

終於，一隊隊馬車在從路的拐彎處出現了，在濃稠的塵土中開得很慢，很猶豫。

就這樣，朝著「伊循」遷徙的人群和馬群走過白龍灘，又走過一望無際黃沙漫漫的戈壁荒漠，一路上，他看到不少大獸小獸的骨頭散落在沙子中，當然，還有人的。在接近一個山頭之前，尉屠耆勒住了馬，風聲颯颯，他將灰色的粗毛長褸拉了拉，藍色的眼睛直盯著身後遠去的，有如小黑點兒的樓蘭城堡，若有所思。

隨後，尉屠耆看到了城外的那片樹林，它還是那麼蔥綠，好多樹實際上都已經長成了大樹，濃密的枝葉把直射而下的陽光泛出明亮的光芒。這麼多年了，這片樹林又向四周延伸出了一些小樹林，遠遠地看上去，像一條綠色圍巾似的包裹住了樓蘭。

還有那條河緩緩朝樓蘭城的方向流去。河水不知道人已經走了，仍一如既往地流淌著。以後，不知道誰會喝這條河裡的水，誰又能從河水中看到自己的影子。

尉屠耆突然想起，馬羌會在哪兒化作了一縷輕煙呢？就在那一刻，他還是無法相信她真的死了，他覺得，自己閉上眼，只要重新張開，就一定會再次看見她的身影。

這個時候，一陣風刮起，大片的沙塵撲了人一頭一臉，頃刻間，這沙塵把樓蘭城遮掩得不見一絲蹤跡。

「快看，樓蘭消失了。」身邊不知是誰指著遠處，說了這句話。

尉屠耆聽到後，禁不住地嚇了一大跳。

樓蘭人遷到伊循（後稱鄯善）後，第一個冬天就使他們吃盡了苦頭。因條件所限，尉屠耆居住的王宮只能是臨時搭起來的草棚，其他的人便只能將就著過了。在寒冷的夜裡，這些住在陌生之地的人們難以入睡，常常睜大著眼睛，聽城廓外的風聲等待天亮。

到了「伊循」的第二年，他們種了些樹苗，但是由於缺水，樹苗好多都死去了。風掠過枯黃的樹桿，發出沙沙的聲音，就像是一聲聲嘆息。

距伊循很遠的地方是一處連綿在一起的山崖。就像是被一陣風吹過來似的，有一天，一個貪玩的孩子抵達山下，驚奇地發現岩峭上一股細細的水流從崖上流了下來——「有水了」他的心裡一陣歡喜。

比這更歡喜的是，岩崖上長著好多棵灌木，鬱鬱蔥蔥的，上面掛著些野果子，但是，山崖太高，沒人能採摘得到。所以，它們熟透了就自己落下來，沒有一點聲響。

據說，曾有樓蘭人不滿意遷徙後的生活條件，偷偷從伊循返回樓蘭，當他們歷經艱辛來到樓蘭時，看看四周，好像什麼也沒改變，天空還是在無邊的寂靜中，湖泊的顏色沒有任何變化，在它的周圍，新長出來的蘆葦很茂密，又高又直，把通向樓蘭的路都給擋住了。

可是，在它的旁邊要是多站一會兒的話，能感覺到一些變化——以前一眼望過去，看不到羅布泊湖水的邊際，而現在，湖泊變小了。大片的湖水已被黃沙淹沒。在湖岸毛茸茸的邊緣處，顯出有些寒嗆狹小的輪廓。

走進了樓蘭城，沒有半點人聲和其他生命的氣息。風卷起塵土，幾處殘破的木屋已經搖搖欲墜，所有的人都沉默不語，在這樣的景致面前，大家好像感到了一種不祥的存在。成群的烏鴉從她們的頭頂上「呱——」的一聲飛過去了。

他們在這裡住了下來。

又過了半年，有一天早上，天上如常下起了塵土。塵土，正從整個樓蘭城的邊邊角角升起來，四周飄浮著混濁的浮游物，詭異地彌漫著，融進浩蕩的曙色中去，滿得不得了，也空得不得了。周圍看不到什麼，但裡面有一種荒涼。

夜裡最黑暗的時辰過後，嗆人的塵土大片大片地降落了下來，光線越來越暗，空中彌漫著一股塵土的味道，在沙暴來臨之前，天是灰濛濛的。

雞啼以後，天仍然是混沌的。因而，這幾聲雞鳴也像是泡過水似的軟綿綿。一位老人家的馬一踏出門，發現周圍的景色怪異，像不知從哪兒點了一盞黃色的燭光，到處都是黃色，樹木，房屋變得灰黃，顏色看起來怪怪的、像假的。周圍一片死寂，彷彿早被這黃色的天地所震懾住。

這匹膽小的馬害怕起來，開始奔跑。牠它跑得很快，全身映著黃光，黃燦燦的，跑在大路中間有點像奇異的生物。

這突如其來的浮塵讓一個原本美好的早晨變得昏暗，無精打采——樓蘭何曾像這樣的安靜過呢？

對於這天早上突然降下的浮塵，人們各自有不同的反應。

一個老婦人從窗內向外張望，門前的大路和黃土路一樣，都是灰塵，沒完沒了的灰塵，偶爾有一輛車經過。破塵而行，然後就消失了。也許，在這樣的沙塵天氣，每一段路，都是相似的。

想到這兒，她的腦子亂起來，拉上了木屋子裡所有的綢簾，把外面的世界關得緊緊的，然後點亮了燭燈。

她這麼做倒不是害怕天上落下的塵土，而是對這件突如其來的事情還沒得出一個明確的看法。但是，倘若她得出了什結論的話，又能怎麼樣呢？畢竟，這些天讓她操心的事情真的是太多了。

因此，她在拉上了窗簾的昏暗屋子裡走來走去，當作什麼也沒發生。

她不知道，出現在他們面前的樓蘭城已面目全非，羅布泊和塔里木河已經乾涸，沙塵一越而過，正一點一點地埋沒樓蘭城頭。

第八章

樓蘭亡國後，從唐代以後的羅布泊區域就進入了長達近十個世紀晦暗難明的時期，古道他移，繁華不再，羅布荒原失去了在絲綢之路上的關鍵位置。

不過，在羅布泊岸邊有一支樓蘭遺民哪兒也不去，被後來的人們稱為羅布泊人。他們主要居住的村莊叫阿不旦，意思是「有水有草適合人類居住的地方」。

不過，塔克拉瑪干大沙漠四緣綠洲的居民似乎不大看得上羅布人，他們並不把羅布人看成是「自己人」，說他們不與人為敵，也不與人交往。

他們以捕魚為生，以野麻（羅布麻）織布為衣，他們的語言與附近的居民並不完全相同，也缺乏與鄰人交往的熱情，自生自滅，過著一種完全退化的，物質奇缺但又自給自足的過著封閉生活。

這無疑是脫離時代的一種自贖。

時間很快滑到了近代。一八六二年至一九三四年，在羅布泊荒原中，羅布人的首領是昆其康伯克。

斯文．赫定是中亞探險史上最後一個見到昆其康伯克的人。

他曾告訴斯文．赫定，他的家族是羅布人的世襲首領，現在的阿不旦村是他的祖父努買提建立起來的，他們世代生活在羅布泊湖岸。

這條河就是羅布泊探險史上有名的伊列克河——塔里木河下游紊亂水系中一段基本穩定的河道，阿不旦的羅布人叫它「阿不旦河」。

羅布村人睜開的第一眼，就能看見眼前的這條大河，陽光給寬闊的河面刷上了一層淺淺的白。在這條河流平靜的水面上，成片蘆葦的倒影在波動起伏。

阿不旦河水仍流向喀拉庫順。

因為有了湖泊，這個地方始終只給他們提供它所能給予的魚和少量的玉米，小麥。樹皮船停留在岸邊的胡楊樹底下，新開的蘆花氣味，鳥蛋的氣味，葦叢中野鴨子交配的氣味，河裡魚的氣味，水草的氣味連綿濃烈。

特別是葦草的氣息。

不知道這麼強烈的葦草氣息是從哪裡來的，現在，它們凝固在阿不旦村的上空。還沒到蘆葦收割的季節，葦草的氣味像是直接從阿不旦河裡散發出來的，就好像大水是葦草的氣息直接引來的，正是因為有了葦草的氣息才有了大水，否則，阿不旦河的水是無論如何也漲不起來的。這些氣味沿著河岸和船上的人一起走到陸地上去，他們大都是男人，全都非常的瘦，非常的黑。

男人每天出去到河裡捕魚，女人則留在家裡，只要孩子還活著，母親們總是有辦法把他們養大。不，更多的時候是這些孩子他們自己在蘆葦叢裡尋找野鴨子蛋，用木鉤子釣小魚，那麼燥熱的天，堆放在河灘泥地上的魚散發出令人作嘔的腥味。

阿不旦村到處都是孩子。

在這個村子裡，總是有孩子在出生。他們像是隨季節生長的果子，潮水般地來臨。一群群地，大的後面跟著小的。他們棲息在低矮的茅屋裡，蘆葦叢裡，河灘的泥濘裡，起伏的叫聲尖聲尖氣的，在熱辣的阿不旦村迴響。這簡直有如一種災難。

不過，他們的出生好像並未得到那些粗心母親的重視，直到他們能自己捉蝨子的年紀，也就是十一、二歲吧，那些孩子，說是怕被太陽曬傷，他們通常是一絲不掛的，從頭到腳抹上了河泥，像魚一樣地光滑。看起來瘦骨嶙峋，有的孩子身上還生著難看的瘡。

他們在河岸上不停地揮舞著手臂，不是驅趕成群成群的蒼蠅，而是在空中低飛，正企圖與他們搶食吃的烏鴉。

在阿不旦村，每家茅屋都是由紅柳枝和蘆葦桿圍起來的。可形狀卻都不一樣，有的方，有的長，有的扁圓。

還是正午，四五個頭髮亂糟糟的小孩子從村頭一間由紅柳樹枝和蘆葦搭建的低矮茅棚裡走了出來，其中一個孩子的背上黏著幾片魚鱗，在太陽光下面閃著光。

他們每個人的嘴裡都被那些煮得半生不熟的玉米粒塞得滿滿的，一個被他們叫做「大」的人來到其中一個孩子的身旁，這個男人無比憐愛地看著其中一個光著上半身，正朝自己翻白眼的怪孩子，一邊用有些油膩的手把他嘴裡的玉米粒摳出來，一邊責備他說：「野鴨子都不吃的髒東西，你該吃點肉。」說著，把手裡一塊黑乎乎的魚片塞在了孩子的嘴裡。

一會兒，這間紅柳屋子裡冒出了一股嗆人的煙火，一個大孩子光著上身，正低著頭，撅起屁股奮力地劈柴，他是多麼的有力，勤勞。

那個被他們稱為「媽媽」的人，用葫蘆水瓢在水缸裡攪得水花飛濺，嘴裡罵著這些餵不飽的小東西，他們那些粉紅色的小嘴總是因為饑餓而不知疲倦地大張著。

奧爾德克就是這些孩子中的其中一個。

野鴨子和饑餓的烏鴉在阿不旦的上空展翅，間或有一隻野鴨子垂直墜入水中，既新奇又好笑。奧爾德克以為，這就是自己成年累月所看到的世界的全部。

有一次，他差一點在水中死去。

他那麼小，才四歲多一點，在看起來大一點的孩子身後下了河。孩子太多了，沒人看到他這個危險的舉動。奧爾德克落水後。那種在水中沉浮的感覺就像是在空中飄著。他聽見阿不旦村的樹，房子，還有沙地上的駱駝都發出咕咚咚的聲音，像一連串的果實墜地。

他想抓住它們其中的一個，卻都一一不見了。

他睜著眼睛，看到水草，蘆葦桿在水中變了形，一些小魚舔著他的皮膚，自己正被一股巨大的溫暖所壓迫。奧爾德克歷經一次最為奇異的旅行。最後，到底是誰把他抱上岸的也已記不得了。

當母親看到奧爾德克像一隻濕淋淋的野鴨子被人拎著，很隨便地扔在了她腳下時，她竟然滿不在乎地大聲笑了起來。

不，不止這些。成年後的他，看到了更多。

奧爾德克出生的季節大概是秋天。

他在新生的血泊中啼哭著，音質具有金屬般的堅硬。可他一生下來，母親就察覺到他身體的比例不對，兩腿奇短，雙臂卻奇長，當她用一隻手抓住他的兩隻腳到懸在半空中時，感覺他就像是一隻野鴨子。

母親有點害怕了，像扯麻繩一樣地用手把他的四肢扯平，這一舉動引起了奧爾德克的抗議。他的啼哭聲驚起了羅布泊旁邊的一群野鴨子，牠們從蘆葦叢中飛了出來，在空中撲騰著翅膀，遲遲不落，低飛的身影被大門外的一束陽光照了下來，像一個有著預言意味的剪影，落在了門框上，剛好被他的父親看到了。

「就叫他奧爾德克吧」。

奧爾德克是「野鴨子」的意思。

按照羅布人的習慣，嬰兒出生時遇到的第一件事，或者是看到的第一眼東西，就會成為他的名字。

反正從那以後，「奧爾德克」這個名字就這麼被叫開了。

奧爾德克長大了，渾身散發出一股濕漉漉的小野獸氣息。

一天，奧爾德克把雙腳探進水裡，他的舉動使周圍的水面泛起了漣漪。他低頭一看，自己竟然是平穩地站在水面上，他試著向前走了走，沒有沉下去。水波在腳下流動，感覺又軟又滑，舒服極了。

不知不覺，他離岸上的孩子越來越遠了。

一群在河邊戲鬧的孩子在此時都一一噤住了聲，笑聲停了下來，吃驚又羨慕地看著眼前的這一切，這個與他們不一樣的孩子：「這不是真的吧。」

過了好久，其中一個羅布孩子小心翼翼地把腳伸進了水裡，一腳踏在了河泥裡，身子軟軟地滑了下去，濺了自己一身的泥水。

這個孩子用怨恨的目光看著水中的奧爾德克。

「奧爾德克，你一定是個怪物吧。」

想到這裡，孩子們都興奮起來。然後，他們就相互比賽，看誰能夠砸中正在水裡滑行的奧爾德克。

突然，奧爾德克的頭被一塊很大的魚骨頭給擊中了，疼得「噉——」一聲叫了起來。回頭一看，是一群光著身子的羅布小男孩，其中一個孩子朝他「噗哧」一笑：「野鴨子，野鴨子。」就哄笑著跑開了。

沒過多久，更多的碎石片和魚骨頭砸在了他的身上，就像是在趕一隻真正的野鴨子。

後來，奧爾德克踩著水花的動作越來越富於變化，他有時候雙腿微彎，雙臂伸展，像一隻真正快活的野鴨子那樣在水面上飛速滑行，水花在他的身後形成了一道白花花的水幕。

他跟水是那樣的親密無間，難捨難分。

水就是他，他就是水。

他曾經聽說過，這個羅布荒原在從前也是一片汪洋大海。只是後來，它乾枯了，流到了很遠的地方去了，那是世界的另一頭。全世界的水都要到那裡去，水是藍色的，跟天一樣的顏色。

這是昆其康伯克聽他的父親說的。

奧爾德克最喜歡的動作是在水中倒立，因為在他倒立的時候，他能在水面上看見自己的倒影，這影子被水流可笑地拉長和彎曲，自己都快不認得自己了。這個時候，岸上的人就會一再地想到同一個問題：奧爾德克到底是人還是一隻野鴨子？

「野鴨子。」奧爾德克輕輕地喚了自己一聲。

「為什麼會這樣？」

當他的嗓子像一隻真正的野鴨子開始變聲時，他為自己不是一個正常的人而感到微微的羞恥。

他不知自己要去哪裡。現在，奧爾德克坐在阿不旦河邊，看水，也看水鳥。那麼多的鳥，從一片水域，滑到另一片水域。這段距離就像一個謎。他想，也許這段距離就是一扇門，水鳥兒用翅膀打開。只是，沒有一隻足夠大的鳥兒能帶他飛過這段距離，否則，他就能知道那個祕密了。

他蜷縮著身子，低頭看了看自己，他的腿上和臉頰上都長出了鬚毛，因為害怕，他的喉嚨裡有些發癢，一張口，就發出了一聲「呱——呱呱」的叫聲。

他感到更加的羞恥了。

他開始沿著河岸奔跑，阿不旦河的水面上蒙著一片夏末時節又厚又寬的光亮，葦叢裡還混雜有一層紅彤彤的濃霧。他低聲呱呱叫著，打算折回家，他伸腳去撞那些髒汙的野鴨子和那些在水裡遊戲的孩子，他們的腳濺起了河底龜裂的爛泥，赤著身子的男人在淺水中洗浴，水淹沒他們的腿肚子。

他們都沒看見奧爾德克蹣跚著走過。

§

在阿不旦村裡，那些羅布老人，長年在河裡捕魚，一個個看起來乾瘦，沉默，黝黑，渾身散發出一股濕漉漉的魚腥氣，還有水氣。除了每日捕魚，他們還收割成熟的蘆葦，沿著阿不旦的河水兩岸，有好幾百英里長的蘆葦灘，蘆葦是那麼的多，一茬一茬地成熟，好像永遠也割不完。到了割蘆葦的季節，強烈的葦草氣息好像是從黃亮的河水中直接散發出來的，然後彌漫，凝固在空氣中。

那些濕潤的葦草，莖桿包裹著汁水，清新的植物氣息順流而下，流在了河岸上，樹底下，自家的門口，還有稍遠些的窪地上，葦草長年堆積，一層又一層，像生了根一樣地留在了那裡，給阿不旦村帶來足夠的柴，編織器具和蓋房子的材料。

一年又一年，日光和風把葦草垛裡的水分吸得乾乾淨淨。最後，它們由濕潤的金黃色變得淺黃，最後是和沙地一樣不起眼的，有些髒汙的灰白色。

這一眼望不到頭的蘆葦灘是奧爾德克從小逃避母親的地方。蘆葦的清香氣息深入到他的骨髓，成為他童年深感安全的氣息。就像這裡每一個人皮膚上濕漉漉的魚腥氣，就是在睡夢中也感到它的籠罩和消失。

到了夏夜，葦叢發出濃郁的氣味，帶來了一些深水下潛流的聲音，不，那不是水流聲，而是植物枝蔓被揉捏的嘆息聲……而這平靜的水是乳汁般的傾瀉，是午夜軟綿綿的，孤獨中的東西……

奧爾德克每天在這條河裡玩的時間是越來越長了。

一開始，他只是在吃過午飯後才到河裡去，太陽一落山就上岸回家。後來，天一亮他就在河裡了。直到有一天早上，岸上的羅布人驚訝地發現，這個九歲的孩子兩腿穩穩地踏在水面上，雙臂左右扇動，他站在水上，就好像沒了重量，渾身濕漉漉的，河水明晃晃地照著他，像剛出水的鳥兒一樣閃著光。

在他的身後，居然跟著一大群搖搖擺擺的野鴨子，看上去牠們真的是快活極了。

岸上的人在欣賞完奧爾德克在水中的走姿以後，很快就想到了同一個問題：「這孩子連捕魚的事都不肯幹，那麼，他在水面上行走到底有什麼用呢？」

人們看到奧爾德克既沒用又不聽話，還長得古怪，腿短手長像是一隻野鴨子。

「上來。」風很大。終於有一天，父親的召喚聲有如耳語。

奧爾德克從河岸邊向樹皮船奮力一躍，他跳躍的姿勢留在了自己的記憶中，成為他童年時代在阿不旦村裡，那平凡封閉生活中最富有冒險精神的一躍。

一個重重的巴掌扇在了他的臉上。

第二天中午，奧爾德克的父親才回到家中。不知道他這一晚上哪兒去了，沒人敢問。船上的魚死了一大半。很顯然，是太陽把牠們給活活地曬死了。魚就是這樣，如果不及時地妥善處置，牠們就會用死亡來懲罰人們。

父親回來後，倉促地看了母親一眼，又用恨恨的目光看了奧爾德克一眼，就搖晃著進屋去了，一頭倒在了破氈子上，這一躺，就是整整三天。醒來後，他看起來比以前更沉默了。

§

終於有一天，該是奧爾德克第一次失蹤的時候了。

奧爾德克在羅布泊的第一次失蹤，抑或說他人生中的第一次主動失蹤。當然，他這樣做，無非是想懲罰父親一次。

但是他並不知道，他這一走，從前的那個自己在心裡就永遠地回不去了。他在心裡成了一個徹底的浪子。

那天沒有風，正午提前把乾裂的熱氣放了出來。

奧爾德克站在離家不遠的一段河岸，河道拐過一個不怎麼大的彎，他看見他家的船被濃密的蘆葦遮住了。母親看不見他，她永遠在屋子裡忙活。她不會四處張望。

他定了定神，一下子狂奔起來。

這是羅布淖爾的戈壁沙漠。他的土地。奧爾德克越跑越快，跑得越遠，離陌生就越近，就越加清晰地感覺到自己在遠離河流潮濕的氣息。

直到看不到房子，還有人，奧爾德克才感到了興奮。

前面出現了一些枯死的胡楊樹，他緊張地朝四周看了一下，爬到了一棵稍壯的樹椏上，半蹲在上面，像是一隻受驚了的小獸。遠遠地，他在樹上又看到了他的村子，土黃色的包，像一動不動的墳塋。

可是，正午酷熱的陽光下的熾白，幾近無聲的沙漠，像死獸一樣的枯樹，這一切，組成了一種讓人恍惑的氛圍。

我是誰呢？我在哪裡呢？

奧爾德克不知道這種兇險的遊戲還能進行多久，直到太陽躲到了枯樹墩的後面，那灰紅的顏色讓人深感詭異。

一群野駱駝出現了。

隨之出現的是一位少年的黑色身影。他遠遠地出現在一片像殘牆的沙梁上，手裡拿著一張紅柳弓箭，正慢慢瞄準在樹上的自己，奧爾德克一下子糊塗了，緊張地縮了縮身子。一會兒，少年的弓箭放下了。

奧爾德克看著少年遠去的身影慢慢變小。

接近半夜的時候，在樹上睡覺的奧爾德克被一隻陌生的手搖醒了。

月光下，一個少年抓著他的手，高顴骨，厚嘴唇，右耳朵的下角缺了一大塊，喉結因脖子長而顯得尤為突出。是白天見過的那個少年。當他用像魚叉尖刺一樣的手指緊緊卡住奧爾德克的胳膊時，奧爾德克感覺他是強悍而有力的。

這時，奧爾德克發現他的手與眾不同，手背上布滿了筋絡，像老人的手那樣皮膚多皺，指甲尖而長。還有——他的手居然只有四根指頭。看起來他跟本不像是人的手，而像是鳥類的爪子。

「你是誰？」他本能地甩開了他的手，摸索著起身，發現身體已僵直得難以動彈。

他的鼻子奇怪地抽了抽，像是嗅到了什麼氣味，然後，戲笑著用一種肯定的語氣對奧爾德克說：

「我見過你。人人都說你是一隻會飛的野鴨子。」

接著他又說：「我知道你最近總愛在河面上行走，那裡是不是很好玩？」

他抽著鼻子，嘴角露出了一絲笑意，好像在告訴奧爾德克，這一切都是剛剛從他的身上嗅出來的。

「不許笑。」

奧爾德克眼睛一瞪，好像跳過了另外的一個世界。

接下來，這個夜晚無疑變得有趣而愉悅起來。

在荒野上，一個陌生的羅布少年，跟他在一起說一些不著邊際的話，加上野獸一樣的死胡楊在豎起耳朵聽他們無聊的對白。草叢中有小蟲子在叫。奧爾德克的恐懼感慢慢地消失了。

很快，奧爾德克就知道了這位莽撞的羅布少年叫阿布都拉熱依木，他就住在離阿不旦村五公里處的都拉里。（都拉里：意思是老爺住的地方）

奧爾德克此時還不知道，十八年過後，這位羅布少年成了整個羅布人當中最棒的「獵駝人」，並和自己一同加入了斯文・赫定的羅布荒原探險隊中。

他倆的友誼，一直持續了很多年。

「噓——」這個時候，羅布少年阿布都拉熱依木的神情一下子緊張起來。他的鼻子使勁地抽了抽，好像是嗅到了什麼。然後趴在了沙地上，想嗅到這片大地上更多的資訊。

「你在嗅什麼？」奧爾德克好奇地問道。

「別出聲——附近有老虎。」阿布都拉熱依木稍作停頓，低聲說道。

「這裡危險，我們快跑。」他一把扯住奧爾德克的袖子：「走，我帶你去一個安全的地方。」

等奧爾德克再轉過身去，看見這位羅布少年跑在了他的前面，他踏過的地方塵土隨風揚起，一股嗆人的生澀之味被高高揚起，然後重重地落在了他的心上。

奧爾德克如同一個撿拾遺跡的頑童，以他的氣味為嚮導，在白得駭人的月光下，在此後的十幾年裡，一直跟隨著他朝一個又一個未知的地方跑去。

遠處的羅布荒原，傳來了新疆虎低沉的吼聲。

又一天的黃昏來臨，阿不旦河的蘆葦叢裡像冒煙，河灘又濕又硬，葦叢一片青綠色，被暮色壓得很沉。奧爾德克就在河岸上。

不過，這片羅布荒原並非純潔得沒有任何生靈的蹤跡。整個阿不旦河灘的蘆葦叢裡都傳出了蚊子的巨大聲響，混雜著野鴨子和其他水鳥的歡鳴。

阿布都拉熱依木走在前面，奧爾德克在後面兩步緊跟著。當他們走到遠離阿不旦村的荒原行經一棵枯樹下時，阿布都拉熱依木放慢了腳步，鼻子使勁地抽了抽。

幾個月前，他在這裡打死了一峰野駱駝。他把棄之不用的屍骨丟在了這裡，任其在大太陽下面發出腐臭。成群的蒼蠅在上面盤旋，遠遠看去，像一小團會發聲的烏雲停在上面，四周堆積著散發臭味的乾枯毛皮。

現在是秋季。夏天已經在另一個季節的醞釀中變為廢棄的渣滓，深秋的氣息越來越濃，濃密的蘆葦包裹了河岸，點點白絮被風揚起，使其中的波瀾陷於不明。而波浪之上出現了一些銀質斑點。

蘆葦竄節了，大片大片地連成一體，閃著又亮又硬的灰綠色的光。它們在風的吹動中發出巨大的刷刷聲，到了晚上，一叢一叢的蘆葦尖上迷迷濛濛的，看上去又荒涼又遼遠。

夜黑黑。天上的星星數不清。

阿不旦村並不平靜。蚊子與微風在進行情歌對唱。稍遠處的蘆葦叢，野鴨子夢遊，兩腿一蹬，從草窩裡滑了出來，更遠處，胖乎乎的魚兒在河的淺灘處游泳，潛入水底，又浮了上來，一隻小螞蚱停在草葉下面，草葉尖上的一滴露水，就要落在牠身上了。

他的父親在河裡捕魚，動作緩慢地把魚網撒下來，這是每次捕魚時都要進行的一個儀式。夕陽的光從他的肩膀上滴答著淋下來，野鴨子驚叫著從河面一掠而過，飛進了蘆葦叢，可是他好像視而不見，看起來很沉默。

然後冬天來臨，寒風凜冽，走在冰面上，一陣陣吹來的寒風就像密集的暗器，尖利的刺，讓人感覺疼痛。北風吹得呼呼直響，有時發出一種尖利的聲音，它與河流的吼叫聲混合於一體，一切都在聲音裡得以體現。

狹長的水灣就在河岸和一個突出的泥岸之間，他的父親就在這個位置上布了一個魚網。這是冬天，這道水灣有的地方很狹窄，但已經結冰了。當船駛過的時候，響起了冰塊被撞破後的聲響。

他沿著外邊划船行進，一邊用槳打冰，每打一次就將魚網慢慢地向岸邊移動一些。這樣，水底的魚都退隱到這道水灣裡去了。

待他將緊緊靠岸的冰都打碎的時候，魚也都游到河裡去，最終被網捉住。

這種奇特的捕魚辦法真是奇特。奧爾德克一下子就忘記了所有的寒冷。

漁艙裡，像小山一樣堆滿了銀光閃閃的發亮的野魚。這時候的漁船與早上剛出去的時候截然不同，這時候的漁船是「大肚子」的。

沒多久，奧爾德克的父親去世了。是得了一種奇怪的眼病，不能閉著眼睛睡覺，一閉上眼，就奇癢無比。父親只好沒日沒夜地睜著眼睛，人漸漸地瘦下去了，渾身乾巴巴的，像一條風乾的魚。

「差不多了。」

阿不旦的人都這麼說。

「快了。」

村裡人閒話中的雜音多了起來：說是他得了這麼一種奇怪的病，一定是平日看了不該看的東西所致。比如，他家裡有那麼一個奇怪的小孩，怕是鬼怪纏身了。

說這話的是一個羅布老人。他用惡狠狠的眼神看著奧爾德克，這句話被躺在蘆葦上的父親聽見了，眼睛睜得更大，像要爆出來了似的。

幾天後，父親就去世了。

按照羅布人的習俗，羅布人死後，就安葬於他身前所用的獨木舟裡，並把用過的魚網也一起隨葬。

那天，早上的陽光剛剛甦醒之際，全村的男人都到河邊了，父親的身體被蘆草包裹起來，平放在獨木船上，一卷魚網，放在了他的腳下。

陽光給寬闊的河面鍍上了一層虛空的白。當這只船飄到很遠的時候，奧爾德克看見了遍布小船的湧浪，以及湧浪沉悶的撞擊聲，像極了父親的咳嗽。而後，與岸上自己那張小孩的臉，一同在塵世的河水中沉沒。

父親是怎麼結束他的生命的？這是奧爾德克心裡長期存著的一個疑點。

他不敢問母親，母親怨恨的目光讓他的心裡發涼，他也不願問別人。

從那時候起，阿不旦村多了一個消極應對每天去河上捕魚生活的人了，不再因一些空洞的讚美而生出無窮的勞動熱情了。

時間長了，奧爾德克對在河裡每日的捕魚生活也逐漸順應了。那以往看起來很神奇的一件事竟然也是那麼地平淡。

平淡會讓人百無聊賴。

在迎向阿不旦村的方向，用整棵巨大胡楊挖空製作的「卡盆船」就停在河岸和一個突出的泥岸之間，它也許是個死口。

遠遠看去，水流狹窄，兩岸的各種植物全都躬身垂向水面，包括那些野生的鵝，還有水鳥。路邊的紅柳茅屋多了起來，這個時候，河流的表情是平靜的，像母親等待孩子回家的表情，只是母親這個詞太古老，太莊重，也太陳舊。

有時候，「卡盆船」來到河流的中心，它的水流緩慢，筆直，波瀾不驚，岸的兩面卻寸草不生，此時，它的表情像陰雨天一樣單調乏味，讓人摸不著頭緒，感覺這平靜的波浪下面暗藏禍心，一種詭異的恐懼感多於對此景的迷戀感。

更多的時候，船身所停靠的地方，離河岸最近，在長滿蘆葦和菖蒲的老河床上。

這一帶的魚最多，河岸因為雜草眾多而變得面目模糊，像施了顏色的魔法——此時，它的表情看起來是漫不經心，帶著些許桀傲和不馴的。

奧爾德克時常看著河面發呆，它的漩渦，它的激流，它那飛落在岩石上濺起的白花花的泡沫，樹皮船隨波遠去，就像遠去的，緩慢流淌的時光本身。

他就像是那條河，每天只生活在自己的潮汐裡，一會兒來到了人們的面前，一會兒又退向沙漠的盡頭。

這個時候，奧爾德克會看到河流的不同表情，漸漸地，奧爾德克迷上了這條河流。

他隱藏在它低沉的聲音中。

一天，奧爾德克來到了河邊，水面上漂了許多蘆葦葉，一條小魚躍上了水面。他努起嘴唇，想發出魚的聲音，但小魚已經不見了。他望著河水出了一會兒神，就像以往一樣，把腳踏進了水裡，動作有點重，一下子竟踩在了石塊上，濺起的水花打濕了褲子，他嘗試著又往前邁了一大步，結果水淹沒了他的腿。

當水面平靜的時候，奧爾德克看清了自己，這不是從前的他了。那個能在水面上隨意行走的羅布小孩已脫離了他的軀殼，再也回不來了。

十幾年過後，阿不旦村多了一個沉默寡言的羅布男人。在行動上，他和那些男人毫無二致，每天打魚，牧駝，到了秋天，去收割蘆葦草。只是，他行走的姿勢，怎麼說好呢，像是一隻蹣跚的鴨子。旱鴨子。

關於那個曾經能在水面上行走的羅布男孩的傳說，漸漸地被人們遺忘了，也被自己遺忘了。

終於有一天，當一個狂熱地沉迷於未知和神奇事物的外國人找到他，向他求證這件事時，奧爾德克回答說：「那不是我。」

§

河流是有聲音的。水裡的魚，野鴨子，長在河邊的樹的根鬚，還有倒映在水中的雲朵，它們在河邊蒼蠅和蚊蟲的嗡嗡聲中，一起組成了河流的律動。

穿過湖邊一大片起伏的荒漠地帶後，斯文．赫定他們先是聞到河水裡的腥味兒，聽到了孩子們發出的如某種鳥兒刺耳的尖叫聲。斯文．赫定笑了：「就是這裡了——」

俗世中的芬芳氣息從河底的淤泥裡；從紅柳茅屋輕微的「咵嚓」聲中；從一切有生命的物種中，包括從女人下垂的乳房和被太陽照耀已然成熟的身體上，一起散發出來；來自於貧窮的無力感使她們身體的輪廓變得遲鈍和柔和了，這一切，正與混沌之初的萬物渾然一體。

天氣炎熱，空氣凝滯得令人窒息。太陽似乎把一切東西都曬得冒了煙。這煙氣從水面和葦叢裡冒上來，溶解在熱氣中，一切似乎看得很清楚，可一眨眼又看不清了。

正在這時，一個站在自家房頂晾曬魚皮的羅布老人在高處看到一行駝隊，正沿著湖邊的拐彎處走來，而湖水的另一端，一條樹皮船上的人俯在船把上，也朝著這個未知的會合點飛馳而來。

水裡，浮著幾艘羅布人的「卡盆船」，像是從河面冷不丁長出來的。船上的人，慢慢向岸上的他們靠近。水花大起來，一陣風把幾個船夫的臉吹得僵硬。

斯文．赫定被汗水打濕的頭髮黏在脖頸上，衣服也緊貼在身上。這時，從茂密的蘆葦叢中傳來一首古怪的歌曲，聲音遙遠，猶如喃喃自語，在他們的喘息中忽遠忽近，然後慢慢消失，河水聲越來越響。

突然，河面劈開，一艘樹皮船像梭子一樣朝他們划過來，一個羅布小子弓著腰，雙手交叉，在奮力地划槳，遠遠地看，就像是一隻野鴨子似的撲搧著翅膀，笨拙而滑稽。斯文．赫定一動不動地看著，感到驚奇極了。

「真的是不可思議。」

這時候，一個船夫在喊：「奧爾德克——開勒迪。」

斯文．赫定笑了起來，他聽懂了，意思就是，一隻野鴨子飛過來了。

「野鴨子」這個名字發出悅耳的聲音，一路搖晃著，碰觸著他的頭髮和皮膚。

奧爾德克上岸的那一刻，他的動作快速，笨重，肢體缺乏正常的舒展，給人一種很彆扭的感覺。斯文．赫定才看清楚了他臉上的線條，高突的顴骨，豐厚的嘴唇。他想到了自己一路上見過的最多的一個水禽：「野鴨子」，還有流傳甚廣的一個人，一個可以在水面上自由行走的人。

難道會是眼前的他？

斯文・赫定對自己說：我要等的就是他。對斯文・赫定來說，與奧爾德克的相遇具有決定性的意義。

「這個臉色發白的外國人從哪裡來的？誰也不認識他。」斯文・赫定聽見村子裡的人在他的身後議論紛紛。

顯然，外來人對村里的人帶來了最真實的體驗。他們的確被斯文・赫定那股陌生的文明氣息魅惑過，並著迷於他與當地人完全脫節的神貌。

但是，文明這個詞的定義太模糊。那種文明，不屬於他們。

聽見外邊一陣吵鬧聲，家門口的孩子全都朝著阿不旦河的方向跑去了。最後的樓蘭王昆其康伯克在屋子裡，朝外張望，他很想知道發生了什麼事情。從他門口跑過的一個孩子被他叫住了，在氣喘吁吁的叫嚷中，昆其康伯克終於明白發生什麼大事情了：阿不旦村來了外國人。

斯文・赫定被昆其康伯克很客氣地請進了「門」。阿不旦村所有羅布人家的「門」都一樣，一律朝南開，用蘆葦桿紮的葦把子並排放在用紅柳條搭起的四壁周圍，用來擋風，地上也鋪著蘆，屋子中間是一個圓形燒飯的火坑。

晚飯很豐盛，那些烤的，風乾的，煮的魚用一只木盤子盛了上來，還有好多種野禽的肉和蛋，魚湯在這裡一直被用作茶水飲用，在木碗裡冒著很香的熱氣。

斯文．赫定很驚奇地看著昆其康伯克，他吃魚的時候，眼睛瞪得圓圓的，很專注地看著一個地方，然後，像吃有籽的葡萄一樣把魚鱗，魚骨頭和魚刺一點不剩地吐了出來。

這裡的人吃的蔬菜是羅布荒原野生植物「恰麻古」——蔓青。

最後是水果和甜點。水果是新鮮的蘆葦根。而甜點就是用蘆葦花熬成的咖啡色黏液，斯文．赫定嚐了一小口，微甜。

還有蒲黃。用菖蒲的蒲黃拌上魚油是最好吃的一道特色菜。

「昆其康」也許是出自吐火羅語，含意是「日出」或「朝陽」，他的兒子「托克塔」是突厥語中「等待」的意思，是他在晚年，也就是六十歲時所生的。但是在羅布方言裡，「托克塔」也含有「最後的」這一層含義。

從昆其康到托克塔，從「朝陽」到「最後的」，難道，在他們的名字裡隱含著某種玄機？

在斯文．赫定之前，一八七七年，普爾熱瓦爾斯基是第一個到達這個羅布村落的外國人。也是第一個關注有關羅布人、阿不旦與其昆其康家族的人。

八十五歲的老村長昆其康伯克當然記得他。只要一提起這個人，他就瞇著眼睛說「外國人——」然後，就再沒了下文。

於是，阿不旦村內的孩子全都知道了，曾經有一個外國人拜訪過這裡。

說是有一日，這個外國人突然來到這裡的時候，沙漠中正刮著極大的一陣黑風。河邊的老楊樹都在風中猛烈地搖擺。「當他們一行四個人出現在了離河岸最近的老獵戶庫爾班家裡時，把這個見識多廣的人嚇了個半死。庫爾班站在自己家裡如同麻木了似的，對他們凝神看，不敢確定他們是真的人，或者他已神經錯亂了。

後來，知道他們不是強盜，而是一些偶爾來訪的外國人，這個老獵戶也就溫和了許多。老獵戶把這個叫普爾熱瓦爾斯基的外國人引到昆其康伯克的家裡，連著好幾天，阿不旦村因為這幾個不速之客的到來，而變得不平靜起來。

但是普爾熱瓦爾斯基聲稱：羅布人是他在中亞所見過最「野蠻」的部落。

他在一封給親友的信中說：「貧窮而又軟弱的羅布人在精神上也是貧困的。他們所理解和想像的整個世界就局限在四周環境的狹小框子裡，除此之外，什麼也不知道。他們的智力不超過生存所需要的範圍：捕魚，捉鴨，再加上其他的一些生活瑣事。」

的確，在普爾熱瓦爾斯基他們沒到來之前，這個羅布人的村落阿不旦無疑是極其封閉的。

他們的生活所需都取自身邊：吃的是魚和野禽，穿的衣服由水鳥羽絨或麻布織，縫衣針是魚骨頭或紅柳枝，斧頭是石斧，而房屋呢，則是蘆葦和土坯壘成。外人難以進入的阿布旦村有如與世隔絕的世外桃源。

這些當地人一見到這個外國人，一個個奔相走告，馬上在他的住處外擠滿了一大群好奇的人們，他們千方百計從低矮茅棚的縫隙間饒有興趣地瞧這些外國人。有人還爬上屋頂，想從天窗看個究竟。當這些外國人動身前往河道時，身後竟跟著一大群人數不斷增加的旁觀者——當地人像看一個怪物一樣跟著他，老人高舉著孫子以便看清楚這個陌生人，甚至人群中還有步履不便的跛子……

女人和孩子們極力想要摸摸他的外衣和其他服飾，而且目不轉睛地盯著他的臉，直到最後被圍得水泄不通，想動也動不了。

圍觀的當地人並不是仇視他們，而是好奇，而且極力想知道他們是誰……

普爾熱瓦爾斯基苦笑著說：「天知道這些當地人對外國人的興趣會這麼大，最簡單的答案是這個地區與外部世界如此隔絕，但，這個答案夠嗎？」

普爾熱瓦爾斯基他們離開的時候，將舊望遠鏡作為禮物送給了昆其康伯克。望遠鏡。

那真是一件令人激動的禮物。

昆其康伯克也極其客氣地以一張上好的野駱駝皮作為回贈，送給了這個好心眼兒的外國人。後來，普爾熱瓦爾斯基對斯文．赫定說：「這類奇獸只在我們現在所在的地方的極東方，那片羅布沙漠才有。」

在他們相遇後的第六天，斯文．赫定送給奧爾德克舊打火機，他像是遞給他一根煙那樣地遞給了奧爾德克，但是並沒忘記要從他那裡得到一些好處。

比如讓他帶上二十尺長、一尺寬由楊樹製成的一艘小船在河中行走，在這樣的水中行路會很有趣，斯文．赫定有如坐上安樂椅似的舒適，腿上放著指南針，時計和地圖。一路上，他將自己的整個行程畫了出來。

遠遠地，他看見河裡有一些羅布人的身影，在黑色的樹皮船上游動，像是一種奇怪的魚。也有一些人站在河岸上眺望，看著斯文．赫定他們，就像是看著另一種生物。

那些天，幾乎是他們來羅布荒原以來最幸福的日子。

河流在沉睡，岸邊的蘆葦在抽漿，唯有不夜蟲們在徹夜嘶鳴。斯文．赫定對往事的回顧令他們心潮湧動。奧爾德克破天荒地唱起了歌，在歌聲中，阿不旦河在天空飛舞，旋轉，懵懂的魚兒從「卡盆船」下掠過。

時間停止了。

剛開始的時候，奧爾德克這個羅布小子把船駛得飛快，他的身體幾乎直立著，將他薄而寬的槳差不多筆直地伸到了水裡。船尾起了旋渦，兩邊的河岸很快地掠過去，由於速度太快，驚起了船下一些不明真相的小鯉魚，紛紛跳進了船艙裡，牠們看起來可真傻。

不傻的是狗魚，狗魚們從不輕易現身。很孤傲地隱藏在深水裡，被茂密的蘆葦遮住，不讓人輕易地發現。突然，這些狗魚趁人不注意的時候，會像箭一樣地躥出水面，用鋒利的牙齒一口咬住水上不知所措的野鴨子，又猛地一頭扎進水裡，沒多時，水面上漂起了一些帶血的鴨毛。

斯文．赫定驚奇極了，可奧爾德克這個羅布小子並不打算把船開慢。

不多時，前面一大片蘆草將船隻擋住，形成一個小道，上看不見天，下看不見水，船似乎走不過去了，最高的蘆葦從根到花似乎長到了二十五尺長，到處都有被風刮倒的蘆草，蘆草密實地平鋪在水面上，人可以在上面自如地行走。

「你上來，外國人。」

這個羅布小子身輕如貓似的躍到了那斷了莖的亂蘆草上，朝他招了招手。見斯文．赫定猶豫著，他大笑了起來。一會兒，他就像是變戲法似的一躬腰，兩手捧滿了碩大的鵝蛋。

黃昏的時候，小船終於搖出了那條窄道，來到了寬曠的水中，輕鬆地行駛，大河又寬又滿，充滿了水的蒸氣，它飽含在空氣裡，混合著蘆花的味道，濃重而濕潤地彌漫了開來，有些嗆人。水面上，無數的野鴨子、野鵝、天鵝以及別的水鳥在那裡起起落落。

「就在北面露宿。」奧爾德克指了指那個方向。

「鳥很多。」他繼續補充說，笑的時候，斯文．赫定發現他的牙可真白。

「快看，山頂上有篝火。」

斯文．赫定的駝夫柯達．庫魯低聲對他說。

斯文．赫定側身向左邊的阿不旦河遠遠望去。柔和的日光下，一些被風吹下來的蘆葦花七零八落，像奇特的圖案漂在水中。

再往河中心的水域看去，一座孤單的小島上不知什麼時候還真的燃起了篝火，一股讓人頭暈的強烈氣味向他們飄來。

他們第二天才到了湖的盡頭。

晚上，他們在月光下回家——大河，夜鳥，蘆草，河岸的輪廓，所有人全都一一溶解在了月光裡，他們和它們密不可分，同升同落。

斯文．赫定坐在船頭，看著這個瘦小的羅布人奧爾德克，感覺到這樣的行進像是天地萬物都在跟隨著他，既輕盈又沉重。斯文・赫定聽見了風在他頭頂上的蘆葦葉間鳴響，發出了天籟之聲。

那真是一種奇妙的感覺，那一夜，他居然聽到了河岸邊新疆虎的低吼聲。

又一天的太陽倨傲地立在頭頂上，河面上反射出炙熱的光。樹皮船穿過深密的蘆草叢時，有一種被碾軋的聲音。

天氣已經很暖和了。

晚上，他們睡在奧爾德克的船上。蚊子很多，而且個頭都很大，整整一夜，他們被這些可惡的傢伙們攪擾，奧爾德克把煙油塗在了大家的臉上，還有手上，這樣一來，蚊子果然少多了。

還有一次，奧爾德克把大片的蘆葦燒著了，說是可以驅除那些吸血的蚊子。蘆葦桿在燃燒的時候，發出的聲音就像槍聲。有一整夜，他們沒有睡覺，坐在船頭，看火焰掃過寂靜的地方亮得如同白晝。

閒暇的時候，奧爾德克將這個外國人送他的打火機按得啪啪響，還不時地回過頭去看著這個正發出輕輕笑聲的外國人，這只打火機的響聲，有如將自己如河水般幽閉的生活，通向另一個世界，或者是一個拯救式的突破口。

此時，他的心很躁動。他突然覺得自己與這條河，與這個熟悉的世界是隔閡的。它們讓自己感到陌生。而這幾個突然而至的外國人反倒是親切起來。

奧爾德克想，如果我順著這條河流跟著他們一直往前走，走過這看不到盡頭的沙漠，走到地平線之外的綠洲上去，看看該是個什麼情形。

但也只是想想而已。

阿不旦村的人，在老死之前，就有了一個墳墓，因為整個村子只有一塊沙地可以做墳，所以，許多孩子剛生下來，就被活著的人選好了墳頭。

奧爾德克也有了一塊屬於自己的墳頭，他怎麼可以想著離開呢？

阿不旦村是他的一切，是他一生下來就挖好了的墳墓。

§

一九〇〇年，奧爾德克已經三十七歲了。斯文·赫定及助手們在阿不旦村待了數天後，他的羅布荒原探險隊有了第一位合適的人選，那就是奧爾德克。

那天下午，斯文·赫定把這個決定告訴他後，奧爾德克顯得很興奮。

「海丁圖拉*——」

奧爾德克正往外走，像是想起了什麼似的停住了，看到斯文·赫定頗為不解的樣子，他說：「我想給您帶一個人來，是我的好朋友，他叫阿布都拉熱依木，是這一帶最棒的『獵駝人』，他的鼻子比野駱駝還靈呢，也許一路上能幫您什麼忙。」

阿布都拉熱依木，獵駝人。

斯文·赫定覺得這個名字好像在哪裡聽過。

想起來了。俄國有一個探險家科茲洛夫在一本專門批駁他的一本《羅布荒原》裡，提到過在庫魯克格山中，一個叫都拉里的地方有個很厲害的羅布獵人，幾年前，正是他，把自己帶到了羅布荒原一個叫阿提米西布拉克的地方。

而現在，自己也正為如何才能抵達這個荒原探險的關鍵位置而犯愁呢。

真是太好了。

第二天早上，奧爾德克把這個鼻子比野駱駝還靈的「獵駝人」帶到了斯文·赫定的面前。他看起來和當地的羅布男人沒什麼不同，有些多毛，臉色黝黑，眼窩深陷，肌肉比其

＊海丁圖拉，出自維吾爾族語，含意是「赫定老爺」或「赫定爵爺」。

他羅布男人看起來更結實。好像他剛從很遠的地方抵達，身上散發出濃烈的荒漠和河流的混合氣息。

只是，看到「海丁圖拉」的時候，他的鼻子很使勁地抽了抽，然後笑了。

他突然露出的笑容令斯文．赫定感到很奇怪，要知道，他所見過成年的羅布男人從來不笑，女人也不笑。

然後，他用手滿不在乎地摳了幾下鼻屎，那四根手指的手戳了一下他的心。直到他倆相熟後的不久，這個羅布少年告訴他，他沒了的那兩根手指，是被野豬咬掉的。

對於斯文．赫定的邀請，阿布都拉熱依木沒多想，就答應了為「海丁圖拉」領路。但是他還有一個條件，那就是帶上他的弟弟。

這樣，斯文．赫定的羅布荒原探險隊都有了合適的人選。

他們就出發了。駱駝的負載都很重，脖子上的銅鈴一下一下地響著。

「好像出喪一樣。」斯文．赫定的駝夫凱西姆在身後小聲嘟囔著說。

阿不旦村的人聚在屋頂上和家門口，他們每一個人的神情都很嚴肅。斯文．赫定聽見人群中一個老年人用肯定的語氣對旁邊看熱鬧的人說：「他們永遠也回不來了。」

而另一個人則說：「他們的駱駝負得太重了，會死的。」然後，掏出來幾枚銅錢擲過他們的頭，大聲喊道：

「快樂的旅行。」

一路上，十來隻母雞和一隻公雞在葦桿編織的草籠子裡叫個不停，把駱駝吵得很煩躁，斯文·赫定想到昆其康伯克臨走前對他說：「帶上牠們，是想讓你們在沙漠中的生活變得活潑一些。」就忍不住地微笑了。

那日，天很陰，而且悶熱，像層層看不見的透明黏液布滿在天地之間，將人緊緊箍住，讓人躲不開也逃不掉。熱，還有乾渴帶來的無力感，像一個看不見的巴掌，就要把他們擊倒了。

斯文·赫定他們四人，還有四峰饑渴的駱駝，一匹疲馬，兩隻跛行的狗，這就是一九〇〇年暮春，在阿提米西布拉克——六十處泉水到喀拉庫順之間的沙漠戈壁上，僅有的人和家畜。

當他們穿過不凍泉阿提米西布拉克的很多天後，這塊羅布荒原再也看不到任何生命活著的跡象，沒有樹、草、水。沒有活著的植被，連最貧窮的牧羊人也不會把羊只趕到這兒來。這塊荒原純粹是被造物主遺棄了的地方。

除了駱駝，馬，還有人，一路上粗重的喘氣聲，時間靜止。

風總是從東方吹來。

他們繼續行走在經過塔那巴格拉第湖西南面的第一個乾枯窪地，在中間最初的低沙梁，沙漠中這些橢圓形的，沒有沙土的地點就叫「拜厄」。

「快看，這是什麼。」他們在沙漠中一個「拜厄」的窪地上，看見一堆白色多孔的動物從沙地裡冒了出來。

「野駱駝的骨頭。」阿布都拉熱依木隨便看了一眼說。這些野獸的頭在沙土中湮滅，得多少年才因那沙堆的移動才露出來呀。

阿布都拉熱依木知道自己嗅覺靈敏，每次他總是最早聞到野駱駝的氣味。甚至牠們這些野獸還遠在幾公里以外，他就聞到了身上臊腥的氣味，像是皮毛燒焦了的味道。

阿布都拉熱依木靠著追蹤野駱駝的足跡，他們才找到了這股泉水。

泉水的周圍到處密布著野獸的足跡。如果仔細地觀察就會發現：這裡動物界的規模簡直比人類還要大：新疆虎、野駱駝、野豬、馬鹿、狼、黃羊、山羊——甚至塔里木兔和跳鼠，都是各行其道，絕不混淆。

斯文．赫定聽阿布都拉熱依木說，他們當地人不叫牠新疆虎，稱它「蘭虎」。

蘭虎在缺乏浪漫氣質的羅布人看來，是羅布荒原的獨行俠，無疑也是他們想像力的源泉。

不過，蘭虎越來越少見了。那是因為羅布荒原上的螞蟻越來越多了，小老虎一出生，就會受到螞蟻的啃食。螞蟻主要以帶著胞衣的虎崽為食。而母虎很難找到沒有螞蟻的地方產崽。所以，蘭虎慢慢地就消失，絕跡了。

不過，除了新疆虎，只有野駱駝才是這兒真正的主角。是百獸的精魂。牠機警難覓，能聞到幾公里以外的氣息，一旦受到了驚擾，就能不歇一口氣地跑上個整整三天。

阿布都拉熱依木背著他那原始的燧發槍，穿著用野駱駝皮趾甲製作的鞋遠遠走在了他們的前面。這讓斯文．赫定對這位「獵駝人」很感興趣，一路上夢想了很久想要看見那威嚴的野獸跑過沙漠。

阿布都拉熱依木向他保證說：「你會看見牠們的。在這片羅布沙漠裡，牠們才是主人，常常三五成群地在這片空地裡遊蕩，牠們不到矮樹林去。」

他還說，野駱駝最怕地火的煙氣，牠們聞著燒木頭的臭氣，就立刻跑得遠遠的。他們努力地向前行進，兩邊的沙山漸漸地高起來，河床也漸漸地模糊了。有時會在河床邊看見一棵孤單的楊樹，樹幹也如玻璃般地枯乾而脆薄。

一日，阿布都拉熱依木發現了野駱駝的第一個記號——一叢淺紅色的毛在紅柳枝上黏著，下面還有一坨乾了的駱駝糞。

「停下。」他突然停住，嗅了嗅鼻子，動作好像是被電打了似的，然後，他迅速地跑到一個土包後面，蹲伏下來，如豹子似的爬著走。

遠遠地，他看見了一小群野駱駝。正處在一年中的褪毛期，看起來衣衫襤褸，像可憐的乞丐。

槍響了。一隻野駱駝倒在了「獵駝人」的槍下。「第十三隻——」這位獵駝人朝他做了個手勢。在整個羅布荒原，也只有阿布都拉熱依木能僅憑著羅布麻搓的絆馬索和紅柳弓箭獵獲十三峰野駱駝。

斯文．赫定來到野駱駝的身邊，驚訝於牠們的自衛能力是這樣的脆弱。趁牠還活著的時候，他為這具乾屍作了幾幅速寫。牠在他的視線中停留，一對幽深的眼窟窿很快布滿了整張畫紙，最後，好像就只剩下這一雙眼睛，使他產生了某種難以描述的心情。牠沒看他，側身倒在一邊用嘴啃咬地上的沙土，好像是在以這種方式與沙漠訣別。

在往後的一路上，斯文．赫定禁止阿布都拉熱依木隨意地獵殺野駱駝。

在前往喀拉庫順的一路上，一頭正處於「求偶期」的駱駝帶給他們很大的困擾。

一天晚上，牠突然在他們熟睡的時候脫離同伴跑掉了。要命的是，牠的背上負著笨重的相機和為數不少的糧草。阿布都拉熱依木騎著馬，順著牠的足跡去追逐牠，牠的足跡很清楚，牠整夜整夜地跑，好像身後有惡魔追趕。

羅布荒原散發出乾燥的岩石，沙粒和風的氣味，阿布都拉熱依木一直在順著牠的氣味追逐著這隻駱駝，有時，牠的氣味只是以一種稀薄的軌跡飄過他的鼻子，隨後，牠的氣味變濃了，像霧氣一樣，越升越高，很快就被牠包圍了。但是沒有牠的蹤影。

牠跑過了不毛的曠野，跑過冰凍的河，風一樣地向庫魯克塔格奔去，最後進入到了珠勒都斯山谷——牠的氣味變淡了，消失了。

阿布都拉熱依木再也尋不到牠的蹤跡。

再沒有人看見過牠。像一個夢。

這真的是一件神祕的事情。

還有——這真是一段會摧毀意志的苦旅。

近一個多月過去了。斯文．赫定一行人在如月球般荒蕪的沙漠中走走停停，眼前的一切就像是灰白色的凍雲般詭秘莫測。他並不知道自己走的正是古羅布泊湖盆地區，除了六十多公里的海岸線尚未走到，別的地方他幾乎都一一踏勘到了。

他再次停了下來。向東？向西？或許還可以向北試一試。

「回去吧。我們從原路返回。」斯文・赫定蒼白著臉，望著前面不再是人類的區域，狠狠地將唾沫咽了下去，陰鬱的思路一下子變幻到了別處：回去，我們已經沒有什麼可失去的了。

說完這句話，奧爾德克的脖頸似乎更軟了，腦袋耷拉到了肩膀上，幾乎要掉下來。他用含糊不清的口氣嘟囔著：「沒有關係，這事兒和我沒關係，你們這些愛糾纏的外國人。」

到處是一望無垠，貧瘠的羅布荒原，荒涼得像是脫離了這個世界，沒有像樣的溫血動物，只有無生命的，宛若腐爛牙齒的橢圓形雅丹成片拔地而起，散發出枯草般均勻的氣味，像一陣輕風那樣平靜地飄過，別的再沒有什麼。

一路上，他們靠眼睛搜索了地平線，想找出額外的生命跡象，徒勞地等待最微小的證據，但是沒有。這種死寂就是一種浮力極大，濃稠的氣體或液體，它淡灰，半透明，滲入到羅布荒原的夜氣中。

一千六百年前，東晉高僧法顯往來傳經，把他過往樓蘭途中的觀感寫在了《佛國記》中。他說：「沙河中多有惡鬼熱風，遇者皆死，無一全者。上無飛鳥，下無走獸，遍望極目，欲求度處，則莫知所擬，唯以死人枯骨為標識耳。」

他的這種近乎駭人聽聞的詞句，給樓蘭憑添了恐怖和神祕的色彩。但是，當那些外國探險家們懷著各自的目的來到樓蘭所在的羅布荒原時，才發現這裡的一切，幾乎超出了他們的想像。

為了早些趕到水源地，斯文・赫定他們在月光下也繼續行走。

有一些夜晚，月亮不分顏色，只是淡淡地繪出荒原地形的輪廓，把大地照得灰濛濛的，窒息生命達一千年，一萬年之久。

在這個像鉛鑄出來的世界，除了他們幾個人，幾峰駱駝，馬的影子落到灰濛濛的地上外，就再沒別的東西在動。

除了光禿禿的荒野氣味就沒有什麼是活著的。

數天後的一個早晨，考察隊從阿爾米錫布拉克（今稱阿斯辛布拉克）向西南行進，由此進入一個地勢開闊的鹼灘，其間密布著高矮不一的雅丹。

駝夫使勁地搖了搖隨身帶著用羊皮袋子做的水壺，裡面沒剩下多少水。要知道，這種壺很輕，而厚度也足以防止水分快速地蒸發掉。可是，一路上這麼多天過去了，水沒剩下多少了，而新的水源地還沒找到。

這時，在行程中一直走在前面的奧爾德克突然停了下來，站在一段高約二米的雅丹頂部，臉上露出了一種奇怪的表情。在這段雅丹的下面，竟出現了幾間不知什麼人在什麼時間留下的破殘木板房。斯文．赫定對這片遺址略作測量，拾到了幾枚中國的錢幣和鐵斧後，就匆匆離去。

眼下，最重要的是要找到水源。

幾個小時過去了。這時候，走在最前面的駱駝停了下來，用蹄子快速地刨抓地面，還不時地扭過頭，朝著人群打噴嚏。

「有地下水了。真帶勁。」駝夫高聲叫著連忙跑過去。後來才知道，駱駝這種探測地下水源的能力是從牠們的祖先——野駱駝身上遺傳下來的。

就在駱駝停下來的一處沙漠凹地上，他們意外地見到了幾棵活著的紅柳。依據經驗，這凹地下面一定會有泉水。從這兒抵達喀拉庫順湖岸，最少也得三天的時間。

現在，最重要的是挖一口水井。待選定挖井點，斯文．赫定卻發現奧爾德克的臉色不對：「你怎麼啦？」

「鐵鏟沒了。」奧爾德克小心翼翼地看了他一眼。

「沒了。」鐵鏟沒了這句話究竟是什麼意思？斯文．赫定死死盯住他的眼睛，想從中找到一個確切的答案。

「鐵鏟沒了嘛。」

「我想想——哦，鐵鏟被我丟在了木屋跟前的山包上了。對，我想起來了，我清完了沙子就順手把鐵鏟插在了沙堆上。」奧爾德克解釋說。

「噉——真要命。」斯文·赫定的臉一下子變得痛苦起來：「奧爾德克，快說這不是真的。」

「是真的。」奧爾德克帶著哭腔，臉漲得通紅。

「你——」斯文·赫定氣得熱血上湧，他竭力克制自己的情緒，對他說：「你知道丟掉鐵鏟的後果嗎？挖不到水，我們，還有馬，駱駝都得渴死。」

六年前因缺水而差點喪生的一幕出現了。一把鐵鏟在這荒無人煙的羅布泊無疑就是一把開啟生命之門的鑰匙。

這一刻，死亡的氣息撲來就像一個真正的死人站在了他的面前一樣。他忍不住地打了個寒顫。

「都是我的錯。海丁圖拉老爺，我現在就回去把鐵鏟找回來。」奧爾德克低聲對他說。斯文·赫定看著他，同意了請求。他很機靈，生存能力極強，讓他獨自去找鐵鏟，不必擔心他回不來。

半個時辰後，奧爾德克騎著馬消失在夜色中。

奧爾德克在黑夜的疾走中，憑著他作為羅布人天才般的方向感，很快就在那幾間木屋遺址的山包跟前找到了那把救命的鐵鏟。他當然認得它，木柄上的節疤是橢圓形，像一隻眼睛看著他。

到了下半夜，荒原中突然刮起了風。剛才在天邊像黃緞一樣的厚雲頓時變得灰黑，天一下子就暗了，只有東南方向的天邊留有一塊狹長的亮色，像是被疾風轟然裂開了一個口子，而這個口子有如一個法力巨大的魔圈，吹著「魔鬼的樂曲」，不顧一切地在荒原上狂奔而過。

奧爾德克手握那把救命的鐵鏟在回程的路上，也被捲入了這場不期而遇的，他從未見過的風暴中。

在這場罕見的大風裡，一股神祕的力量在推著他和那匹不知所措的老馬往一個未知的地方走。在天地的一片混沌中，這匹馬突然嘶叫了一聲，前面出現了一座高高的泥塔輪廓，灰黑色的塔頂浮著一層光，顯得有些怪誕，還有一些低矮的，已塌陷的泥房，窗子歪歪地斜掛著，像是一個個張開的嘴，恐怖之物就要從那裡出來，不遠處，一截殘斷的城牆像個巨大無比的怪獸在入睡，好像會隨時甦醒過來。

空氣中彌漫著一股說不清楚的特殊氣味。

這是在哪裡？好像是一個巨大的城堡。

這時，一股陰森森的氣息不動聲色地從奧爾德克所不知道的另一個世界徐徐步來，越來越濃地布滿他的身邊，像一個隱身人，一言不發地在打量著眼前的這個活人。過了好一會兒，風勢小了，停了。天色沒有變得更加的黑，而是有些黃亮。黑中泛黃，好像這光亮的後面還隱藏了些什麼。

周圍出奇的死寂。

所有的聲音都好像是凝固了，一如被神所藏匿的天籟。

一股陰森之氣朝他凝望，奧爾德克無端地感覺到身上發冷，身體軟了下來，一泡熱騷的尿水從腿根一直流到了自己的腳片子上。

馬在這時顯得焦躁不安起來，不時地踢踢前腿。他聽見地上有東西劈裂的聲音，低頭一看，一些光裸的木板一片一片地散落在地上，在微明的天色中發出光亮，借著這亮光，他看木板上好多古怪的花紋隱約可見。

奧爾德克揀了幾塊拿在手中，繼續往前走去。這時，不知從哪裡吹來了一陣風，這些地上的東西像是被驚醒了，發出了極其古怪的聲音，好像藏匿著的無數鬼魂突然復活了，一走動就會撞倒一個。

馬終於在這一刻發出了令他恐懼的，哀哀的嘶鳴聲。

這座沉睡了一千多年的古城，被驚醒了。

奧爾德克奮力一躍，跳上馬背逃出了這個恐懼的地方。

奧爾德克是第二天的晚上才找到斯文・赫定他們的。

遠遠地，他就看見了他們幾個灰色的人影，然後下了馬。沙漠中的夜晚熱極了，沙塵在暑氣中搖晃，一切的東西看上去都彎彎曲曲的，像是沒有腳了。

就在這股搖晃的熱氣中，月光堅硬地籠罩著大地。斯文・赫定看見遠遠朝著自己走來的奧爾德克，他渾身都是土，頭髮亂糟糟的，褐色的汗水順著他粗鄙的額頭上流下來，可他渾然不覺，臉上帶著令自己感到陌生的羞怯而又自重的笑容。

「他可真的像一隻野鴨子啊。」

隨即，他預感到了什麼，好像聞到了運氣的香味。不對，他手上除了那把該死的鐵鏟，好像還多了幾樣東西。

奧爾德克走近他，手僵硬地把幾塊長條的木板子遞給他，臉上有一種令他不熟悉的表情。斯文・赫定有些疑惑地接過來，這幾塊木板上面雕刻得極其精美的渦卷紋和樹葉紋輕盈地連綴，它們如此生動，使人覺得風一吹，它們就會發出叮噹之聲。

在這死寂的荒漠中，竟然會有這等顯示高度文明的精美木雕。

「這不可能。這太不可思議了。」斯文・赫定一下子變得虛弱極了，一種突如其來的眩暈感讓他的額頭冒出了一層細密的汗，這幾塊木板就好像滑溜溜的瓷器，他捧不住，握不緊，隨時都有可能會掉在沙地上。

奧爾德克的故事會開始了。整整一夜，他和斯文．赫定眼睛對眼睛，講得月升日落，浪來潮退。

「奇怪的是——」奧爾德克的話停了下來：「您知道嗎？這匹拿錐子都扎不出血來的馬，居然怕這幾塊木雕怕得要死呢。一路上，我拿著木板子一靠近，牠就又跳又蹦的，像是見了魔鬼。」

奧爾德克為了拿這幾塊板子給斯文．赫定看，一路上有兩次被這看似比牛還老實的傢伙甩了下來。他只好自己把這兩塊沉重的傢伙背在了背上，帶了回來。

斯文．赫定明白了：奧爾德克的偶然發現，只是「冰山一角」，其周圍一定還有大片的，具有高度文明的古城遺址。

而這幾塊精美的雕花板，實際上就是這座湮滅的神祕之地給他們發出的幾張邀請函。

「這就是幻覺嗎？」有所思，便有所幻。

當天晚上，斯文．赫定一夜沒睡著，心裡被一股狂熱的念頭燒灼著。

第二天一大早，他解開繫馬索，準備帶領探險隊一起到奧爾德克發現木雕板的地方去，可是，這匹受驚了的老馬嘶叫著，退縮著怎麼也不肯上前，斯文．赫定差一點被手牽的韁繩絆了一跟頭。

這時，阿布都拉熱依木跑來對他說：「海丁圖拉，我們帶的水不多了，只夠兩天用。您看怎麼辦？」

斯文．赫定看著他手中的羊皮袋子中的水癟下去了一大半，慢慢冷靜了下來。他明白，要是再一意孤行地帶領大家一起去尋找這座神祕古城的話，後果可想而知。

他決定：去南方的喀拉庫順湖。途中有一個普爾熱瓦爾斯基留下的飲水點，可救駝隊一命。

起程的那一刻，斯文．赫定知道，他就要和這個神祕的古城擦肩而過了。

斯文．赫定朝前走去。黑色靴底在沙石之中嘎嘎地響。他一邊走一邊想，一昧無休止地構築著那未知世界真令人沮喪。

「我明年還會來的，等著我。」

一九〇〇年四月二日，斯文．赫定他們終於抵達了喀拉庫順湖岸。一旦真正抵達，才發現它的情況與自己想像並無二致。它的北岸靠近湖水，但是荒漠植被還遠未形成體系，多數的地段，看不見明顯的湖岸線，而且早晚的湖岸線位置居然會有變化。

他們沿著庫魯克塔格山麓找到了孔雀河乾涸的河床，在牙當布拉克其乾涸河床的兩岸，他們發現了大量的介殼、陶器的碎片，還有各種的石器等。

他的發現證實了在普爾熱瓦爾斯基所發現的羅布泊的北面，存有一條孔雀河乾涸的古河道，由於塔里木河和孔雀河匯流處的河流改道，才導致羅布泊南移。而普爾熱瓦爾斯基所見到的南羅布泊湖，實際上是喀拉庫順湖。

這一發現，讓斯文・赫定驚喜不已。

他還認定，只要塔里木河與孔雀河匯流處的河水重返故道，南移的羅布泊則又向北移。因而，他給羅布泊取了個名字：遊移湖，或稱彷徨湖。

春天真的來臨了。

從喀拉庫順湖回來後，斯文・赫定離開了阿不旦村，在甘青新藏交界的處女山上度過了一九〇〇年的整個夏秋季和冬季。這個時期，他每天埋頭整理筆記，生活枯燥，但他隱隱地感覺到，他的生活中就要發生什麼大事。

他一邊等待一邊寫作。同時，他又覺得自己正在錯過什麼東西。

§

一九〇一年的早春二月，斯文・赫定迫不及待地又開始了從東方直抵羅布荒原未知古城的新探險。

在這之前，他做過了一個奇怪的夢，這個夢是極為模糊的，它很不連貫，只有一些斑駁的，黑白的碎片，

夢見白雲裡有一匹黑馬，在一支箭的追蹤下呼嘯而去。最後，馬不見了，而這支箭插在了一座泥塔上，怎麼也拔不出來。

還有一個夢。

荒漠中有一個很深的通道，有乳白色的光透進來，使他覺得自己如同在水中游泳，這樣一直走下去，見到一個半圓的門，上面被一層厚厚的帷幕蓋著，地上鋪著水晶石板，一直通向一個寶座前，上面坐著一個巨人，無臉無髮。不，不只這些。好像他的身邊還有一個女人，也同他一樣，無臉無髮，絲綢般滑順的裙角散發著香氣，隱隱地飄動。一些已逝歲月的氣味和游絲，構成另一真假難辨的空間，俯身向她。

而看不見的寂靜阻隔著這個好奇的人，他走向前去，這時，傳來了類似一個女人的嘆息聲。像一個奇怪的蟲子在叫。

這個女人是誰呢？

醒來的時候，他出了一身的汗，暗自慶幸這只是一個夢。但是，這個夢和他以前的夢

相比真的是相形見絀。

一年後的這天凌晨，奧爾德克還在睡夢中。他粗陋的紅柳屋子裡沒有生火，從紅柳條的縫隙處可以看到外面細雨和微雪在交織著一股冷氣，混合著滿屋子的魚腥味，正朝著他的皮膚裡鑽。加上昨天在河裡打了一天的魚，腰肢的僵硬和酸脹像紅暈一樣泛了出來，令他困倦不堪，身子緊縮在一起，像一條受傷的魚。

一連串混亂的腳步聲傳來，奧爾德克從熟睡中被驚醒了：「誰？」聲音拖著一條令自己恐懼的細線，連自己也聽不出來了。

「啊哈，羅布人，你好啊。」一隻沾滿灰塵的黑色皮靴重重地踏在了他身子下的破毛氈上，接著，一團黑影堵在了他的面前。

奧爾德克低頭一看，咧開嘴笑了：「我活著哩。」他認得這隻笨重的皮靴。是斯文・赫定的皮靴。

「外國人，你又來了。」奧爾德克高興地朝他咧開了嘴。

斯文・赫定緩慢地從口袋裡掏出一大把銀元，嘩嘩地撒在了他的身上，奧爾德克揉了揉亂糟糟的頭髮，從地上一躍而起：「外國人，你這是——」

「我的嚮導，你仍是我最信任的人。帶我一起去找那個古城吧。」斯文・赫定看著他說。

奧爾德克——這個卑微的羅布小子，此時一會兒看著眼前的一堆銀元，一會兒看看斯文．赫定那雙藍灰色的眼睛，好像是被他給搞糊塗了。破木桌上的這堆錢，讓他欣喜的兩眼發光，幾乎要用眼睛舔了。

「現在就走？不，還是明天——我得先去飽餐一頓。」

「那個精力旺盛的『海丁圖拉』又來了。」這個消息一下子傳遍了整個阿不旦村。

隨後，他們一起來到了阿不旦河邊。早春二月，羅布荒原中的阿不旦雖然還是寒冷的冬天，但湖中結著的浮冰還很薄。

奧爾德克看了一眼河面說，從浮面結冰開始，再過十天才能完全被凍住。冬天負冰進入無水的荒漠探險，是斯文．赫定的首創。一般探險隊出發之前，斯文．赫定要讓每一頭駱駝都背上滿袋的冰，這幾乎是他們所能採取且是唯一解決飲水不足的方法。

數日後的一天清晨，斯文．赫定被外邊奇怪的叮噹聲驚醒，跑出去一看，阿不旦河中滿是各種大小不一的厚厚浮冰，在河水中沸騰似的旋轉，好像是上帝送給這條河流的一個個半透明的花朵。

在清冽的陽光裡，它們順著河流而下，凌亂地聚攏，又凌亂地散開，組成一些奇異的圖案，彼此相撞時發出的叮噹聲好似一些瓷器被打碎。還有河水中的樹枝被撞斷時，發出的暗啞潮濕的聲音，一直到深夜才停。

聽到這聲音，就感到空氣裡冷冽的寒氣了。阿不旦村子裡的人都來到了河邊，水中冒出的白氣很快變成水珠，又很快地凝結在他們的頭髮上、睫毛上。

結冰的時候，阿不旦河像在冒煙。

好像羅布荒原的冬天，真的又重新降臨了。

好像有如天助，奧爾德克憑著羅布人異常靈敏能辨別方位的天賦，把斯文．赫定一路引到了這裡，他將在這個古怪神祕的地方與他一年前的日子相遇，接續。奧爾德克很順利地找到了那個未名古城。

「海丁圖拉，到這裡了。是它。」耳邊，奧爾德克氣喘吁吁的聲音落了地。不重，但很確實。

「正是這裡，那有一個泥塔。」

「我認得它。」奧爾德克的聲音不斷地浮在空氣中。

時間是一九〇一年三月的一天。

晴天朗日下，這個未名古城遺址到處是廢墟。一間間半倒塌的民宅，幾乎一個不少的停留在原來的位置上。沒有了聲音，哪怕是一聲吠叫，一聲小孩子的哭聲。

它如同一座停擺的老鐘靜止在那裡，帶著死一般的沉寂。所有的符號都指向過去。還是白天，他沿著一大排殘垣斷壁的小道沒走幾步，心裡無端地有些害怕：到處是張大了嘴的門洞，斷牆殘壁，亂草沒院，如果這時有一隻老鼠或一隻野貓竄出，準把他嚇個半死。

在很長的時間裡，他們在這連綿幾里倒塌了的廢墟中穿行，初春的寒風拐過破殘的土牆，在鏤空雕花格柵的窗洞間嗚咽。

外面的世界在變，曾經驛道上鱗次櫛比的店鋪和古老庭院都留不住戈壁荒漠上的陽光。現在，大地墜入暮色，已傾圮的，人早已遷居一空的古城，像是一艘拋錨的船，彷佛遭到了世界的遺棄。這些土牆像是頃刻間要塌朽了似的，但餘下的部分，還是形貌蒼蒼地守候在原處，也不知在等候些什麼。

一年前，因為給養不足，他與這座古城失之交臂，從那以後，他生活中的某一環節就此中斷。現在，一座泥質的佛塔就在他的正前方，像一枚城徽在爆烈的日光下誘惑著他。

奧爾德克說的沒錯：正是這裡。

斯文．赫定保持著原有的姿勢，屏住呼吸。這時想起了他曾做過的一個夢，他知道，一種他無法承受的奇蹟正在耐心等著他的到來。

晴天朗日下，斯文．赫定終於站在了這座沉睡了一千多年，仍未知名稱的古城內。

他在後來的報告中寫到：

「古城中的住房都是木頭造成的，牆體是柳條編的，或是在柳條上再塗泥土，門框和木柱都還立著——」

古城到處都撒落著雕刻精美的渦卷紋和樹葉紋的裝飾木板，還有破碎的陶片，古代的錢幣，絲綢和毛織品的殘片，以及一些小銅飾品，玻璃器殘片等。

他還在佛塔的前殿，掘出了一尊直立的佛像和一個雕刻精美的佛木座。

奧爾德克和阿布都拉熱依木在古城裡快活地跑來跑去，一會兒圍著那些露出地面的木椿子打轉，不時地用他的丁字鏟啄上幾下，然後仔細地舉到鼻子跟前，嗅嗅，扔掉，拍拍手再察看另一處。那些土，被一掀一掀地翻向空中，一股乾澀的泥腥氣彌漫在整個古城。而這座未名的古城，恍恍惚惚的，像做了多年的夢剛醒來的樣子，弄不清前後左右。

整整兩天，他們幾個人在這座古城共發掘十三個地點，獲取了大量的漢魏和羅馬古錢幣，具有中亞希臘化風格的建築木雕和大量魏晉木簡，以及一百五十餘件精美的中原絲織品，都是些絹、綺、錦和刺繡。

又一個黃昏降臨了。這座古城遺址籠罩在一種溫和的薄光中。

斯文．赫定來到佛塔下，這座圓柱形的泥塔高十餘米。台基已損壞，下部有彩色壁畫的痕跡。一個金駝和一個銀駝，它們相互廝咬，一個穿長袍的人站在中間，做手勢使兩駝分開。

他繞過一道沙包，抬起眼睛向上望去。突然間，看到了他從未見過的事物：在這座泥塔的正面方向上，有一種投影，是印度佛教文化在這裡的投影；他還看到了飾有花梗和渦旋形花紋的木柱；廟宇式的門廳——他緩慢地走著，走在它們的陰影中，且被它籠罩。

現在，佛塔的影子被夕陽的光投射得又長又寬，他走在它的影子裡，有點像是走在一條不斷向前移動的走廊裡。

斯文．赫定來到一面土牆的後面，這裡除了他，四周空寂無人，這種寂靜是物質，就像是一堵灰色的牆，厚而冰冷。

就在這時，他又聽見了夢中的女人嘆息聲。還聽到了一陣竊竊私語，像某種美麗嬌弱的蟲子在叫。這聲音是無比的神祕，像是從泥牆裡面發出的。又像是來自不知名的遠處，再仔細一聽，又不見了。

天上堆起沉重的雲，從灰白到晦暗，然後，徹底黑了下來。

「海丁圖拉——」奧爾德克在不遠的地方叫他。回頭一看：是一枚木簡，在月光下放射出裂開的細小紋路，上面刻著密密麻麻的字，傳達出神祕的資訊。他看不懂。這是奧爾德克和阿布都拉熱依木在殘斷土牆的下面找到的。

「下面還有一枚呢。」奧爾德克說。

在這裡，他們發掘出了很多的佉盧文的木簡和文書，內容多是世俗文書：國王的敕諭、公文函件、各種契約，還有私人信件，也有少量屬於宗教方面的材料，但沒發現佛經。

在對這座未名古城進行發掘的第三天下午，他們在古城東掘出了一塊墓地，是一具男屍。他的身邊除了木案，紅陶罐，上面附著骨骼上的錦綢殘片，依稀可見是東漢時期的款式，黑底色，質地上乘，應出身富貴，花紋為行雲攀枝卷葉紋，像是一束束的蔓草，領子和袖口早已破損不堪，不過尺寸很小，

在這件綺美的絲綢殘片上，留有死亡的陰影。

於是斯文．赫定猜測，這是否是一個神情憮憮早夭的少年留下的。

他的雙手插進綢衣的袖子裡，一下子觸到了它的涼、它的輕、它的軟，陽光正好照射下來，絳紅的晚霞使它們反射出異彩，絲綢上一縷飄飄欲飛的蔓草生動起來，使之具有一種危險的美感。好像在看不見的地方，一滴冰冷的水聲濺起，濺落在這千年之前的蔓草根

鬢上，幽暗的死者世界被它輕輕地擦亮了。

斯文．赫定嘆息地說：這種頹風濃郁的美感令他著迷。可奧爾德克把絲綢看做是人幻想的結果。

他用誇張的口吻對斯文．赫定問：「這些我沒見過，也沒穿過的綢子是不是樹上長出的毛？或地上經灌溉長出的線織成的？」

阿布都拉熱依木馬上反對他說：「這絲綢是有八隻足的蟲子吐出的絲結網而成的。」一時間，他們兩人為這個問題爭執不下。

數月後的一天，斯文．赫定將古城址出土的這兩枚木簡帶回了瑞典，交給了威斯巴登地方的卡爾希姆來先生進行研究。木簡在他手指的縫隙中移動著，在日光中散發出隱隱的光，像是來自另一個陌生的世界，卡爾希姆來緊緊盯著它，生怕這些字一眨眼就消失了。

「樓蘭。」卡爾希姆來慢慢念出了這兩個字。

「您說什麼？」斯文．赫定在一旁緊張得屏氣凝神。

「這是佉盧文。簡文中多次提到一個叫樓蘭的地名，這是古代樓蘭的音譯，這座古城就是樓蘭。」

卡爾希姆來忍住巨大的狂喜，用冷靜的口吻對他說。佉盧文是古代新疆南部地區民族使用過的一種古文字，可是，這又是一種多麼奇怪的字啊，它竟然是從右往左橫寫。可文字裡顯示出來的資訊，準確無誤地告訴他，這來自樓蘭。

「樓蘭——」斯文．赫定機械地重複著這兩個字，現在，這兩個字正穿過千年的時空，一絲不苟地，帶著命定的速度朝他逼來。

另一枚木簡在他的手中滑落了下來。

「樓蘭——」每念一次這個詞，對牙齒，嘴唇都是個重新啟動。它們彈跳著，你聽：「樓——蘭」，這兩個字的音節從他的身體內部一路上升，發出它悅耳的聲音，它輕輕搖晃著，碰觸著他心裡最柔軟的地方。

雖然，這個詞被念了無數次，但幾乎沒人打聽這兩個字包含著什麼意思，而這卻並不妨礙有人真的去詮釋它所包含著的謎語。

他們在意的是這兩個字所包含的謎底。

因為樓蘭，斯文．赫定名滿天下。

「尊敬的斯文．赫定先生，您以非凡的勇氣，發現了這個被沙漠淹沒的『東方龐貝城』——這種至高無尚的榮譽，當之無愧地屬於您。」

面對如此眾多的讚譽，斯文．赫定微笑著，垂下他一貫冷淡的眼皮。那些不停地朝他閃亮的鎂光燈，使他看起來有些面色蒼白——他突然想起二十年前，看到探險家諾登瑟德乘著帕拉德船長駕駛的「威加」號輪船，歷經九死一生，沿著亞洲和歐洲的南岸航行歸國，整個斯德哥爾摩城為之狂歡。

那天晚上，全城的燈在同一時間點亮，照得如同白晝，水邊的建築也亮起了無數燈炬，宮殿前用煤氣燈綴成「威加」二字的一個星形，在這燈燭輝映的海上，如同火焰發出悅耳的叮噹之聲，它們全因了這個人而彌漫出芬芳。

那是他必定要終身銘記的一天。

他一生的事業從此決定：「我，將來也要這樣的回來。」

§

一九三四年，奧爾德克七十二歲了。

在平靜的河面上，他多皺的雙眼皮耷拉下來，一個難以置信的事實降臨了，奧爾德克看見自己的肌肉鬆弛，滿臉皺紋，全身上下不再有水分，像一條風乾的魚。

他的暮年驟然降臨。

阿不旦的冬天又到了，一棵胡楊樹禁不起冰雪的重壓而折斷，河岸也因此而破損。不下雪的時候，風刮得像是要死人一樣，樹啊人啊的，都被它吹得紛亂不堪——直到下起了雪，風就沒了。只剩下天地一片白色。落雪的時候，阿不旦全村都被雪的氣息泡得軟軟的，在不知不覺中一點點地往下陷，而睡眠像迷藥一樣，沒人會醒。

奧爾德克是被小便憋醒的。

年紀畢竟大了，晚上總是要小便，在下雪的冬天，這簡直是太麻煩了。他哆哆嗦嗦地起來了，到了紅柳茅屋的拐角處，背著風，一會兒，肩上就落滿了薄雪，他捏著手裡的傢伙，老半天才擠下這麼可憐的幾滴。

他抬起頭看著眼前的黑夜，很奇怪，到了七十而從心的年齡，他的臉繃得很緊，臉卻越消瘦，但是眼睛依然在閃閃發光，很大的灰黑色圓球，像是青蛙和嬰兒的眼睛，不知道裡面在流露些什麼。

有時候，他覺得自己的靈魂就快要脫離自己的身體了。有好幾次，奧爾德克竟然看到了遠處有一位穿黑衣的外國人，很高很瘦，還帶著一副眼鏡——他差異點就叫出了他的名字。

他的名字，就是長了翅膀的鳥兒啊。

如果叫出了他的名字，自己的靈魂就會藏在這個黑衣人的貼身口袋裡，被他帶走。這使他害怕，又使他明白，自己在「海丁圖拉」離去的所有時刻，都在企圖逃離著什麼。

在這之前，羅布荒原中曾流行過一場滅絕性的傳染病——天花。在這場瘟疫之後，當地政府清點過戶口，給每一個倖存者發放一匹紅布表示祝賀。

當時，按班派的人不敢和他們直接接觸，說是怕傳染，只是悄悄靠近村子，守候在村頭的胡楊林裡，一直等到天亮。見到哪一戶人家升起炊煙，就在門口掛起一條紅布。事後，數一下掛了多少條紅布，就知道還剩多少戶羅布人躲過了劫難。

到了後來，羅布人便不與附近的其他居民來往，並認定與外地人接觸會帶來天花。他們無法抗拒的，是來自外地的傳染病。如果知道了哪個村落有人患病，村裡人就齊聚路口，把村落封閉起來。

但是，不管怎樣，奧爾德克發現，在羅布人世代居住的阿不旦村，是熟面孔漸漸減少的世界。先是父親的臉消失了，然後是昆其康伯克的那張風乾的魚一樣的臉，再接著，是「老頑童」熱合曼的臉，再接著是母親的臉，還有捕魚人烏斯滿的臉，終於也全都一一褪去了。

那些曾在眼前的面孔消失在羅布荒原黃色沙海的盡頭中，倏忽不見。

又過了一年，天氣晴朗，那是初秋時節的一個清晨。河邊的灌木叢中到處是起絨草。

已乾枯了一大半的阿不旦河床，瘀泥絆住了野鴨子的腿。

奧爾德克蹲在岸上，他把腦袋轉向湖岸，瞧著烈日中枯萎的蘆葦灘，薄霧開始在那裡生成並遊蕩。蒼蠅停得到處都是，幾乎不再四處飛舞。

牠們的翅膀也在衰老。

風悶悶地吹過來，村子裡的人都聚在了河灘上，等著看船下水。幾個老人拿著長長的蘆葦桿往河裡試探，說今年的水肯定會比往年淺。

卡盆船下水了。

男人們張大嘴巴，使勁地把卡盆船推到河的中心，大口大口地吸進濃烈的河泥腥氣，卵石摩擦著船底，發出難聽的「吱呀」聲，好像船底藏著一群野鴨子。

卡盆船移到了河的中心，到底沒有浮起來。在水面上留下一個古怪的投影，看起來又笨又小。

岸上的人終於打破了沉寂，聽到有人在問：「今年的水怎麼比去年小了？」

又是早春的一天，一隻「卡盆子」斜穿過阿不旦河，在黑衣騎者下馬的地方靠岸。一位動作敏捷的老人從船上一下子滑到了岸上，在那一刻，他們同時看到了對方：

真的是奧爾德克。

奧爾德克說：「你是海丁圖拉。我一眼就認出了你。」

他們的手握在了一起，仔細地看著對方，正是這一眼，他們被時間所擊中。蘆葦叢在河水中起伏，野鴨子也成群地驟然飛起，發出了歡快的叫聲。

春天。斯文．赫定永遠在春天和他相遇。

後來，斯文．赫定說：「——當他來到我的面前，眼含熱淚拉著我的雙手，艱苦的歲月在他的手上留下了厚厚的老繭。這真的是奧爾德克。我仔細打量這個老朋友，時光的磨難留在了他的臉上。他很瘦，額頭上刻下了深深的皺紋，鬍子掛在尖尖的下巴上，看上去很衰弱。

老人帶著一頂羊皮鑲邊的破帽子，披件已發白、破舊的維吾爾式短大衣，腰上紮條布帶子，腳上那一雙破損的鞋子告訴人們，它曾穿行過了多少沙漠，草原和樹林。」

「喂——你好，奧爾德克，我們一別三十二年了，你生活得怎麼樣？」

「真主保佑，海丁圖拉，自從我為你工作以來生活得不錯，但很久以來我以為再也見不到你了。」

「你怎麼知道我會從這裡順流而下呢？」

「噢，我在卡拉家裡聽說你來一個月了，後來又聽說你們又回到庫爾勒。三十二年前你說過你還會回來，我等啊等啊，你一直沒回來，當年不少跟隨你的人已經不在了，但也有活著的。我真高興終於活著見到你了。」

晚上，斯文・赫定和奧爾德克坐在阿不旦河岸邊的篝火旁，聽他講述這些年的生活。轉眼三十多年過去，現在，這兩個蒼老的身影在火光的映照中是一副意味深長的剪影，已逝的時光在身上斑駁停留，光影紛呈。他們偶爾沉默，像複製的時光一樣凝滯不動。

自從斯文・赫定的探險隊走了以後，隨著這個精神偶像的離去，奧爾德克生活的某一環節從此中斷。

隨後，奧爾德克就和村子裡的一個羅布女人成家了，不久，他們也有了一個自己的孩子，在表面看來，他似乎過上了與其他羅布人毫無二致的生活。

可是，自從孩子出生了之後，奧爾德克像是得上了一種古怪的探險迷症，每天在家的時間越來越少，身上總是散發出讓這個老實本分的羅布女人迷惑的各種氣味，這氣味既是發自他的內心又是發自他的外部世界，有些氣味是木質的，似乎是從羅布荒原中帶來的。

有時他的身上濡濕了，有一股潮濕的氣味，她知道他一定又涉過了一條河流；有時，他的身體突然間變得乾巴巴的，像沒了水分，她知道，他是路過了一片枯死的胡楊林，並在那裡睡了一夜；還有的時候，他的表情像石頭一樣地僵硬，太陽光一照，發出火焰般五彩的色澤，她知道，奧爾德克又翻越了一座「雅爾當」（雅丹）。

另外，似乎他的身上還有別的一些味道：岩石的味道、漠風的味道、火焰的味道、曠野的味道、甚至——還有一種鳥糞的味道——

這麼多的氣味全都是從這個男人身上散發出來，他整天敞開的衣服裡，那胸脯就像是久未修剪的草地，雜草瘋長，讓她陌生和迷惑，這都是他染上了不可救藥的探險症的結果。

而更讓她恐懼的，是奧爾德克日益瘋瘋癲癲的轉變，說出的話真假難辨。他說：「其實我的願望是做一名像海丁圖拉那樣的探險家。」

但他同時感到在別人沒有問的情況下就直接說出自己的願望是冒昧的，所以又問道：

「妳認為做一個探險家怎麼樣？」

這個可憐的羅布女人眼巴巴地望著他，不說話，也許是她平靜的神態吸引了他，他繞到屋角，從破地氈的下面翻出了一些麻煙粉，點著了，然後深深吸了一口。

夜深了。奧爾德克的孩子伏在羅布女人的腿上睡著了。

孩子總是這樣，在犯睏的時候就會隨時隨地的睡去。

羅布女人留給他一個背影，月光下，她的肩頭在抖動，像是在竊笑，又像是在抽泣。

要知道，「最後的樓蘭王」昆其康伯克生前早在他所管轄的羅布村莊中說過，自己還從未見過像奧爾德克這樣的人。他絕對是一個例外。奧爾德克不具有普遍性。

這跟他所關注的事物恰恰相反。

很久以前，記得有一天，昆其康伯克對奧爾德克說：「我的孩子，你一生下來，我就覺得你和別人不一樣，別人的身體和心都是漸漸變老，而你是背著時光長，心裡越活越年輕的老人。」

從那時起，聽到昆其康伯克說這樣的話後，奧爾德克不再覺得自己的世界有什麼阻隔了。

有一天早上，奧爾德克像是受了什麼指令一樣，背著一個破袋，對誰也沒說就離開了家。待可憐的羅布女人追出去，除了地上落了幾片野鴨子的羽毛，她什麼也沒有看見。

每天，奧爾德克在羅布荒原上終日四處遊蕩，不知所措，就像是丟失了什麼貴重的東西，他看到荒野中的一切都是陌生的，未知的。

這麼多年過去，他看過太多東西了。那些有生命的，和沒有生命的，都在他的心裡活了。

奧爾德克不得不終日在阿不旦河行走，希望這樣可以得到問題的答案。他把身體泡在河水裡，從清晨到黃昏，夜裡，直至河水變得冷冽，才戀戀不捨地爬上岸來。在阿不旦河的四周，有著精緻的圖畫，特別是在靠近葦叢的水面上，有著點點鳥影。

他坐在岸邊，看著天上的星星，河水在月光下泛著藍色透明的光，看起來是那樣的平靜，到了白天，又混沌難辨，似乎其中暗藏著難以辨別的東西。

聽著河流輕輕重重的細語聲，怎麼也閉不上眼睛。他感覺到這條河流正以難以察覺的速度向沙石地的內部緩慢遷移。

一天，奧爾德克仍然不在家，茅房屋頂的一角塌了下來，一束陽光刺痛了他兒子的眼睛，屋角一小堆放了很久的魚散發出一股濃烈的腥臭氣。一群蒼蠅在上面盤旋，發出難聽的嗡嗡聲。

他實在忍不住了，問道：「父親呢？為什麼我總不見他？」

羅布女人咬著嘴唇，不說話。

「我只想知道我的父親近來在做什麼？」

羅布女人實在是沒辦法了，才告訴他說：「他出遠門了。」

「去荒原裡揀東西去了。」

看到兒子一臉疑惑的表情，這個可憐的羅布女人又說：「去爬山了，跟著野駱駝走的。你的父親要在有生之年，把荒原裡所有沒去過的地方全部征服。」

「老爹年紀大了，什麼可能的事都有。這件事畢竟是反常的。」

「這麼大年紀的人了，這樣做，對嗎？」

她說。像是自我取笑，又像是質疑。接下來屋子裡是長久的沉默。

羅布女人不再說話。

過了很久，阿不旦村有人看見了一個像奧爾德克的流浪漢，衣冠不整，邋裡邋遢，他身上混合的各種氣味越來越重，就像一層有形的堅硬皮膚，只要你從他身邊經過，或者他從你身邊經過，那股濃重的氣味就會觸動你的皮膚，頭髮和衣服。

過了七十歲，他的面相好像也發生了某種變化，他的臉繃得很緊，變得很奇怪，他非常的消瘦，那像是嬰兒和青蛙的眼睛依然閃閃發光。很大很混濁的灰色圓球，但是人們不知道這裡面流露著什麼。

要是你遇見他，聽他說話，那麼——他的嘴裡有三分之一是謊言，三分之一是親眼所見，而另外的三分之一則是白日夢，真真假假，古怪而虛妄，說出的話若虛若實，十分令人費解。

他就像《天方夜譚》裡的王后謝赫拉扎德，開始給你一個接著一個講故事。

比如，他說：「他在一個『雅爾當』的後面看到風神了。風神是一個小心眼兒的矮個子。」

「羅布荒原上的蘭虎都滅絕了。是一群螞蟻把它們消滅的。」

「阿不旦河上游的水就快乾涸了，變成了暗紅色的泥湯，水流像一條小蛇，細細的。」

有時，他會用一種神祕的口氣問你：「你見過有手的魚嗎？我在喀拉庫順湖裡見過。」

看見人們不置可否，他認為一定是嫉妒他的見多識廣，於是又說了一個更不著邊際的事情，說是他有一天發現羅布荒原的大沙漠深處，有一座又一座的「雅爾當」，在它們的後面，有約一千口棺材，棺材裡躺著高貴的武士，美麗的少女。只要是到了有月光的晚上，他們就會從棺木走出，唱歌，歡愉。而在太陽出來之前，又回到棺材裡躺下了。

他說這件事的時候，顛三倒四，胡言亂語，沒有人相信這是真的。

只有他自己。

「奧爾德克，你說你在十三年前發現了『一千口棺材』的小山包，是個古墓群，這是真的嗎？」現在，斯文．赫定盯著奧爾德克衣襟上的一塊破洞，這破洞像一隻古怪的眼睛瞪著他。

奧爾德克一聽到這個話題如同一束亮光，洞穿他所有的潦倒和窘迫的生活，一下子照亮了他，這亮光使他變得興奮起來：「是真的，海丁圖拉老爺，千真萬確。您看——這件毛斗蓬就是當年我在那座古墓裡拿回來的，被我做成了衣服。」

他扯了一下自己的衣角。斯文．赫定仔細地看了看這件粗毛羊織物的質地，與現在羅布人的衣著質地沒什麼不同。

他點點頭，又搖搖頭，這個理由，夠嗎？

但是，已屆七十高齡的斯文．赫定已做好了再次探訪樓蘭的準備，便決定由他的助手，瑞典考古學家貝格曼負責尋找這個位於庫姆河以南的「奧爾德克的古墓群」，奧爾德克確定擔任此次探險活動的嚮導。

當有人對他們的這次探險活動表示懷疑時，斯文．赫定寬容一笑：

「我的朋友，您要知道，任何人在信口開河時，都不是完全徹底地在撒謊，這才是一句真話。」

出發的那一天，天微微亮，奧爾德克就醒來了，他感到昨夜的一絲絲躁動開始從身體裡消失。什麼叫新的嘗試呢？一個埋藏了四十多年的想法，怎麼能自行隱退呢？

毫無疑問，奧爾德克正在邁向晚年，還像從前那樣，一想起要出遠門，心裡就有一種惡作劇似的快樂。但是，現在就沒了別的嗎？

這麼多年來，在他與「海丁圖拉」這種直線似的，心照不宣的來往中，深深隱藏著某種無法言說的，微妙的東西。正是這種靈魂深處的顫動，使他一次又一次地陷入對往事的回想中。有一次，他甚至在沒人的時候，大聲喊出：「請相信我，千棺山是存在的。」喊過之後又很沒把握，那聲音陷入了另一種虛空中。

庫姆河是一個特殊的河流，它或是孔雀河的下游，或是塔里木河的支流，它的多變個性就隱藏在它名字的含意中：「沙河」。這麼多年過去，北返的塔里木河與孔雀河交匯，使庫姆河兩岸的景觀與當年奧爾德克找到的古墓群年月相比，有了極大的改觀。如今，它在雅丹布拉克的下游已斷流多年。

但是在很多時候，人都是尋找者，人世的活動就是一部尋找者的預言。大地把自己的祕密隱藏起來，以激勵那些試圖閱讀它的人找到打通屏障的方法。除了其他種種稟賦，探險家一定要有天使般的耐心。

這是一九三四年，兩個月以來，當探險隊滿懷希望地在羅布荒原上一次又一次地搜尋無果時，他們的耐心終於崩潰了。

一天晚上，大家的責問，怨氣像一盆水一樣地灑向奧爾德克。

「千棺山到底在哪裡？」

「在——哪——裡？」

「羅布荒原裡到底有沒有這座古墓群？」

奧爾德克覺得心裡被這一股子涼氣刺激了一下，茫然地重複了一遍：

「在哪裡？」

然後，他像一隻夜晚的野鴨子似的捲起了身子，還重重地喘氣。從他身子底下的影子看上去，他可真老啊，似乎在想像和等候的生活中過得太久，已分不清幻想和現實的界線了。

奧爾德克看著眼前晃動的人影，舔了一下乾渴的嘴唇，機械地重複道：

「千棺山到底在哪裡？」

他咳嗽了一聲，想從周圍人們的眼神中尋找理解時，發現那些眼光都游移不定，似乎都在看別處。

也許是為了開脫，或者自贖，奧爾德克又開始了一個接著一個講故事：

「那個有一千個棺材的古墓，嗯，已經讓十幾年新形成的河湖水域給淹沒了。」

「那個古墓石『伊比利斯』（魔鬼）出沒的區域，有著超人的神祕力量，外人無法抵達這個魔鬼的宮殿。」

「某次暴烈的『黑風暴——喀拉布蘭』已經將整個古墓重新埋葬了。」

奧爾德克的雙腿開始發抖，越抖越厲害，最後只好坐在了地上。遠處傳來隱約的風聲，風聲裡竟然夾雜了駝鈴的響聲，還有人說話的聲音。隱隱約約，含義模糊。

風越刮越大了，駝鈴聲離他越來越近，好像就離他不遠，是從一個方向傳來的。

他側耳傾聽。

「什麼千棺山，那不過是你的幻覺吧。」

貝格曼的聲音冷冷的。「最近我開始懷疑你發現了千棺山的說法了，是你信口胡說的吧。」

反正那段歷史已經模糊了。

奧爾德克蹲在胡楊樹下，身子蜷得很緊。貝格曼看得出來，他不願別人來搬動他。

很多年過去，貝格曼也已到了古稀之年，當他想起一九三四年在羅布荒原那一次奇特的探險經歷，想到這個渾身散發出漠風，蕨類以及岩石氣息的，唱著下流歌曲走向羅布荒原的「野鴨子」——奧爾德克，他的嘴唇又憂鬱地顫動起來：

「千棺山到底在哪裡？」

讓貝格曼疑惑的是，那一年，也就是一九三四年，斯文．赫定從樓蘭回來後，也給他講了個故事。他說，與自己在雅丹布拉克分手之後，斯文．赫定就與中國學者陳宗器重新踏上了探訪樓蘭的路程。沒多久，他們就在距古城不遠的河岸臺地發現了一個古墓群。

斯文．赫定不知道這兩件事之間有沒有什麼重要的內在聯繫。

斯文・赫定記得，自己在那一刻，他屏住呼吸，猛地拉開棺木的蓋子，乾燥的灰塵一下子躥了出來，他就像是被一塊厚厚的濕布連頭帶腦地緊緊裹住。然後，就看到了一具木乃伊。

——是一個面部輪廓異常驚豔的樓蘭女屍。

那一剎那間，他呼吸著空氣，這空氣中有她，像是被一道閃電擊中。他隔著重重繁複的衣料殘片，看到了種種顏色，他不知道怎麼去猜測它們的軀體，以及它們閃爍的紋理。而她，就躺在未經擾動的整條船形棺木中，尖尖的下頜，深目微閉，頭上戴了一頂毛織的帽子，帽子上還插了兩根雁翎。

最奇特的是，她的嘴微張，帶著深邃動人的線條向上神祕地彎曲。在藍天之下，像一次又一次的慢鏡頭，永遠飄浮，永不落下。

斯文・赫定在這被沙埋兩千多年之下的這一抹深邃的，孤零零的微笑中，他跪了下來，連月來，被羅布荒漠包圍著的可怕，孤獨，恐懼，疲癘在這一刻被全部遺忘了。

她是誰？

有些人是天上的雨水，有些人是地上的石頭，那——她是什麼？

樓蘭公主？

羅布女王？

沙漠最後一個情人？

這是一個難以回答的問題。她身體裸露的骨頭猶如年輪，向東的一邊，紋路稀疏，向西的一邊，紋路密集。

他在她的這一抹攝人魂魄的微笑中找到了某種臣服的東西，希求一死。

西域輓歌：樓蘭

作　　者　南　子

發 行 人　林敬彬
主　　編　楊安瑜
編　　輯　林佳伶
行銷經理　林子揚
行銷企劃　徐巧靜
封面設計　蔡致傑
編輯協力　陳于雯、高家宏
出　　版　大旗出版社
發　　行　大都會文化事業有限公司
11051臺北市信義區基隆路一段432號4樓之9
讀者服務專線：(02)27235216
讀者服務傳真：(02)27235220
電子郵件信箱：metro@ms21.hinet.net
網　　址：www.metrobook.com.tw

郵政劃撥　14050529 大都會文化事業有限公司
出版日期　2024年11月初版一刷
定　　價　480元
ISBN　978-626-7284-51-3
書　　號　Story-47

Banner Publishing,a division of Metropolitan Culture Enterprise Co., Ltd.
4F-9, Double Hero Bldg., 432, Keelung Rd., Sec. 1, Taipei 11051, Taiwan.
Tel:+886-2-2723-5216 Fax:+886-2-2723-5220
Web-site: www.metrobook.com.tw
E-mail: metro@ms21.hinet.net

國家圖書館出版品預行編目（CIP）資料

西域輓歌：樓蘭/南子 著. -- 初版. -- 臺北市：
大旗出版：大都會文化發行, 2024.11
432面；14.8×21公分. --（Story-47）
ISBN 978-626-7284-51-3(平裝)

857.7　113005023